らすぼす魔女は堅物従者と戯れる　1

登場人物紹介
レイン・ミストリア
ミストリア王国第一王子
ソニアの婚約者
ヴィル・オブシディア
第一王子付きの近衛騎士筆頭
魔女嫌い
ソニア・カーネリアン
救国の魔女アロニアの娘
前世の記憶を辿り、
自分が“らすぼす”のアニメを観る

サニーグ
・アスピネル
ソニアの後見人
アスピネル領の領主
ファントム
・ギベルト
魔女の里の住民
ソニアの事を崇拝している
エメルダ
・ポノフ
アニメの天然ヒロイン
予知能力者
コーラル
・ギベルト
ソニアの良き理解者
ファントムの妻

目次

一　救世主の娘

「僕は忌まわしき魔女となど結婚しない。僕が愛するのはエメルダだけだ」

大聖堂に強い声が響く。

この国の王太子――レイン・ミストリアは傍らの乙女を抱き寄せた。ミントグリーンのふわふわの髪を持つ、純朴で無垢な印象の少女だ。私とはまるで正反対のタイプね。

純白のベールで顔を隠しているのを良いことに、私は小さく笑みを浮かべた。

まさか婚礼の儀の直前に花婿に裏切られるなんて……全く、おかしいったらないわ。〝あにめ〟通りに動かなくてもこのシーンは変わらないのね。

周囲は静まり返っている。

賓客である王侯貴族たちは、雷に打たれたように固まっていた。無理もない。婚儀の場で王子がこんな暴挙に出るなんて、夢にも思わないでしょう。

「なんということを……ご自分が何を仰せなのか分かっているのですか、殿下！」

一番先に我に返ったのは儀式を取り仕切っていた宰相だった。

「貴方とソニア様の婚姻は、国王陛下と紅凛の魔女アロニア・カーネリアン様が交わした盟約の証なのですよ！」

そう、私とレイン王子の婚姻はミストリア王国の歴史において大きな意味を持っている。

今から二十年前のこと。

緑麗の魔女ジェベラ率いる魔女の精鋭がミストリアの王都を襲撃した。戦況は最悪だった。ジェベラが繰り出す老練な魔術攻撃になす術なく、国に仕える騎士たちは次々と倒れていった。

ジェベラは当時のミストリア王の首とともに玉座を奪うと、高らかに宣言した。

『これよりミストリアは魔女の国。何人たりとも我らを害すことは許さぬ』

王都は魔女に乗っ取られ、ミストリア王家の血が途絶えると思われた最中、一人の若き魔女が仲間を裏切り、ジェベラを討ち取った。

それが紅凛の魔女アロニア・カーネリアン――私のお母様。

お母様はジェベラの末弟子だったのだけど、魔術の才能は一門でも群を抜いていたらしい。ジェベラを倒した魔術は圧倒的で、姉弟子たちはすぐさまお母様にひれ伏した。

その後お母様は玉座を王家に返すことを条件に、ミストリア王国と魔女の間で和平条約を結ぶように提案した。永久に続く友好の証として、王家の血筋にアロニアの子孫を迎え入れること――つまりやがて生まれる王の子とアロニアの子を婚姻させる盟約を交わした。

そして今日、私ソニア・カーネリアンとレイン王子の婚姻が成立すれば、盟約は果たされるはずだった。どうやら果たされそうにないけれど。

この婚姻については昔から賛否両論だったらしいわ。貴き王家の血に魔女のそれが混ざるのに抵抗があるのでしょう。

しかしお母様はミストリアの救世主。

アロニアの名は良き魔女の代名詞として大陸全土に広がっていて、民衆の人気も高い。二年前の彼女の死には多くの人が嘆き悲しみ、今なお墓前に赤い花が溢れているくらいだもの。

次代を担う王子と亡き救世主の娘の結婚は、大多数の国民に祝福されている。

道すがら見かけたわ。私たちの結婚を祝うため、王都に多くの人々が集まってお祭り騒ぎをしていた。

……この場もある意味、お祭り騒ぎになってきたわね。

「どうか考え直してください王子！　ソニア様を迎えれば、我が国の未来は安泰なのです！」

「誰ですかその娘は！　一国の王子が私情に走るとは何事か！」

「これは大変なことですぞ！　発言を撤回されるなら早く！」

官僚たちがひどく取り乱して、レイン王子に訴えかける。

いえ、もう無理だと思うわ。この場には周辺諸国のお偉方も多く招かれている。どんな言葉を重ねても取り繕えないでしょう。

このまま婚礼の儀を続行することは不可能に近い。民衆の期待を裏切っても、賓客の前で醜態を晒しても、王子は私との婚姻を断固拒絶するつもりなのだ。

愛がないのは分かっていたわ。それはお互い様でしょう。

この婚姻は親同士が決めたもの。私たちが生まれる前から決まっていた盟約。

レイン王子と会うこと自体今日が初めてだった。手紙のやり取りだけは年に数回していたけれど、定型文を重ねた味気ないものばかり。しかもこの一年は彼から返事が来なかったから、私もしつこく筆を執る気にならなかった。

そんな有様だったから、愛されていないのは自明のことと受け入れていた。もしかしたら破談になるのではと密かに期待していたのだけど、十六歳になった私の元に約束通り王家の使者がやってきた。婚礼の儀の日取りや支度金、ドレスのサイズの確認をされたの。

たとえ愛がなくても王子には結婚する意思がある。ならば私は応えなければならない。そう判断した。

しかし結果はこの通り。惨めすぎるわね。

片田舎からたった一人で王都にやってきて、王家との挨拶もなく着替えと化粧をし、大聖堂に華々しく入場。そして顔を合わせるや否や、大勢の賓客の前で花婿本人から婚姻を拒絶される……。

客観的に見てもひどい状況だわ。私、怒ってもいいと思うのだけど、どうかしら?

まぁ、この王子は好きな女がいるから私を拒絶したわけではないのよね。だから堂々としている。歴史的盟約に背く婚姻拒絶、それを正当化する理由があると思っているのよ。

「僕の話を聞いてくれ」

王族としてのカリスマ性を持ち合わせているらしく、レイン王子が手で制すと騒がしかった場が一瞬で静まった。

みんな、彼の青い瞳に釘付けになる。

うーん。レイン王子が王国一美しい男であることは認めざるを得ないわね。誰もが見惚れてしまう完璧な容姿だ。

彼の妻になる女性は、数多の羨望と嫉妬を浴び、至上の優越に浸ることができるでしょう。その権利を手放すのは惜しいかもしれない。

ふふ、でもいいわ。

私の狙いは別にある。

視線を少しずらして獲物を見ると、向こうも私を見ていた。

憎悪の炎がくすぶる金色の瞳。

腰の剣に手をかけ、ピンと張りつめた糸のように集中している。私が妙な動きをすれば一瞬で距離を詰めて斬りかかってくるのでしょうね。

……ああ、素敵。実際に目の当たりにすると、ぞくぞくしちゃう。

ベール越しとはいえ、あまり見つめているのは良くないわね。私の企みがバレてしまう。今は王子の言葉をちゃんと聞いてあげましょう。

「王国にあだなす者との盟約など、知ったことか。この婚姻は、全てかの紅き魔女に仕組まれたことだ」

王子の言葉に宰相が息を飲む。

「ど、どういうことでしょうか……？　アロニア様が一体何を……」

「アロニアこそが二十年前、師であるジェベラを唆し、この王都を襲撃させた張本人だ。最終的に仲間を裏切り、師を殺すことも全て計画のうち。襲撃の火付け役と火消し役を両方担っていたというわけさ。我々は騙されていた。これは奴の姉弟子複数名の証言だ。間違いない」

こういうの、別の世界では〝まっちぽんぷ〟というらしいわ。

なかなか腹黒いことするわね、お母様。

「なっ、一体なぜそのようなことを？」

「決まっている。救世主となり、ミストリアでの地位を確固たるものにするためだろうね。アロニアは世界の陰に生きる魔女でありながら、地位と名誉を欲したのさ。そのために師を謀殺するとは、全く恐ろしい女だよ。王妃の座に就き、王国を直接支配することも目論んだようだが、それは父に見透かされて阻止された。……そうでしょう、陛下」

奥の席で事を静観していた現ミストリア王は、否定も肯定もしなかった。固く口を閉じ、鋭い瞳で息子を見据えている。

渋くて素敵なヒトね。この状況で焦りや恐れを顔に出さない辺り、随分肝の据わった方のよう。王子の妻になれないことより、王の義理の娘になれないことを惜しむべきかもね。

「しかしアロニアは諦めなかった。和平条約の証と称し、やがて生まれ来る子ども同士を婚姻させることで権力を得ようとした。師殺しの代償か、天罰が下ったのか、アロニア本人は病死したようだが……ソニア・カーネリアン。この場にのこのこやってきたということは、きみは母の遺志を継いでいるとみえるね」

私がわずかに首を傾げると、王子の眉間に皺が寄った。美形は怒っても様になるわね。

「アロニアの件だけではない。ここ最近王国で続く残虐な怪事件……魔女の関与が次々と明らかになっている。捕らえた犯人の中に、きみの指示を受けてやったという者たちがいるんだよ。一体何を企んでいるのか……」

その怪事件を追う途中、エメルダ嬢と出会って恋に落ちたのでしょう？

良かったじゃない。おめでとう。

私は呑気にそんなことを思っていた。

レイン王子の傍らで、エメルダ嬢が固唾を飲んで場を見守っている。彼女の瞳には確信があった。

「絶対にわたしとレイン様が正しい。目の前にいるのは悪い魔女だ」と。

憎たらしい子ね。自分を物語のヒロインだと勘違いしているのかしら？

おあいにく様。異世界の〝あにめ〟の中ではそうだったかもしれないけど、この世界に決まった主人公などいないのよ。

全く動かない私を見て焦れたのか、王子が一歩前に足を踏みだした。

「答えろ、強欲の魔女め！　何が目的でこの場に現れた！」

ついにご指名されてしまった。なら答えなきゃいけないわね。聴衆も期待しているようだし。

でもシナリオ通りには動いてあげないわ。

私は今日、徹底的に運命を変える。

「……私はミストリア王と母アロニアが結んだ盟約の下、嫁入りのためにやってきただけ。レイン様がおっしゃるような犯罪の類には一切関わりございません」

思い通りの涼しい声が出て、私は満足した。

二　魔女の秘密

十二歳のとき、私は過去視の魔術を習得し、自らの記憶を探った。

結構難しい魔術よ。長老のばば様に「百年に一人の天才じゃあ」「アロニア譲りじゃな、感心感心」と誉めてもらえたわ。

なぜ過去視を習得したのかというと、亡くなったお父様がどのような方だったのか知りたかったから。自分のルーツとかアイデンティティーとか、そういうものに興味津々な年頃だったのよ。

赤ん坊の頃の記憶まで遡って、やっとお父様に会えたわ。あまり私に関心がなかったようね。いつも本ばかり読んでいる根暗な男だった。

がっかりしつつ、好奇心から私はもっと過去を遡った。

赤子よりも胎児よりも昔、ゼロの記憶はなんだろうと疑問を抱いた瞬間、私は境を越えてあり得ないものを視た。

それはおそらく前世の記憶。

なんと異世界の女の人生を追体験できたのよ！

その女は〝おたく〟、すなわち空想世界に夢を馳せる人間だった。

〝あにめ〟という動く絵物語をこよなく愛し、特に『エメルダと魔女伝説』、略して『エメでん』を生きる糧としていた。

驚くべきことに『エメでん』の舞台は私の暮らすミストリア王国だった。それどころかお母様が諸悪の根源として描かれ、私自身が主人公たちに倒されるべき最終的な悪役――〝らすぼす〟として登場するの。

なんてこと……私は愕然とした。

ちなみに前世女はソニア・カーネリアンに対し、

『あー、早く死ねよ、くそが！　むしろ私がコロす！』

と、敵意を露わにしていた。下品なこと。

全く、時空の因果律はどうなっているのかしら？

『エメでん』の作者に異世界の未来を予知する能力でもあったのか、複数の人間の願望によりこの世界が生まれてしまったのか、はたまた神の悪戯か……。

真実を知るには骨が折れそうだから後回しにして、とりあえず今後の対策を練ることにした。

もちろん現実が〝あにめ〟通りに進むとは限らない。むしろ過去視で視たあり得ない映像の数々を信じる方が愚かかもしれない。

けれど、悪い夢だと決めつけて蔑ろにすることはできなかった。

だって、〝あにめ〟のラストでソニアはエメルダに倒され、死んでしまうから。

自分の命がかかっている。万が一の場合のために準備をしておくに越したことはない。気づいたときには何もかも手遅れ、なんてことになる方がよほど愚かだわ。

とにかく私は〝あにめ〟を参考にして、作中で描かれていた悪行に関わらないように気をつけた。

前世を繰り返し視たせいで随分達観してしまったわ。

密かに楽しみにしていたレイン王子からの手紙は憂鬱なものに変わり、お母様からの言葉も話半分に聞くようになった。

私は誰にも操られないし、惑わされない。

そう誓って生きてきた。


そして今日は、〝あにめ〟における悪しき魔女ソニア・カーネリアンの初登場の日。

ベールに包まれた花嫁は、レイン王子に糾弾されたことで怒り暴れた。そのまま感情に任せてお母様の罪と己の企みを明かすの。……お馬鹿過ぎない？

自白した後は嫉妬からエメルダを手にかけようとするものの、王子に仕える騎士に防がれてあえなく撤退。最後に負け犬みたいな捨て台詞と王子への呪いを残していく。

私にはムリ。

そんな無様な真似、金塊を山ほど積まれて頼まれたってお断りよ。

だから早々にシナリオを捻じ曲げることにした。

「……私はミストリア王と母アロニアが結んだ盟約の下、嫁入りのためにやってきただけ。レイン様がおっしゃるような犯罪の類には一切関わりございません」

きっぱりと言い切って、私は純白のベールをはぎ取った。

長い赤髪がこぼれ、私の素顔が露わになると場が一気にざわついた。

「なんと、美しい……」

誰かの呟きが耳に届いた。

そうでしょう、そうでしょう。私、見た目には自信があるの。

自分で言うのもなんだけど、燃えるような赤髪と赤銅色の瞳は見る人に強烈な印象を残す。華やかで派手な顔立ちだからなおさらね。

もちろん素材を磨く努力は欠かさない。故郷では美容の鬼と言われているわ。肌も髪も爪もお手入れは完璧。スタイルも日々の鍛練で理想的なものに仕上がっている。

先ほど着替えと化粧を手伝ってくれた侍女たちも、「レイン王子と並んでも全く見劣りしませんわね！」と称賛してくれたわ。

どうかしら、レイン王子。あなたの隣にいる少女と比べても、遜色ないでしょう？

むしろ化粧をして着飾っている分、私の方が完成した美を備えているわ。

レイン王子は瞬きを繰り返し、呆然としている。その顔が少し可愛かったので微笑むと、びくっと肩を浮かせた。あるいはドキッとしてくれたのかもしれない。

私を無下に扱ったこと、少しは後悔してほしい。

とはいえ、あまり自分の美貌をひけらかすのは心根が美しくない。勝ち誇るのはほどほどにして、話を進めましょうか。

「ミストリア王、お初にお目にかかります。紅凛の魔女の娘、ソニア・カーネリアンと申します」

私が優雅にお辞儀して見せると、国王陛下は目礼を返した。

「そして我が約束の君――レイン・ミストリア様。お会いできて光栄です。しかし残念でなりません。将来の伴侶と信じていた方から、かのような発言を聞くことになるとは……私のみならず亡き母アロニアへの侮辱、見過ごすわけには参りません」

後ろ暗いことがない証明のため、私はじっとレイン王子を見つめた。

〝あにめ〟では、今日の段階ではソニアの顔はベールに隠されたまま、明らかにならない。終盤で追い詰められてからのお披露目だった。

しかし〝ねっと〟上では、ソニアに声を吹き込む人間が超人気〝せいゆう〟だったため、絶対に美少女だと期待されていた。

確かに声も「色っぽくて羨ましい」とよく言われるわ。ふふん。

……じゃなくて、こうして早々に顔を出すことで、みんなの疑念を払いたかったのよ。だって顔を隠したままでは何を言っても怪しさ満点でしょう?

王子は若干怯みながらも、エメルダや従者たちに勇気づけられ、反論を吐いた。

「し、しかしこちらには証拠が……証言者がいる。アロニアの姉弟子たちは確かに言ったんだ。二十年前の王都襲撃は全てアロニアが仕組んだことだと」

「そうですね。その点に関しては、否定するつもりはございません。お母様は師であるジェベラを騙し、王都を襲撃させ、先代のミストリア王を討たせました」

「っ……では認めるんだね。アロニアこそが真の悪であったと!」

途端にざわめきだす大聖堂。

私も王子の真似をして手で制してみる。少しずつざわめきの波が引いていった。人の話は最後まで聞いてほしい。

「いいえ。お母様は私欲で襲撃を促したわけではありません。理由があったのです」

くるりと向きを変え、私は聴衆に向けて優雅に語りかける。

「私が生まれる前の時代、先代のミストリア王は魔女の力を恐れたがゆえ、国を挙げて苛烈な弾圧――魔女狩りを行っていたそうですね？　魔女たちは住んでいた土地を追われ、あるいは理由なく処刑されていた。……当時、お母様を含む全ての魔女は怒り、ミストリアを憎んでいたのです」

まだ二十年前のことだ。集まった貴族たちの中には当時を記憶している者も多い。私の言葉に頷き、項垂れている者も見られた。

「ミストリア王国と魔女たちの間には冷たい溝が横たわり、日に日に戦いの気運が高まっていた。お母様がジェベラを唆さなくとも、いずれ王都への襲撃は行われていたでしょう」

「だからと言って――」

「だからお母様は急ぎ王都を襲撃させたのです。魔女狩りの憂き目に遭う日々を重ねれば重ねるほど、ミストリアを滅ぼそうと考える魔女は増え、団結し、戦いの規模が大きくなる。そうなれば民も魔女もたくさん死んでしまう。あるいは本当にどちらかが滅ぶまで戦いが終わらなくなる。そうでしょう？」

問いかけておきながら、私は王子たちが答える隙を与えず、言葉を紡ぐ。

「断固として魔女狩りを執行する先代のミストリア王と、魔女たちの精神的支柱であったジェベラ。この二人を早々に亡き者にすることで、高まっていた戦いの士気を下げた。お母様は真に平和を願っていたがゆえ、策を巡らせ自ら手を汚したのです。最低限の犠牲で済むように。

……もちろん心を痛めていらしたわ。『本当は自らの策略を公表したかった』ともおっしゃっていた。しかし、王国と魔女との間に立つ救世主がどうしても必要で、それはお母様しかいなかった。

二度と魔女狩りが起こらぬよう和平を提案することが真の目的だったのですから」

少し間をあけてみたが、言葉を発する者はいなかった。

王子も、エメルダ嬢も、聴衆たちも、時が止まってしまったかのように動かない。

「お母様が病に伏した原因は、師を騙し自らの手で殺めたことと、救世主と呼ばれることへの罪悪感……精神的な心労でお身体を壊されたのです」

少しだけ嘆くように目を伏せた後、私は弱々しく微笑んだ。

「このような形で真実を告げる運びとなったこと、本当に申し訳ありません。しかしお母様が亡くなり二年が経った今、ちょうどよい頃合いかと思います。改めて申し上げます。私の母は私欲のために王都の襲撃を画策したわけではありません。大きな戦いを回避するためです。私もお母様も決して悪しき魔女ではございません」

「…………！」

一気に周囲が騒がしくなった。

私と王子の言葉、どちらが正しいのかと議論が紛糾(ふんきゅう)している。

「では、アロニア様が先代王を殺したということか……たとえ大義があったとしても、許されることでは……」

「直接手を下したのはジェベラだろう？」

「アロニア様はジェベラを討ち、そのまま王になり替わることもできたのに、玉座をミストリア王家に返還された」

「そうだ。あの方は多くを望まれなかった。その証拠に辺境の地ククルージュを終(つい)の住(す)み処(か)とされた。断じて強欲ではない！」

あら、意外ね。私の旗色の方が良いみたい。

この場に招かれているのは国内と近隣諸国の有力者たちだ。私にとっては見知らぬ人間ばかりで、本来レイン王子との親交の方が深い。私よりもレイン王子を支持する声の方が大きくなるかと思っていたわ。

多少あくどい手を使ってでも自分が有利になれるよう根回しをしておけばよかったのに、王子は中途半端に正義感が強いわね。それともただの手抜かりかしら？

ちらりと目を向けると、レイン王子の顔色はすこぶる悪かった。なるほどね。王子の動揺した様子を見れば、聴衆が味方をしないのも頷けるわ。

王子は私の話をすんなり信じたわけではなさそうだけど、迷いが生じたみたい。何が真実なのか分からない。霧の中で立ち往生している旅人のよう。

これでひとまず安心かしら、と胸を撫で下ろした矢先、

「アロニアについては分からない。あなたの言う通りかもしれない。でも！　でも、でも……っ！」

王子に代わりエメルダ嬢が食い下がった。

「最近起こっている怪事件については⁉　犯人たちはあなたの命令でやったって言っていたんだもの！」

「犯罪者の言葉を鵜呑み（うの）にするなんてどうかしているわ」

苛立ち（いらだ）のあまり冷たい声が出た。まぁいいわ。婚約者のいる男を誑かし（たぶら）、身の程を弁えず（わきま）前に

出る女に友好的になる理由ないし。

「魔女の中にはお母様を嫌う者もいる。魔女たちをまとめるために恐怖で支配していた時期があったから。そのことを恨（うら）んで娘の私を嵌（は）めようとしているのでは？　ああ、それとも麗しい王子と結婚することに嫉妬して、破談させるのが目的だったのかもしれないわね」

くすりと笑ってエメルダ嬢を見ると、彼女は唇を噛みしめて俯（うつむ）いた。私の皮肉が理解できたかしら？

「他に、私が悪しき魔女であるという証拠はある？　まさか魔女たちの証言だけで私を断罪するおつもりだったの？」

「違うよ！　だって……っ！」

エメルダ嬢は覚悟を決めたように頷き、大聖堂に声を響かせた。

「わたし、エメルダ・ポプラって言います！　実は生まれつき予知の力を持っていて、ある日ものすごい天啓を授かったんです！　紅き魔女の娘がミストリアに災（わざわ）いをもたらすだろうって！　それを阻止するため、青き王子と四人の仲間を探せって！　それで、それで、わたしは……！」

うん、知っているわ。〝あにめ〟の第一話は、エメルダがその予知を授かって、旅に出るところだったもの。

実際、目の前の彼女も本物の予知能力者なのでしょうね。

彼女の力を王子と従者たちが信じ込み、こうして確固たる証拠もなく大胆な行動に出たのだから。

でも私は認めてあげない。

「周知の事実だと思うけれど、予知能力はひどく不安定なものよ。時とともに移ろう数多の運命を正確に読み解くことなんてできない……あなたの言葉が全て嘘だとは思わないけど、予知が全て当たる保証などどこにもないわ」

「そんなこと……！　わたしの予知はいつも怖いくらい当たって！」

「ではなぜ、今ここで私に論破されそうになっているの？」

「そ、それは……わたしが未熟で、自分の意思で好きなように予知できなくて……だから――」

説得力がないことに気づいたのか、エメルダ嬢は涙を浮かべて言葉を切った。しかしすぐに顔を上げて国王や賓客に訴えかける。タフねぇ。

「どうかわたしを信じて下さい！　レイン様と紅き魔女を結婚させてはならないんです！　ミストリアが滅んでしまう！」

しかし出てきた言葉は、鼻で笑い飛ばせるほど拙いものだった。

みんな眉をひそめている。レイン王子でさえ、なおも叫ぼうとするエメルダ嬢を制止した。

私はこっそりとため息を吐く。〝あにめ〟版ソニアの気持ちが少し分かった。キレて暴れ出したくなるの、無理もないわね。

もうそろそろ茶番を終わらせましょう。白けてきちゃった。

「そう焦らなくとも、レイン様と結婚などしないわ……できるものですか」

「え？」

私は冷ややかな視線を王子に向ける。

「根も葉もない証言に踊らされ、歴史的盟約に背き、私たち親子を公の場で侮辱した……そんな愚かな男と添い遂げる気などもはや皆無。私はレイン様とは……いえ、ミストリアの王族とは結婚いたしません」

私の言葉にほっとしたのはエメルダ嬢だけだった。王子も、宰相も、官僚も、賓客も、何かを恐れるように顔を歪めた。

ここで私が宣戦布告をすることを危ぶんでいるのかもしれないわね。それくらい私は怒っていい立場にいる。

でもここで戦いを選んだら、〝あにめ〟の展開とあまり変わらなくなる。そんな面倒くさいことはしないわ。

「ご安心下さい。お母様が身を犠牲にして実現させた和平条約を、白紙にするつもりはありません。これからもミストリア王国と魔女は争うことなく、この地に共存することを目指しましょう。ただし――」

私は一番話が通じそうな国王陛下を仰いだ。

「この度の婚約破棄はレイン様からの、つまりミストリア王家からの申し入れです。承諾する代わりに賠償を要求いたします」

当然の権利よね。むしろ丸く収める案をこちらから提示していること、感謝してほしいわ。

「……分かった。望みを申してみよ」

私は考えるふりをした。もう答えは決まっているのだけど、最初からそれが目的だとバレたら警戒させちゃうから。

聖堂に視線を彷徨わせ、やがて私は黒髪の青年を指し示す。

「そこの鋭い雰囲気の方……レイン王子の騎士ですね？　そしてその腰の剣は……魔女殺し」

聴衆のざわめきを無視して、私は紅い唇を歪めた。

「陛下、彼を私の従者にし、我が故郷ククルージュに連れ帰る許可を」

青年の金色の瞳が見開かれ、顔にはっきりと嫌悪の色が浮かんだ。分かりやすいわぁ。

彼も〝あにめ〟に登場する人物。

ヴィル・オブシディア。

王子の親友にして、王国で一、二を争う騎士。

エメルダに片想いし、友情との狭間で悶え苦しむ可哀想な当て馬さんよ。

しかし〝おたく〟の間ではメインヒーローのレイン王子を押さえ、圧倒的人気を誇っている。かくいう私の前世女もヴィルが最萌だったのよね。

前世女がソニアを執拗に嫌っていたのは、最終回でソニアがヴィルを殺すからだ。

正確に言えば、ヴィルはエメルダを庇うために飛び出し、ソニアの魔術の餌食となる。

最期まで愛を告げることなく、健気に一途にエメルダを想い続けたヴィル。その献身的な姿に多くの〝しちょうしゃ〟は心を射抜かれた。

しかもヴィルはただでやられはしない。命尽きる前にソニアに一撃を食らわせる。そのときの負傷が原因で力を出し切れず、ソニアはエメルダに倒される。

なんて美味しい役どころ。かっこよすぎるわ。

前世女は言っていた。

『私がソニアだったら、ヴィルみたいな良い男がいたら絶対殺さない！　捕まえて飼う！　それでこそ悪しき魔女でしょーが！』

前世女との間に共通点や精神的繋がりはないし、私は断じて悪しき魔女ではないのだけど、その点に関しては激しく同意する。〝あにめ〟版ソニアは常に頭に血が上っていて、エメルダとレイン王子しか見えていない感じだった。ヴィルをスルーするなんてもったいない。

正直、見た目に関してはレイン王子の方が格上だ。王子は美しすぎる。

でもヴィルも良い。服の上からでも分かる鍛え抜かれた肉体とか、鋭くて危うい雰囲気とか、不器用で生きづらそうなところとか、ものすごく惹かれる。

直接この目で見て、決めた。

私、ヴィルが欲しい。

連れ帰って飼い殺しましょう。

「そんなっ！　そんなのって！　ヴィルくんが可哀想！」

「お待ち下さい、陛下！　ヴィルは――――！」

エメルダ嬢と王子は必死だ。そうよねぇ、二人ともお互いの次にヴィルが大切だものね。だからこそ奪う価値がある。

二人を黙殺し、国王陛下はヴィルをまっすぐに見つめた。

「ヴィル・オブシディア、どうする？」

何かを堪えるように目を閉じて一呼吸を置いた後、ヴィルは騎士の礼をして跪いた。

「この身一つで王国の平穏が保たれるのならば……何の不満もございません。ククルージュに参ります」

そうこなくっちゃね。

こうして私は婚約破棄と引き換えに、念願の騎士を手に入れた。

三　最悪の主従

私とレイン王子の破談が決定的になり、それからはもう大混乱だった。

他国の賓客はどこか面白がっていたけれど、ミストリアの人間は恐慌状態に陥っている。

大変なことが起きているのに何もできない。これからどうなるのかも分からない。官僚や侍女たちが青い顔で走り回ったり、震えたり泣いたりしている。

騒ぎの発端となったレイン王子とエメルダ嬢は、国王の側近に連れて行かれたわ。触れれば灰になって崩れ落ちそうなほど悄然としていた。

あの二人がこれからどうなるのか楽しみね。

王子はしばらく謹慎かしら。あれで人望はあるみたいだから国外追放まではいかないと思うけど、今後の態度次第では王位継承権の剥奪もあり得る。

なんにせよ盛大にやらかしちゃって、末代まで語り継がれるわよ。いい気味。

一方エメルダ嬢は……王都から生きて出られるかしら？

今回の騒動の咎で処刑されるという意味ではない。問題は、彼女が予知能力を持っていると宣言したところにある。

おそらくあの場にいた誰も本気で信じてないでしょうけど、彼女の能力が本物か偽物か検証しないわけにはいかない。偽物だったらますます立場が悪くなるけど、本物だったらもっと最悪。きっと死ぬまで城から出られないわ。

もしも本物の予知能力者ならば、王国は彼女を手放さない。

たとえ予知の的中率が半分程度だとしても、半分当たれば儲けものだわ。国家を脅かす危機
――災害、飢饉、事件、事故、内乱、他国からの侵攻。それらを事前に察知し、阻止できれば、こ
れほど有益なことはない。未来の情報は何物にも代えがたい宝だわ。

これからしばらく、エメルダ嬢は実験漬けの日々を送るでしょう。

ああ、でも、逃げる素振りをしたら殺されるかもよ？

他国に渡すくらいならいっそ……って発想の人がいそうだもの。むしろ城の中の方が安全かしら。

外に出たって狙われるだけ。

私としては、正直この展開は困るのよね。

もしエメルダ嬢の力が本物だと証明されたら、悪しき魔女だという疑惑が再燃するから。

ああ、今のうちに殺してしまいたい……。

やらないけどね。すぐ疑われちゃう。

心配事は他にもある。私は国王陛下が座っていた席をちらりと見て、こっそりため息を吐いた。

ううん、先のことを憂うのはやめましょう。とりあえずすぐに悪しき魔女だと断罪される心配は
なくなった。

頑張ったんだもの、自分にご褒美をあげなくちゃ。

◆

宰相の計らいで、私は急ぎ王都近郊にある屋敷にやってきた。

あれだけの騒動の中心人物になってしまった以上、城にいても肩身の狭い思いをするだけ。避難場所の提供はありがたい。

王国が管理しているだけあって、手入れの行き届いた豪華な屋敷だ。林の奥にあって周りに他の建物はない。多分、城に滞在させられないお客さん用の宿泊施設なのでしょう。裏取引や秘密の逢瀬にぴったりの雰囲気ね。今夜はここで疲れを癒やし、明日に備えましょう。

本当ならすぐにでもククルージュに帰りたいのだけど、まだ婚約破棄の手続きがある。

一般人のそれとは違い、王国と魔女が取り交わした約束事だ。私とレイン王子の体には婚約に関わる契約魔術が施されている。それを解除する魔術の準備に丸一日かかるんですって。

婚礼用のドレスからシンプルなワンピースに着替え、こってりした化粧を落として薄づきのものに替える。それから使用人に頼み、桶にお湯を入れて部屋に届けてもらった。慣れない靴で立ちっぱなしだったからくたくただ。思った以上に気を張っていたのかも。

私がベッドに腰かけて足湯で寛いでいると、控えめなノックの音が響いた。

「どうぞ」

黙って入ってきたヴィルは露骨に顔を背けた。はしたない、とか思っていそう。別にいいでしょう？　宰相は「自分の家のように寛いで下され」って言ってくれたもの。

私はドアの前に立つ青年をまじまじと眺める。

背は高く、鍛えているのが一目で分かる男らしい体つきだ。肩まで伸びた黒髪を無造作に縛っている。立ち姿には一分の隙もない。

唇を引き締め、眉間にしわを寄せているのは、緊張しているからかもしれないわね。切れ長の瞳は神秘的な金色で不思議と人を不安にさせる。

異世界の〝あにめ〟で激しく敵対するはずの男。

私が殺し、私が殺される原因となる男。

そんな二人が主従として対面するなんて、最高に愉快ね。頬がゆるむのを我慢できない。

大丈夫よ、ヴィル。私は絶対にあなたを死なせない。もちろんあなたに殺される気もない。一緒に〝あにめ〟で示されなかった未来を手に入れて人生を楽しみましょう。

さて、ふとしたきっかけで〝あにめ〟のシナリオに戻らないよう、ヴィルにはしばらく私の手の平で踊ってもらうわ。それはヴィルの寿命を延ばすことにも繋がる。

「改めて名乗りを」

「……ヴィル・オブシディア。ミストリア王国第一王子近衛騎士隊筆頭」

「元、筆頭ね。今日からあなたは紅凛の魔女の娘、ソニア・カーネリアンの従者よ」

ヴィルは屈辱だと言わんばかりに顔を歪めた。正直なヒト。

「私は有名な魔女の娘ではあるけれど、見ての通り特別に高貴な生まれというわけじゃない。かしこまった場でなければ好きに呼んでくれて構わないし、敬語も必要ないわ。体を張って守ってくれなくてもいい。ただ私が命じたことには絶対に逆らわないこと」

真意を推し量るように私を見つめた後、ヴィルはぼそりと呟いた。

「命令の内容による」

「例えば？」

「……徽章を手放しても俺はミストリアの騎士だ。犯罪行為に手を貸すつもりはない」

「ふふ、全く信用されていないのね。私は良き魔女よ？」

ヴィルは顔をしかめるだけだった。

でもそう……騎士道精神に反していなければ、なんでも言うことを聞いてくれるのね？

「ヴィル、拭いて」

私が濡れた足を差し出すと、彼は硬直した。

「何をしているの。冷えてしまうでしょう。タオルはそこにあるわ」

返事はなかったが、ヴィルはのろのろと動き出した。私の前に跪き、片足ずつ拭いていく。決して私の顔を見ないよう、肌と肌が触れないよう、細心の注意を払っているのが分かる。

「もう少し優しくお願い。肌に傷がついちゃうわ」

屈辱でしょうね。私に……魔女にこんなことをさせられるなんて。イライラがたまっていくのが目に見えるようだわ。

桶を片付けてもらってから、改めていくつか質問をした。ヴィルについては大体知っているつもりだけど、〝あにめ〟と相違点があるかもしれないし、知っていてはおかしいことを口走って怪しまれるのもつまらない。確認は必須よ。

現在の年齢は二十歳。レイン王子とは十歳のときに知り合い、十六歳の頃から騎士として仕えている。王国を騒がせる怪事件を追うため城を飛び出した王子に付き添い、ここ一年ほど各地を転々としていたらしい。

「それで、あのエメルダという子とは、いつどうやって知り合ったの？」

「…………」

今まで端的ながら素直に喋っていたのに、あの娘の名前を出した途端にだんまりだ。

「ヴィル、答えなさい。命令よ」

「……聞いてどうする」

「どうもしないわ。でも気になるでしょう？　私を本気で悪しき魔女だと思い込んでいる相手よ」

「エメルダがそう言うのなら、そうなんだろう。あいつは嘘を吐くような女じゃない」

「別に彼女が嘘を吐いているとは言っていないわ。でもそうね、身の丈に見合わない予知能力に振り回されて、頭がおかしくなっている可能性はありそう」

ヴィルの目が殺気を帯びる。部屋の温度が下がっていくのを楽しみながら、私は安い挑発を続けた。

「彼女にとって私は恋の障害なのでしょう？　無意識に排除しようと私を悪に仕立てあげたのではなくて？　それくらいのことをしないと、国を挙げての婚姻を破談にできないと思って。よほどレイン様のことが好きなのね」

〝あにめ〟では、この時点で既にエメルダとレイン王子は両想い。そしてヴィルは諦めようと頑張っているところ。目の前の彼の反応を見る限り、その通りらしい。とても苦しそう。

私を前にして他の女に恋い焦がれるなんてね。いじめがいがありそうだわ。

「でも、王子もあの子も馬鹿よねぇ。思い込みが激しすぎるんじゃないかしら」

「……これ以上あの二人を侮辱するな」

「え？　どうして？　だって先に言ってくれればよかったのに。私は良き魔女だから、愛し合う二人の邪魔なんてしない。婚約解消を望まれたら喜んで協力してあげたわよ」

実際私は待っていた。だけど彼らは一向に現れなかった。

「あなたたち、今まで何をしていたの？　とりあえず会いに来なさいよ。平和的解決のためにはまず話し合いが基本でしょう？」

私は隠れ住んでいたわけじゃない。

もしかしてククルージュが田舎だから来るのが面倒だった？

遊びに来てくれたら特製のハーブティーでもてなしたのに。

……なんてね。戯れはこれくらいにして仕上げましょう。

「ちゃんと手順を踏んでくれたらあんな恥をかくこともなく、『必要最低限の犠牲』で別れられたのに」

「……っふざけるな！」

ヴィルの目がかっと見開かれた。わざわざ地雷を踏み抜いただけあって、本気で怒っている。

「先ほど婚礼の場でも言っていたな……アロニア・カーネリアンは最低限の犠牲で済むように襲撃を画策したと」

「ええ」

「その最低限とやらでどれだけ死んだと思っている！　俺の両親がどんな目に遭ったか……！」

勢いのまま、ヴィルは己の生い立ちを明かした。

若くして王国騎士団の筆頭を務めていたヴィルの父、クロス・オブシディア。彼は剣の天才で、王国最強との呼び声の高い騎士だった。

しかし二十年前の王都襲撃の際、呆気なく魔女に殺されてしまう。愛する妻を人質に取られたからだ。惨殺された騎士は全身の血を抜かれ、腸を引きずり出され、城門に逆さに吊され、三日三晩晒された。

王国最強の騎士への辱めは、魔女の恐ろしい力を示す見せしめとなった。

「変わり果てた父の姿に母は絶望し、臨月の腹を切り裂いた。そうして俺は生まれ、母はそのまま死んだ！」

金色の瞳が憎悪でぎらついている。

ああ、綺麗。

人を惑わす満月のよう。

「話し合いだと？　ふざけるな！　残忍で狡猾、人を人とも思わない魔女どもの巣窟に、王子やエメルダを近づけられるものか！　どんな卑劣な罠を張られるか分かったものではない！　だからお前が王都に来るのを待った！　お前とアロニアの本性を暴き、魔女との共存を信じている馬鹿どもに知らしめるはずだったんだ！」

……なるほど。結構考えていたのね。

あの大聖堂の裏には警備のために王国騎士団の精鋭が控えていたし、他国要人の護衛も同様だ。いざとなれば、魔女一人を押さえるのに十分過ぎる戦力が集まっていたということだ。

思い返してみれば王子はかなり挑発的な言葉を選んでいた。私を怒らせるためにあえて、だったのね。

確かに〝あにめ〟で怪事件を引き起こした魔女たちは、揃いも揃って非常にキレやすかった。特に企みを暴かれ「犯人はお前だ！」と言われると途端に……。

そういうお約束だと思っていたけど、もしかして魔女って忍耐力ないの？　そういう認識？

私や田舎の魔女たちはそんなことないと思うのだけどねぇ。

そういえば〝あにめ〟でも婚礼の儀の前まで、エメルダたちは逆境に立たされていた。アロニアを救世主と讃える国で、アロニアの娘を断罪するのは難しい。怪事件の犯人が魔女だと分かっても、人々には不思議と脅威は伝わらなかった。焦ったでしょうね。

王子たちは決死の覚悟で今日に臨んだのだ。

決定的な証拠がなくとも、どうしても私を糾弾しなければならなかった。

それくらい追い詰められ、それくらいエメルダ嬢の予知を信じていた。

婚礼の儀に招かれたのは、魔女に悪感情を持たない者ばかり。私に気を遣ってそういう客が選ばれているはずだし、お母様を嫌う者はそもそも出席を断るでしょう。そういう場で糾弾し、世情をひっくり返すことも計算に入れていたのね。

……本当に良かったわ。〝あにめ〟を視ておいて。

でなければ今のヴィルのように、怒りに任せて相手の思惑通りに操られていたかもしれない。

「俺は魔女が憎い。一人残らず殺して腸を裂いてやりたい……お前もだ、ソニア・カーネリアン」

ヴィルは腰の剣——魔女殺しに手をかけ、震えていた。私を斬り捨てる衝動と戦っているみたい。

　とにかく私が言うべきことは一つ。

「ごめんなさい。不用意な発言をしたわ。撤回します。あなたのご両親の件も、あなたが望むのなら一人の魔女として謝罪するわ」

「馬鹿にするなっ……命乞いのつもりか？　それで許されると――」

「いいえ。謝罪一つで帳消しにできる程度の憎しみなら、魔女殺しなんて持たないでしょう。それくらい分かっているわ。勘違いしないで」

　私は挑むようにヴィルを見上げた。

「許さなくていい。どうしても私を殺したいなら、いずれ勝負の機会を設けてあげましょうか？　どれだけ憎まれても私はあなたをそばに置くわ」

「なぜだ……俺が何をしようとしているのか分かっているだろう？」

　ヴィルが素直に私の従者になった理由？

　もちろん私が悪しき魔女だという証拠を掴み、窮地に陥った王子とエメルダ嬢を救うため。そして正当な裁きを与えるため。

　今ここで私を殺しても罪を証明できない。それどころか責任の矛先はレイン王子に向かい、とどめの一撃となる。だから剣を抜けないのでしょう？

「分かっているわ。でも証拠がなければどれだけ憎くても断罪などできない。私情で人を殺められるはずがない。たとえ徽章を手放しても、あなたはミストリアの騎士なのだから」

　苦しげに息を詰めていたヴィルは、数拍おいて剣から手を離した。

「ずいぶん自信があるようだな……」

「ええ。私は良き魔女で、良き主だもの」

「どこがだ！」と吐き捨てて、ヴィルは部屋から飛び出していった。

……これでいいわ。

一度怒りを思いきり爆発させてしまえば、そうそう次の噴火は来ない。しばらくは背中を斬られる心配をしなくて済む。

それに、先に謝っておきたかったのよね。

どう魔女側をひいき目に見てもヴィルの生い立ちは可哀想だもの。これから先、負い目を感じて思い切りいじめられないのは面白くない。魔女というひとくくりで、自分が生まれる前の出来事まで責められるのも面白くないんだけどね。

「でもヴィル……本当は知っているでしょう？」

あなたの父親が魔女狩り部隊の指揮をしていたこと。

そして殺害後に受けた辱めは、かつて魔女狩りに遭った魔女が受けたものと同じものだと。

やったらやり返されるのよ。

あなたも私も覚悟が必要ね？

◆

翌朝、私は何事もなかったかのようにヴィルに微笑みかけた。

「おはよう、ヴィル。ダメじゃない。もう少し早く来て、給仕を手伝わなきゃ」

部屋に届けてもらった朝食を食べ終わり、今は食後のお茶を楽しんでいるところ。もう屋敷の侍女には下がってもらっている。

ヴィルはむっとしていたけど、胸に手を当て謝罪の礼をした。昨日怒鳴ってしまったことを反省したのかしらね。

ヴィルは私が『悪しき魔女』だという証拠を掴むために従者になった。すぐクビになってしまったら意味がない。少しは従順にならないと情報を引き出せないと気づいた模様。というか、もう少し打ち解けないと私は隙を見せないわよ？

今日は騎士の制服ではなく、シンプルなシャツとジャケットだ。燕尾服ほどかしこまってはいないものの、実に従者らしい装い。顔とスタイルが良いから何を着ても似合うわ。護身用にしては大きな剣が悪目立ちしているけどね。

「今日は昼に婚約破棄の儀式をしたら、すぐにククルージュに向けて発つからそのつもりでいてね」

「すぐに？」

「そうよ。悪いけれど、荷物の準備やお別れの挨拶がしたかったら午前中に済ませてきてね」

ククルージュまで普通に行ったら五日はかかる。いろいろと気を配ることもあるし、早く出発するに限る。ヴィルにも支度があるでしょうけど、待ってあげられないわ。

「俺は、この剣さえあればいい。家財は全て処分するように頼んであるし、挨拶はもう済ませた」

「そうなの？　まぁ服や日用品はあっちで買った方がいいわね。一緒にお買い物しましょ。楽しみ」

げんなりしつつも、拒絶はしないヴィル。代わりに腰の剣に触れた。

「一つ聞きたい……魔女殺し（ブラッディ・マガサ）を取り上げないのか？」

魔女殺し。

それは大量の魔女の血を用いて打ち鍛えられた呪いの武器のこと。

莫大（ばくだい）な魔力消費と引き換えに、魔術を無効化できる。しかも魔女が魔女殺しで斬られると、傷から血煙が上がる。使い方次第では隠れた魔女を見つけることもできるのよ。

ヴィルが持っているのは父親の形見で、魔女狩り時代に作製されたものの一つ。たくさんの同胞を葬（ほうむ）ってきたこの剣は、魔女にとっては忌まわしい武器だ。

それを私がちっとも取り上げないことが、ヴィルは腑（ふ）に落ちないみたい。

「ええ。これから私と一緒に過ごすのに、普通の剣では不安でしょう？　それに確か魔獣にも効果があるはず。帰郷までの道中、心強いわ」

「……これを奪うために俺を従者にしたのではないのか？」

「いいえ。あなたが私の好みだから従者にしたの。顔も声も性格も、レイン様よりずっと素敵よ。私はそう思う」

思いもよらない回答だったのか、ヴィルは息を飲んだ。

「もちろん、王子たちへの嫌がらせも兼ねているわ。失って思い知るといい。ヴィルがどれだけ価値のある騎士だったか」

実際〝あにめ〟ではヴィルの活躍で窮地を乗り切る場面がたくさんあった。これからの展開は分からないけれど、ヴィルがいなくなったら王子もエメルダ嬢もあっさり死んでしまうかもね。

ヴィルは戸惑っていた。「どうして俺の評価がこんなに高いんだろう」「もしかしたら俺を引き離した隙に王子を襲撃するつもりでは」「いや、からかって俺の反応を楽しんでいるだけか」「なんて嫌な奴……これだから魔女は嫌いだ」……そんな考えが透けて見える。

私は小さく息を吐いた。もう少し表情を隠した方が良いわよ、ヴィル。

「魔女殺しはあなたが持っていて構わない。ううん、むしろ持っていてほしい。私からの信頼の証だと思って。……ただし」

私は立ち上がりヴィルに近づくと、彼の黒髪を縛っている紐を摘まんで奪った。さらりと肩に髪が落ちる。

「な、何をする」

「これは取り上げます。あなたにこの色は似合わないわ」

このミントグリーンの髪紐は、エメルダ嬢からもらったものでしょう?

〃あにめ〃で視た。とある怪事件を解決した際、救った子どもがお礼にとたくさんの髪紐をエメルダにプレゼントした。「ヴィルくんも使う?」と彼女が言い、ヴィルはこの色を選び取った。

エメルダは何気なくあげたものなのに、ヴィルはずっと大切に身に着けていて、〃しちょうしゃ〃を散々悶えさせたアイテムだ。

奪われた髪紐をヴィルの目が追いかける。実に切なげな顔をしてくれるわね。

「代わりに新しいものをプレゼントするわ。魔術はかかってないから安心して。信じられないなら後で鑑定に出してくれて構わないから。……ねぇ、屈みなさい、ヴィル」

私が差し出した深紅の髪紐を見て、ヴィルは小さく呻いた。だけど強く抵抗せず、大人しく髪を結ばせた。魔女殺しの帯剣を許してもらったのに、これを拒絶はできないわよね。

「ふふ、よく似合っているわ。鏡見る?」

「いい。分かった。これからはこれを使う。……だから、その髪紐を返してくれ。人にもらったものなんだ」

「嫌よ。魔女殺しさえあればいいんでしょう? こんなみすぼらしいもの目障りだわ。――【イグニザード】」

私の詠唱により、髪紐は燃え上がった。すぐに灰になって床に落ち、火気は消える。

「……っ」

ヴィルは肩を落とし、目をつぶって震えていた。

激昂するかと思ったけど、何とか耐えている。というか、私への憎しみよりも悲しみの方が大きいみたい。

ちょっと可哀想だけど、首輪は取り替えておかないとね。

それに、いいかげん吹っ切った方が良い。〝あにめ〟でも現実でも彼女はあなたのものにはならない。私がいる限り、絶対にね。

四　災厄の王子

昼過ぎ、婚約破棄の儀式のため、神殿を訪れた。

国の術士たちが魔術円を囲み、せっせと供物を並べている。珍しい魔獣の牙や鱗など恐ろしく高価な物ばかり。この手の魔術は膨大な魔力を必要とすると聞いていたけれど、想像以上ね。

「総額で一千万ウェンカくらい？　国庫は大丈夫かしら」

これは国民のひんしゅくを買うわね。結婚のご祝儀ならまだしも、婚約破棄の手続きに汗水垂らして納めた税金が使われるなんて知ったら、暴動が起きてもおかしくない。

ヴィルは虚ろな声で答えた。

「今回の供物のほとんどはレイン王子の私財、もしくは親しくしている商会で負担している……」

「え、そうなの？　それは素敵な心がけね。安心したわ」

当然と言えば当然か。レイン王子としてはこれ以上周りの不興を買いたくないでしょうし、国としても私財を没収することで今後の王子の動きを制限できるし。

何にせよ、核なしの人間は大変ね。魔力をわざわざ買わなければならないなんて。

だけど術式自体は文句の付けどころのない完成度だわ。その辺の魔女では組めない高度なものだ。さすが国お抱えの術士たち。よくもこんな煩雑な術を構築できるわね。

まぁ、魔女は自分の興味のない分野には手を出さないから仕方ない。人同士を結ぶ契約魔術なんてその最たるものかもしれない。

そんなことを考えながら儀式の場が整うのを待っていると、宰相が近づいてきた。

「宰相様、昨日は素敵なお屋敷にお招きいただき、ありがとうございました。おかげで快適に過ごせました」

「そう言っていただけて何よりです。ソニア様……先ほどレイン殿下もこちらに到着されました。それで、その……昨日のことを謝罪したいとのことなのですが」

「え？」

よく見れば宰相は額（ひたい）に汗をかいていた。

「も、もちろん今更やり直そうなどという申し出ではございません。ただ貴女（あなた）にひどい言葉を浴びせたことを謝りたいと、それだけなのです。断っていただいても構いません。本来なら殿下と顔を合わせるのも苦痛でしょう。ですがその……」

国を預かる宰相としては、王子の謝罪を受け取ってほしい、と。

うーん、どうしようかしら。

ただの謝罪だけで終わらない気がする。たった一日で私の無罪を信じるはずもない。王子は私と言葉を交わすことで、真実を見極めようとしているのでしょう。

厄介（やっかい）だわ。でも、私も聞きたいことがある。

「分かりました。お会いいたします」

「本当ですか！」

「はい。ただし、私とレイン様、そして我が従者ヴィルの三人だけで」

宰相とヴィル、二人とも目を見開いた。

「あの、それは……」

「何を考えている？」

「十六年もの間、形だけとはいえ婚約関係にあった方ですもの。最後に堅苦しくない場で話したいと思ったのです。でも二人きりでは心配でしょう？　だからヴィル、あなたがついてきて」


神殿の個室で、すでにレイン王子は待っていた。

神々しいほどに美しいのは変わらないけれど、憔悴の色は隠せていない。たった一日で随分痩せたような気がする。

「ありがとう、ソニア嬢。きみの寛大な対応にまず感謝を」

でも残念。彼の青い瞳を見る限り、まだ心が折れていないみたい。戦う気満々って感じ？

「前置きは結構です。儀式まで時間がありませんし、私もお尋ねしたいことがあります。先にレイン様の用件をどうぞ」

部屋の中には簡素な椅子が二脚。

私と王子が向かい合って座り、ヴィルは私の後ろに立った。男同士で目配せするのはやめて。

ヴィルは背後から私の首を狙える位置にいる。髪紐を燃やすタイミングを間違えたかしら。

まぁ、この場で私に手を出せるはずがない。

密室とはいえ扉の外には見張りの兵が立っているし、魔術の気配がある。盗聴されていると思った方がいい。

私も王子もヴィルも下手なことはできない。

「では、改めて。……ソニア・カーネリアン嬢、昨日の暴言暴挙の数々、深くお詫び申し上げる。確固たる証拠もなく、きみと母君の名誉を汚した。言葉でいくら謝っても許されることではない。僕は、今この場できみに殺されても文句は言えないと思っているよ。むしろ今生きていることが不思議でならない」

「ご冗談を。そんな物騒なことはいたしません。謝罪の言葉、確かに頂戴いたしました。私としては、賠償として素晴らしい騎士をいただいた時点で禍根はございません。結果的に、真実を伝えるという母の悲願も叶いました。なのでお気になさらず、どうぞ可能ならばあの少女とお幸せに」

「……きみは本当に寛大な女性だ。それに信じられないくらい達観している。年長者としては悔しいが、感服するしかない。きみという人となりを理解していなかったことが、僕の失態の最大の要因だね。事前に一度でも話しておけば、こんなことにはならなかっただろう。見誤ったよ」

「私も、レイン様のことを誤解しておりました。一国の王子というのはあらゆる面で不自由で、さぞ抑圧されてお辛いだろうと思いましたが、あなたはそういったしがらみを跳ね返せる御方なのですね。素晴らしいことですわ」

私と王子はにこやかに話していたけれど、室内の空気は冷え切っていた。

お互い、丁寧な言葉の端々に棘があったから。

王子は負け惜しみを、私は嫌味を。

間違っても結婚しなくて良かったわね、私たち。きっと周囲を凍てつかせるような夫婦になっていたわ。その証拠にヴィルが怯えている。

「謝罪が済んだことですし、今度は私のお話を聞いて下さる？」

「ああ、もちろん」

「あのエメルダという少女は何者ですか？　どういう経緯でお知り合いに？」

　ヴィルに尋ねても教えてくれないのです、と訴えかけると、レイン王子は小さく頷いた。

「今更隠しても仕方ない。聡明なきみのことだから察していると思うが、彼女は『魔女の厭い子』だ」


　やはり、というか〝あにめ〟通りで安心したわ。

　魔女の厭い子。

　それは魔女になる資格を持ちながら、その機会を逃した者のことだ。

　まず前提として魔女とは何か。

　箒で空を飛んだり、ふりふりの衣装に変身したり、悪魔と密約を交わしたり……なんてことはしない。

　他の〝あにめ〟の魔女には驚かされたわ。どんな短いスカートで走り回っても下着が見えないの。特殊な魔術結界を持っているのかしら？

　それはさておき、この世界における魔女の定義は「核と創脳――二つの魔術機関を兼ね備え、自在に魔術を行使する女」である。

　魔術は魔力と術式によって起こされる奇跡の業のこと。

　そのために必要不可欠なのが核と創脳。

まず核。

魔力を生み出す場所。体のどこにあるのかは人によって違う。

この世の生物はみんな魔力を持っているけれど、核持ちの人間は通常の何倍もの魔力を生成することができる。

核を持つ人間は身体能力に優れていて、冒険者や傭兵(ようへい)になる者が多いわね。専用の魔道具で魔力を結晶化して売れば、それなりの生活ができるとも聞く。

次に創脳。

脳にある裂傷のような部位のこと。魔術の設計図を考えるのになくてはならない場所よ。

創脳を持つ人間は魔道具を発明したり、自然界の魔力の流れを感じたりできる。結晶や供物から魔力を引き出せば魔術を使うこともできるわ。魔術を生業(なりわい)にする者——術士と名乗るためにはかなり勉強が必要だけどね。

ちなみに難関試験を突破し、政府から公的に術士と認定されれば一生安泰。引く手数多の人材になれる。「どこの世界でも頭脳労働者は優遇されるのね……けっ」と前世女が悪態をついていたわ。

核のみ、創脳のみ、どちらか片方だけ持って生まれてくる人間は結構いる。

だけど二つとも兼ね備えて生まれる人間は大変希少。しかも女のみ——魔女しか生まれない。現在のミストリア国内では、年に一人生まれるかどうかではないかしら。

でも、たとえ核と創脳を持っていたとしても、それだけでは真の魔女とは呼べない。なぜなら魔術を使いこなすには、幼い頃から徹底的に訓練しないといけないから。

母親が魔女なら問題ないけれど、一般人から魔女となりうる娘が生まれた場合、悲惨だ。

魔女を呼び、娘を預けて育ててもらわなければならない。正常に育つためにはどうしても魔女の手助けが必要なの。

訓練をせずそのまま大人になれば魔力の制御ができず、身を滅ぼすかもしれない。また、術とも呼べない力で周囲に害をもたらすかもしれない。

六歳までに魔女に弟子入りさせ、真の魔女になるまで親元に戻ってはいけない。

それがこの世界のルールなの。

かと言って、頭では分かっていても、可愛い娘を魔女に渡したくないと考える親はいる。

魔女の中には、引き取る代わりに大金を要求する者もいるらしいしね。我が同胞ながら卑(いや)しいことね。

他にも「弟子に出した娘が魔女に食べられていた」「危険思想を身につけて帰ってきて村が滅んだ」なんてオチの古い伝承が各地に残っている。そんな話を童話代わりに聞かされていた親が、魔女を信じられなくなるのも無理はない。

それで結局魔女に引き取られず、人里で育ってしまったのが魔女の厭い子。

大きくなってから慌てて魔女に弟子入りしようとしてももう遅い。爆弾が近寄ってくるようなもので、魔女たちにとっては大迷惑。

だから魔女の厭い子と呼ばれる。魔女に限らず、普通の人間にとっても厭うだけの存在だろうけど。

二十年前にお母様が国を救って以降、ミストリアでは魔女の信用が回復し、厭い子の数はずいぶん減ったらしい。

だから今の時代、エメルダ嬢の存在はものすごく珍しい。

「彼女は最近まで、自分が厭い子だということすら知らなかった。予知の力も、育ての親に絶対に口外しないよう厳しくしつけられていたらしい。自分の力を信じないように心がけてきたようだ」

「なるほど。でも本当に珍しいですね。厭い子が予知の力を……」

大抵の厭い子は、自爆するか周囲に迷惑をかけて粛清（しゅくせい）される。無事に育つことすら難しい。厭い子の創脳が異常発達して奇跡的に稀有（けう）な能力を身につけた、という話ならまだ信じられる。

しかしエメルダ嬢は「生まれつき」予知の力があったと言った。

どんなに優れた魔女でも狙って体得できるものではない。もちろん私も無理。それは才能。あるいは運の問題になってくる。

これが主人公補正ってやつ？

なぜか無性（むしょう）に腹が立つ。

「でも安心しました。予知の力はもちろん、厭い子の力が不安定なことも周知のはず。私がミストリアに災いをもたらすという予知の信憑（しんぴょう）性は、ますます低くなりますわね」

しかしレイン王子は頷かなかった。

「その信憑性の有無については、議論の余地があると思うね。僕もヴィルも、最初はエメルダの言葉を信じられなかった。だけど、何度も何度も何度も見たんだ。エメルダの予知が的中するところを。そして彼女が予知を覆（くつがえ）す行動をとることで、悲惨な結末が紙一重（ひとえ）で回避されるところも。謝罪の直後に重ねて申し訳ないが、僕はまだ、エメルダを信じている」

「……好きな人を庇いたくなる気持ちは分かりますわ」

「それだけじゃない。決して」

真剣なレイン王子に対し、私は朗らかな笑みを浮かべる。

「僕は一つの疑念を持っている。もしも可能ならば、答えてほしい」

寒々しい室内に王子の緊張した声が響く。

ふふ、私も王子のことを少し侮りすぎたかしら。

「ソニア嬢。もしかしたらきみ、未来を知っているんじゃないか？」

私は体の芯が揺るがないように意識して、口元を緩めた。ここでおかしな反応を見せれば、王子とヴィルの疑念が大きくなる。気をつけなくちゃ。

「面白いことをおっしゃいますわね。私も予知の力を持っていると？」

「きみ自身でなくてもいい。周りにエメルダ以上に力を使いこなせる者がいるんじゃないかと思ってね」

「いいえ。私自身、過去視の魔術なら習得していますけど、あれは自分の経験した記憶を掘り起こすもので、未来を視ることはできませんわ。予知能力があったらさぞ便利でしょうけどね」

私がくすりと笑うと、レイン王子は頭をかいた。非現実的なことを言っている自覚があるらしい。

「どうしても分からないんだ。昨日、きみはなぜあんなにも平然と微笑んでいられたんだい？　婚礼の場で一国の王子に糾弾され、誰も味方のいない場所で窮地に追い込まれ、あの落ち着きぶりはあり得ない。きみが真実無実だというならなおさらだ。このままでは濡れ衣を着せられると、慌てても良さそうなものじゃないか」

確かにあの態度は不自然だったかもしれない。でもおどおどした姿をみせれば、まるで図星を指されたみたいでしょう？

王子の話に説得力を持たせてしまう。あの場では余裕たっぷりに振る舞うのがベストだった。大体慌てふためく演技なんて、考えただけで笑っちゃいそうだもの。そもそも無理ね。

さて、どうしましょうか。

前世の世界を覗き見て〝あにめ〟であの展開を知りました、なんて白状したって受け入れられるはずがない。

でもこの手の疑問を持たれることは想定の範囲内よ。

「覚悟をしていたのです。お手紙の返信が途絶えたとき、あなたには他に想い人がいるのではないかと」

ため息混じりに告げれば、王子が顔を曇らせた。さぁ、痛いところを遠慮なく突かせてもらいましょうか。

「ただでさえ嫁入り前には、いろいろ考えて憂鬱になってしまうものです。その上、顔を合わせたこともない相手との結婚なんて、不安しかなかった……最悪あなたは現れないのではないかと思っていたけれど、まさかその最悪を超える展開が待っているなんて、笑うしかありませんでしたわ」

「ソニア嬢……」

「ああ見えて、必死でしたの。あの場で惨めに泣き崩れることも、みっともなく怒ることもあってはならない。私は母が二十年間隠し続けた真実を打ち明けてでも、自分のプライドを守りたかったのです。なんて強情で愚かな女でしょう。呆れられてしまうかしら？」

うなじにヴィルの視線が突き刺さっている。そんなに嘘くさい？

けれど、目の前のレイン王子は気まずそうに首を横に振った。

そうよね。あなたに私の言葉を否定する資格はないわ。私が悪だろうが善だろうが関係ない。婚約者がいる身で他の女にうつつを抜かしたことは事実なんだから。

一応これで動揺がなかったことの説明はつくはず。王子には深く追及できない内容だしね。

可哀想ぶるのはもういいかしら？

正直柄じゃないのよね。

「私は予知能力者ではありません。私の周りにも一人もいない。ご存じでしょうけど、予知能力の開発は魔女にとって『七大禁考』の一つですもの。とっても危険なことなのですよ？」

王子はまだ私を訝しげに見つめている。

「おかしな方。まだ仲間を疑われた方が現実的でしょう」

私に情報を漏らした裏切り者がいる、と考えればつじつまが合うのにね。疑心の鬼になってくれないかなと期待したものの、王子は軽く笑っただけだった。仲間を信じ切っているみたい。

大丈夫かしら。〝あにめ〟通りなら、この先仲間の一人が裏切るわよ？

まぁ、私はその人物を唆すつもりはないから、実際に裏切り者が現れるかは分からないけれど。

「あの……レイン王子、エメルダはこれからどうなるのですか」

会話が途切れたところで、ヴィルが恐る恐る問いかけた。

「城の一室に閉じこもり、次の予知の訪れを待っているそうだよ。どうすればこの状況を打開できるのかと、必死にもがき苦しんでいるらしい」

想い人が懸命に頑張っている姿を想像しているのか、王子もヴィルも沈痛な面持ちになった。

やっぱり殺したいな、あの女……。エメルダ嬢さえいなければ、私も彼らも振り回されずに平和に暮らしていける気がするのだけど。

「本当に、どうしてこんなことに……ああ、いや、ソニア嬢を責めているんじゃない。自分の至らなさに腹を立てているんだよ。どこで選択を間違えたんだろう。今までは悪い予知を防げば全て上手くいったのに。これからどうすれば……」

　哀れというか、愚かというか。

　不完全な予知の力に振り回されすぎていて滑稽だわ。

「分からないことだらけだ……捕まえた魔女は『バラ色の人生』がほしいだの、『棘のとげ』が刺さっただの意味の分からないことを言うし」

　あーあーあー。王子、それ以上言うと死ぬわよ？

　誰がこの会話を聞いているか分からない。というか、こいつの口を塞がないと私までとばっちりを受けそう……。

　仕方ない。いいかげんウザったいのよね。

「エメルダ嬢が受けたという天啓、一言一句そのまま教えて下さい」

　王子は首を傾げつつ、すらすらと答えた。

【紅き魔女の娘が盟約を果たし、ミストリアに滅びの災いをもたらすだろう。汝、青き王子と四人の同志を求め、それを拒まん】

私は小さく息を吐いた。

もしかしたら微妙に違うかもしれないと思っていたけれど、〝あにめ〟と全く同じ文言だ。なら話は早い。

「確かに、ミストリアで紅き魔女と言えばお母様のことで、その娘は私一人です。そして盟約という言葉からは、私とレイン王子の婚約のことが連想されます……しかし、あまりにも曖昧ですね。てっきり私を名指しで悪だと断言しているのだと思いましたわ」

この世に赤髪、もしくは赤目の魔女が何人いるだろう。少なくともお母様や私だけではない。盟約だって本当にレイン王子との婚姻のことかは分からないでしょうに。

「ちょうど魔女による怪事件が頻発し、黒幕として私の名前が挙がったために、判断力を曇らせたように思えます。そこでじっくり予知の内容を検証しなかったことが、今回の過ちの原因でしょう」

「いや、しかし、ここまでの符合は無視できるものでは……」

「そうですか？　では百歩譲ってその紅き魔女の娘が私で、レイン様との結婚によりミストリアが滅びるのだとしたら、もう何の心配も要りません。エメルダ嬢の予知にこだわるのなら、ミストリアは救われました」

王子は虚を衝かれたように固まった。

「私とレイン王子の結婚はなくなり、盟約が真に果たされることは二度とない。ならミストリアに滅びの災いは訪れません。そうでしょう？」

これが〝あにめ〟ならソニアが激怒し、王子に呪いをかけるところから波乱の〝第二しりーず〟

が始まる。けど現実はそうはならなかった。

良かったわね、レイン王子。

「レイン様の望むような解決にはならなかったみたいですが、目的は果たされていますわ。それでも気が済まないのですか？　全てが上手くいかなければ失敗ですか？　どうしてもエメルダ嬢と二人、救国の英雄になりたかったのですか？　……それはあまりにも強欲です。あなたが一番守りたかったものはなんですか？」

私のこと強欲の魔女だと罵(ののし)っていたけれど、そっくりそのまま言葉を返させてもらうわ。

しばらくして王子は両手を上げ、降参を示した。自虐(じぎゃく)的な笑い声が響く。

「まいったね。……確かに僕は王太子としての地位を危うくし、エメルダは囚(とら)われ、ヴィルはきみに奪われた。怪事件の黒幕も分からず、滅びの災いが意味するところも謎のまま……でも、ミストリアの滅亡を回避できるのなら構わない。それが一番大切なことだ。……最低だな、僕は」

小さく呟いて、王子は安物の椅子にもたれかかった。どっと疲れが出たのか、体が重そう。

「僕の自己満足に付き合わせて済まなかった、ソニア嬢。婚約破棄の儀式を以(もっ)て僕らは赤の他人になるけれど、願わくは王国と魔女の代表者として、いつか友好の握手を交わせる日がくることを」

「……ええ。いつの日か」

今日はまだその日ではない。

とりあえず引き下がったものの、王子だってまだ私への疑いを完全に晴らしたわけではないでしょう。成果はあった。それで自分を納得させたのだ。

私も彼とエメルダ嬢を完全に許したわけではないけど、放っておいてもひどい目に遭いそうだからもういいわ。それより早くククルージュに帰って、ヴィルと甘くて苦い日々を送りたい。

そう思っていた矢先、王子がとんでもないことを言い放った。

「……ソニア嬢。ヴィルのこと、あまりいじめないでやってほしい。こう見えて繊細で傷つきやすい男なんだ」

「王子！　何を！」

ヴィルは恥ずかしそうにしている。二人は身分差こそあるけれど親友の間柄。実際仲はいいんでしょう。

「………」

私は呆れてしまった。今の王子の発言はひどいと思うわ。

繊細で傷つきやすいからヴィルをいじめるな、ですって？

ヴィルのエメルダ嬢への気持ちに気づいていながら、見せつけるようにイチャついておいてよく言うわ。王子の方が軽率にヴィルを傷つけている。

今回の件だってヴィルが犠牲になることで丸く収まったのよ。もっと感謝すべきじゃないかしら。

実は、『エメでん』の最終回はそれはそれは評判が悪かった。

たくさんの犠牲と引き換えにエメルダがソニアを倒し、感動的な〝えんどろーる〟の後、エメルダとレイン王子の結婚式で終わるからだ。

ヴィルが死に、他の仲間もたくさん傷ついているのに、そこには触れず二人だけで笑顔のハッピーエンドを迎えたのよ。

前世女は「喪に服せ！　そこはせめてヴィルの墓参りだろーが！」と散々荒れ、あられもない姿の最萌が印刷されたシーツに涙を落としていた。
……気持ちは分かる。今分かった。
強欲で薄情で偽善者の王子様。
私、本当にあなたと結婚しなくてよかったわ。

その後、つつがなく婚約破棄の儀式は執り行われた。
生まれてからずっと張り付いていた契約魔術が剥がれ、私は安堵の息を吐いた。

五　帰郷の道

婚約を解消して一段落ついたところで、あにめ『エメルダと魔女伝説』のあらすじを確認しつつ、現状を整理しておきましょう。


物語は山奥の小さな村から始まる。

エメルダは血の繋がりのない老婆と暮らす、明るく無邪気で心優しい美少女。そんな彼女には誰にも言えない秘密があった。

彼女は生まれつき予知能力者だったのだ。

自分の力を恐ろしく思っていたエメルダは、老婆の忠告を守りなるべく予知を信じないように生きていた。

ある日、アロニア・カーネリアンの弟子を名乗る魔女が村にやってくる。魔女の来訪に村人たちは歓喜し、宴（うたげ）を開く。しかしエメルダは魔女が村人を惨殺する予知を視てしまう。

エメルダはどうしても黙っていることができず、悩んだ末に村人たちに予知を打ち明けることに。

村人たちは信じなかったものの、魔女はエメルダを邪魔者と判断し、襲いかかってきた。そこを通りがかった青年二人に救われる。

美しい青年の手を取った瞬間、エメルダはミストリアの滅びの災いの天啓を受ける。

……前世女風に言えば、ヒロイン覚醒イベントよ。

それから魔女の厭い子だと判明して村にいられなくなったり、一緒に暮らしていた老婆が「アロニアこそが悪しき魔女」だと言い残して死んだり、青年の正体が王子様だと分かったり、魔女嫌いの騎士と打ち解けるエピソードがあったりする。

自分の出生の秘密を知るため、ミストリアの人々を守るため、エメルダはレイン王子とヴィルとともに旅に出る。

様々なピンチを切り抜け、怪事件を追う過程で仲間を一人ずつ迎え、レイン王子と愛を育む中、ついに全ての事件の黒幕が判明する――。


……で、昨日の婚礼の儀の騒動に繋がるのよね。

〝あにめ〟通りならここからエメルダは王子の呪いを解く儀式のため奔走する。そうして情報や武器を集めたり、ソニアの目的を知ったり、仲間割れしたり、ぐだぐだになりながら最終決戦を迎えるわ。〝おりじなるあにめ〟ではよくあるらしい。

最終的にヴィルの死と引き換えにソニアを倒し、エメルダは王子と結婚してめでたしめでたし。

しかし現実は、〝あにめ〟のストーリーラインから完全に外れた。

私が悪役を降り、王子を呪わなかったからね。

全人類に誓う。私は怪事件の黒幕じゃない。

お母様の死後はククルージュでのんびり暮らしていたわ。すごく平和だった。

ああ、そういえばたまに強盗が来たから、しかるべきおもてなしをしたわね。懐柔して抱き込んだり、トラウマを植え付けて追い返したり、冷たい土の下で眠ってもらったり……。

正当防衛よ。仕方がないでしょう?

とにかく〝あにめ〟とは違い、私は生粋の悪しき魔女ではない。

一国の王子にわざわざ糾弾されるような罪は犯してないわ。

でも昨日まではほぼ〝あにめ〟通りに進んでいたみたいね。現実の人物も〝あにめ〟そのままの人格みたい。

気になるのは、誰かが怪事件を起こし、私に罪をなすりつけようとしたこと。

ククルージュで怪事件の噂を聞いてはいたけど、手は出さなかった。探るのもやめておいた。下手な場面で鉢合わせしたら、やぶ蛇になりそうだったから。

私は細心の注意を払い、濡れ衣を着せられないように怪事件から距離を置いていた。

不思議ね。私にやる気がない時点で、〝あにめ〟の展開は何一つ起こらない可能性もあったのに、どこかの誰かのせいで物語通りに話が進みかけた。

……でも正直取るに足らない問題よ。

だって、私が負けるはずがない。

この世界を描いた〝あにめ〟の流れを知っている。

作中では明かされなかった真実もいくつか知っている。

自分と自分の大切なものを守れる程度には強いし、そう簡単に出し抜かれるほど愚かではない。

この状態の私にあらぬ罪を被せて、〝あにめ〟と同じ死を与えられる者がいるとは思えない。

自惚れが強いかしら？

けどその自覚があるから私は決して油断しない。怠慢にもならない。自分にできることとできないことを理解し、いつだって生き残るために最善の手を尽くす。

……でもそうね。

娯楽を切り捨てるつもりはないから、そこが唯一の命取りになるかもしれない。

ヴィルを手に入れたこと、吉と出るか凶と出るかまだ分からない。

最強に近い騎士。味方にすれば心強いけど、魔女を憎むゆえに諸刃の剣でもある。戦略的には使いづらい駒だ。

でもいいの。私は彼が可愛い。一緒に遊びたい。

前世女や〝あにめ〟の影響が全くないとは言わないけれど、私個人がヴィルをとても気に入っている。

両親の命と引き換えに生まれ、周りから忌み嫌われて育ち、親友と初恋の人が愛し合うのを間近に見て、耐えて耐えて耐えて、今も仲間のためにその身を犠牲にしている男。

この先彼に死以外のものを与えたらどうなるのかしら？

どろどろに甘やかしたら、もしかしたら――。

◆

荷物は着替えや美容液などが入ったトランク一つだけ。

他にも嫁入り道具をたくさん持ってきていたのだけど、もう使う気にならないので城でお金に換えてもらい、処分した。

さぁ、ククルージュへ帰りましょう。もう王都に用はない。

「騎獣は扱えて？」

「当然だ」

故郷から連れてきた黒い馬の魔獣ユニカ。城で預かってもらっていたのを神殿まで連れてきてもらった。

再会してすぐに私に頬ずりし、早く乗ってと催促してくる可愛い子。しかしヴィルのことは気に入らないらしく、彼に向けるユニカの瞳は冷たい。

でもこれはヴィルが悪い。

「意外だな。竜じゃないのか」

その呟きにユニカは歯茎をむき出しにして嘶いた。「無礼者！」って怒っているみたい。

魔獣は核と創脳を持って生まれてきた動物のこと。身体能力が高く、個体によっては魔術を使うわ。魔女と似たようなものだけど、魔獣の場合は雄も生まれてくる。ユニカも男の子よ。

魔獣は普通の動物から突然変異で生まれることもあるものの、ほとんどが野生同士で繁殖して独自の生態系を作っている。竜属なんか元は爬虫類から派生したはずなのに、もはや別の生物になっているくらいね。

困ったことに野生の魔獣はよく人を襲う。創脳の影響で凶暴になってしまうみたいね。

それゆえに大昔から魔女は多かれ少なかれ迫害されてきた。魔獣同様、頭に傷を持った化け物だってね。

人間の脳は魔術を扱う上で抜群に優れていて、創脳の負荷にも耐えられる。それが分かったのはわりと最近のことなの。

「早く帰りたいのなら飛竜……せめて地竜を買ったらどうだ？　それなら野生の魔獣も寄ってこないし安全だ」

ユニカの抗議を無視して提案するヴィル。具体的に言えば後ろ足で蹴られそうになったけど、見ずに避けた。すごい反射神経。

ヴィルの言っていることは分かる。

魔獣は魔力を与えると、人に従ってくれる。その中でも竜属は最速最強最高級の騎獣だ。捕まえるのも人に馴らすのも養うのも大変で、基本的に貴族やお金持ちしか竜に乗れない。白分の魔力を与えられる魔女や核持ちはその限りではないけど。

ちなみに〝あにめ〟版ソニアは金ぴかのドラゴンに乗っていた。いかにも悪しき魔女って感じがして最悪だったわ。センス悪すぎ。

「私はこの子がいいの。竜は肉食だし、たくさん魔力をあげないと働いてくれないし、簡単に裏切るもの。あんまり好きじゃないわ」

その点ユニカは草食だし、働き者だし、十二の頃から仲良しだから裏切られる心配がない。賢くて穏やかな性格で暴れたりもしない。

「燃費の良さは最高の美徳よ。ね、ユニカ」

その通りですご主人様！　と言わんばかりにぶるんぶるん頷くユニカ。本当に可愛い。早くヴィルもこれくらい懐かないかしら。

「……分かった」

ヴィルはユニカを適当になだめ、トランクを吊し、鞍の点検を始めた。

怖い顔をしているわ。少し機嫌が悪いみたいね。私との旅が憂鬱でたまらないって感じ。

儀式の後、ヴィルはレイン王子と二人で何かを話していた。別れの挨拶というわけではなさそうだったから、きっと何らかの指示を受けていたのでしょう。

私はもう王子と関わりたくなくて離れていた。本当ならいろいろ忠告して大人しくさせておくべきだったかもしれないけれど、その気が失せてしまったもの。良かれと思って伝えた言葉を曲解されても困るしね。もうどうなっても知らない。

「日没までに次の町か……街道を通っていては間に合わないな」

手綱はヴィルが握り、私は後ろに引っ付いて乗ることにした。もう一匹騎獣を買うという案は却下済み。もったいないもの。ユニカは普通の馬より少し大きく、力持ちだ。大人の二人乗りでも余裕なの。

……実は手綱を預けての二人乗りは初めてなのよね。近所の子どもを乗せてあげたことはあるけれど、そのときは私が手綱を握っていた。

少しどきどきしながらヴィルの体に腕を回す。鋼（はがね）のような肉体とはまさにこのことね。うっとりするくらい逞（たくま）しいわ。ほのかに石鹸の匂いがする。

ちなみにヴィルは核持ちだ。触れれば膨大な魔力を感じた。

「きゃっ」

走り出してすぐ、らしくない声が漏れた。

揺れる。前が見えない。風を切る音がいつもよりずっと鋭くて怖い。

確かに野宿は嫌だから飛ばしてと頼んだ。ヴィルもユニカもそれに応えている。でもさすがにこのスピードは辛い。

「ヴィル！　ちょっと飛ばしすぎよ！」

振り落とされるかもしれない。私はヴィルの背に思い切り抱きついた。

「あ、あんまりしがみつくなっ！　手元が狂うだろ！　わざとか⁉」

「え⁉」

私もみっともない声を出した自覚はあるけれど、ヴィルほどではなかった。少し考えて、「ああ、思い切り当たってる」と気づいて腕の力を緩めた。……今のは本当にわざとじゃないのよ。嫌われている段階で色仕掛けをしたって逆効果なことくらい分かる。

森の中に入ると、木の根や石を避けるためさらに振動は大きくなった。二人ともう無駄口（むだぐち）を叩く余裕もない。口を開けたらすぐに舌を噛みそう。

しかしやがてユニカが何かを察知したように急停止した。このときばかりはしがみついても何も言われなかったわ。

「……魔獣か」

森や山を大きく迂回する街道なら魔獣対策もバッチリだけど、今日はあえて町まで一直線のルートを選んでいる。だから魔獣と行き会う覚悟はしていた。

「援護した方がいいかしら？」

「必要ない」

ヴィルが地面に降りてすぐ、茂みから唸り声が聞こえた。

現れたのは大きな狼の魔獣、いわゆる銀狼だった。魔力が高く、とても凶暴な魔獣なのだけど、群れじゃないだけマシかしら？

さぁ、お手並み拝見。

私はユニカを宥めつつ、ヴィルの戦いを見守ることにした。一応援護魔術の準備はしておくけど、必要ないわね。この程度の魔獣を倒せず、王太子の近衛騎士が務まるはずがない。

ヴィルが鞘から魔女殺しを引き抜く。直後、私の肌がぞくぞくと粟立った。

なんて禍々しい魔力の渦。

鈍色の刃に紅い光が妖しく反射している。全身の血が凍るような心地がした。

恐ろしくて、美しい。

私も銀狼も思わず釘付けになる。

不自然なほどの静寂が耳を覆った。

ヴィルが一歩踏み込み、遅れて銀狼が地を蹴る。呆気なく勝負はついた。魔力を纏った分厚い毛皮をものともせず、ヴィルが一刀で銀狼を斬り捨てたのだ。

怪我どころか、返り血も浴びず、息も乱れていない。金色の瞳が横たわる狼を見て少しだけ揺れたような気がしたけれど、すぐに無に戻る。

剣についた血と脂は、ぴきりと音を立てて消滅した。魔女殺しに吸収されたみたい。痺れるような感覚が背筋を走った。〝あにめ〟で何度もヴィルの戦闘シーンを視たけど、てっきり誇張されていると思っていたわ。

白状する。斬り結んだ瞬間、ヴィルがどういう動きをしたのか私にも見えなかった。魔女殺しの力だけではない。ヴィルの実力は相当のものだ。

「……ありがとう、ヴィル。やっぱりあなた、とても強いのね。頼もしいわ」

うん。思った以上に強かった。ちょっとどうしようって焦るくらい。顔には出さないけど。

「世辞はいい。葬送はどうする?」

「そうね。しておきましょうか」

私は馬上から息絶えた銀狼に手をかざす。

【尽きた命よ、その身を精錬し、再び天地を巡れ】

詠唱をすれば、銀狼の体が淡い光に包まれて消えた。正確には右腕の鋭い爪を一片残し、後は消滅した。私もヴィルも短く黙祷を捧げる。

これは葬送の術。

死体を自然界の魔力の川に還元する術……なのだけど、魔獣の核は溶け込めずに残る。まぁ、ようするに死体が消えて戦利品が手に入るのよ。

この銀狼の場合、爪に核があったというわけね。魔力の塊だからそれなりの値で売れる。

……ちなみに魔女や核持ちの遺体に葬送の術を使う行為は、大陸全土で忌避されて禁止されているわ。血みどろの歴史から学んだ結果よ。魔女は己の死を悟ったら、争いの種を遺さないように核ごと遺体を消滅させることもあるけどね。そういう特殊な葬送術も存在する。

ヴィルは素直に爪を拾って私に差し出した。一般的に戦利品はとどめを刺した者に所有権があるのだけど、同行者に主従関係があれば話は別。ヴィル、従者としての自覚はあるみたいね。

受け取るとき、せっかくなのでヴィルの頭をよしよしと撫でた。無言で逃げられちゃったわ。残念。

「ふふ、ご褒美に今夜は美味しいものを食べましょう。何が良い？」

ぴくりと肩を揺らすヴィル。

「…………く」

「うん？」

「……肉料理がいい」

きゅう、と間抜けな音が森に響いた。

ああ、そこも〝あにめ〟通りなのね。

◆

なんとか日没までに町に到着した。

宿を取り、ユニカを預け、近所の酒場に夕食を取りにいく。

机の上に所狭しと皿が並び、香ばしい匂いが混じり合う。私は甘酸っぱい果実酒をあおりながら、目の前の光景を興味深く眺めた。

最初は私に集まっていた他の客の視線も、今は連れの方に集中している。

パクパク。モグモグ。

焼き飯、鶏の甘辛煮、豚の肉炒め、鹿肉のスープ、そしてビーフシチュー。

五人前はありそうな料理の数々が、見る見るうちにヴィルの口の中に消えていく。

ペースは速いけれど、不思議と静かな食事風景だ。ガツガツ食べるのは下品だもの。王子の元騎士として、最低限のマナーは感じるわ。

「美味しい？」

「ものすごく美味い」

私の質問にこんな柔らかい答えが返ってきたのは初めてね。わずかに口の端が上がっていて、至福って顔をしているわ。食事に夢中すぎて、私が目の前にいることすら忘れていそう。

それにしてもよく食べるわね。これも〝あにめ〟で誇張して表現していると思っていたけど、そのままだった。

ヴィルが持つ魔女殺しの剣は、使うと莫大な魔力を消費する。その代償がこの大食い。

〝あにめ〟のヴィルは度々生き倒れたり、王子の財布を空っぽにしたり、ホットドッグを落として本気で凹んだりしていたわ。

堅物でクールなヴィルの唯一の欠点にして、萌えポイントの一つ、らしい。

私としては、どれだけ食べても太らない体質が少し憎い。でもヴィルを見ていると圧倒されて食欲がなくなったから、ダイエットにちょうどいいかも。

あらかたの料理を食べ終えても、物足りなさそうにしているヴィル。女性と食事をしているのに、そんなショボくれた顔をしちゃダメでしょう。

「あげる」

自分のお皿に取り分けておいた鶏のモモ肉を、ヴィルのお皿に移す。

私と鶏肉を見比べて少し警戒していたけれど、やがて彼は手を伸ばし、パクリと食べた。最後の一つだからか、ものすごく味わっている。

……可愛い。

自然に私の頬も緩んでしまう。餌付けにハマっちゃいそう。

微笑ましく眺めていたら、ヴィルがようやく私の視線に気づいた。

「なぜ笑っている？」

「よく食べる人、素敵だと思って」

ヴィルは悔しそうに顔を歪め、そっぽを向いた。心なしか頬が赤いのは恥ずかしいから？

「……燃費の良さが最高の美徳じゃなかったのか？」

「もしかして気にしていたの？　騎獣と人は違うわ」

ヴィルは腑に落ちない様子だったけど、残りの料理をぺろりと平らげた。

酒場の主人がヴィルの食べっぷりと私の美貌を讃えて、デザートをサービスしてくれた。リンゴと蜂蜜(はちみつ)のケーキを味わいながらのんびりしていると、いろいろな話が耳に入ってくる。

「そういやレイン王子とアロニア様のご息女との婚礼、ダメになっちまったってさ。今頃王都は大パニックだろうな」

「何でも王子には他に恋人がいたらしい」

「素敵！　純愛を貫いたのね。相手のお嬢さんが羨ましいわ」

「アホか。俺はがっかりしたぜ。婚礼の儀の直前に破談にするなんて非常識すぎる。次代のミストリアが心配だ」

「アロニア様の娘、それはそれは美しかったらしい。しかも王子の無礼を許して下さったとか」

「心の広い娘さんで良かったねぇ。また魔女と戦いになったらと思うと、わたしは恐ろしくて……」

私の評判は上々ね。あれだけ大勢の前での暴挙だったから、王国側も王子を庇うような情報操作はできなかったみたい。でもみんなの話題の中心は婚約破棄の件ばかりで、二十年前の襲撃の真実については話されていない。

国王陛下、有能ね。


もう少し噂話を聞いていたかったけれど、ヴィルが居心地悪そうにしていたので宿に戻ることにした。

私のための少し広い部屋とヴィル用の普通の部屋、二部屋取ってある。私は同室でもいいって言ったのに、ヴィルが絶対イヤだって言うから。

「困ったな。今日はもう満室なんだ。王子の婚礼がなくなって、とんぼ返りする客が多いみたいでね……悪いが、他をあたってくれ」

「そこを何とかお願いします。ここが最後なんです！」

宿屋の受付が騒がしかった。

ご両親と小さな子ども、三人の家族連れが宿屋のご主人に必死に食いついていた。話を聞いて推測するに、部屋を取り損ねて今夜の宿がないらしい。

「この子だけでもお願いできませんか？　朝からちょっと具合が悪くて」

「病人かい……それは気の毒だがね」

小さな男の子がごほんごほんと咳をしている。ほっぺも少し赤い。多分風邪ね。可哀想に。

私は受付に足を向けた。

「失礼。もしよろしければ、私たちの部屋をひとつお譲りしますわ」

「え、いいんですか⁉」

「ええ。困ったときはお互い様ですもの。ねぇ、ヴィル」

ヴィルがものすごく何かを言いたそうにしていたけれど、子どもの辛そうな様子を見て言葉を飲み込んでいた。宿がいっぱいなのも例の婚約破棄騒動のせいみたいだし、無視はできないわよね。

私は屈んで男の子の額に手を当てた。びっくりしていたけれど、のどが痛くて声が出ないみたい。首元に湿疹が出ているし、最近子どもの間で流行している風邪の症状だ。

「蜂蜜とマキナギショウガをお湯に溶かして飲ませてあげてください。だいぶのどの痛みが和らぐでしょう。今はまだ微熱だけど、明日の昼くらいに高熱が出るから無理に移動するのはやめた方がいい。朝一でこの町のお医者さんに診せてあげて」

「は、はい。あの、あなたは医学の心得が？」

「まだ勉強中の身ですが、薬師を生業にしています。大丈夫。大人にはうつりにくい風邪だし、安静にしていればすぐによくなります。今晩はゆっくりなさって」

何の心配も要らない、と私が自信満々に微笑むと、ご両親も宿屋の主人もほっと胸を撫で下ろしていた。


ベッドが大きい部屋を彼らに譲り、私はヴィルの部屋に転がり込んだ。

安い部屋だから一人用のベッドとシャワールームがあるだけ。狭いからか沈黙が余計痛々しい。

「お、俺は酒場で夜を明かす」

「待ちなさい、ヴィル。ちゃんと寝て疲れを取らなきゃダメ。明日の旅程で主を危険に晒すつもり？」

よく見れば、ヴィルは額に汗をかいていた。この世の終わりのような顔をしている。この状況でどうして男の方が緊張しているのかしら。もしかしたら私、無礼な仕打ちを受けているのかも？

「じゃあ床で寝る……」

「私は別に同じベッドでくっついて寝ても構わなくてよ？　騎士道精神を尊ぶヴィルのことだもの。おかしなことにはならないでしょう？」

「あ、当たり前だ！　でもやっぱり同衾はできない。しない。俺は床がいいんだ……」

しまいには部屋の隅で頭を抱えてしまった。

意志は固そうなのでもう放っておきましょう。

「どうしてもというなら止めないけど。先にお風呂使うわね？」

呻きとも取れる返事があって、私はくすりと笑みをこぼした。

戦っているとき、食事をしているとき、ハプニングに見舞われたとき、いろいろなヴィルを見られた。

帰り道、まだまだ楽しめそうだわ。

六　ヴィルの忠義と恋、そして苦悩

子どもの頃、知らない大人に言われた。「よく笑っていられるものだ」と。

あんな生まれ方をしたくせに、魔女殺しの息子のくせに、引き取ってくれた叔母(おば)一家に迷惑をかけているくせに、よくも無邪気に笑っていられる……そういう意味だった。

別に俺は楽しくて笑っていたわけじゃない。近所の猫が擦(す)り寄ってくるのがくすぐったかっただけだ。

自分の立場は十分に分かっていた。

王国最強の騎士であった父――クロス・オブシディアは王命の下に苛烈な魔女狩りを行い、王都に魔女の襲撃を呼び込んだ。身重の妻を人質に取られ、父は抵抗もできずに惨めな最期を迎えた。

しかし襲撃で死んだのは父ばかりではなく、無辜(むこ)の民も大勢犠牲になった。その遺族からすれば俺は非常に疎(うと)ましい存在だったのだろう。

お前の父が魔女を殺し続けなければこんなことにはならなかった。

お前の父は自分の妻子を見殺しにしてでも、民を守るべく断固魔女と戦うべきだったのではないか。

きっと、みんなが言うことは正しい。

幼い俺は反論の言葉もなく、感情を殺して生きるしかなかった。

幸か不幸か核持ちだったため、母方の叔母は俺を快く引き取った。俺の魔力が生活費の足しになるからだ。

魔力を売るのは身を切り売りするようなもので、俺は常に空腹に苛まれていた。満腹感を味わったことなどない。従兄弟たちが大きなハンバーグを食べる隣で、俺は野菜の切れ端を齧る。

叔母は外面を完璧に装いつつ、家の中では「引き取ってやった恩を忘れるな」と始終口うるさく言ってきた。

物心ついて現状に疑問や不満を覚えても、黙って諦めるしかなかった。できることは何もない。忍耐の日々が続く。

俺は次第に両親を恨むようになった。

どうして俺一人、苦しんで生きなければならない。笑うことすら許されないなら生きている意味なんかない。未来には絶望しかなかった。


「きみのお父さんは悪くない。尊い騎士だったと僕は思う」


そんな俺を救ってくれたのは、青い瞳を持つ美しい少年だった。

十歳の冬、寒さをしのぐためにやってきた図書館で出会った。彼は俺の名前を知ると、特別な資格がないと入れない書庫へ連れて行ってくれた。

「ミストリア建国以来、ラリマーデの武闘大会で三年連続優勝を果たしたのは、きみのお父さんを含めて四人しかいない。騎士団に入ってからも何度も特別勲章を授与されている。史上最年少で団長に抜擢されるくらい、優秀な騎士だったんだよ」

そんな話、誰も教えてくれなかった。記録に残る父の名前に触れ、俺の中に生まれて初めて誇らしい気持ちが生まれた。

一方で、恐ろしい記録にも触れた。

表の書架には置かれていない、魔女の本性を記した古い書物だ。

子どもを攫い、魔術の実験体にしていた。

美容にいいからと生娘の血で入浴していた。

宴に招待しなかったという理由で領主一家を惨殺した。

大陸中の国々に凄惨な記録が残っているという。

「きみのお父さんは、僕の祖父の命令で魔女狩りを行ったに過ぎない。祖父は魔女をかなり危険視していたみたいだね。ここにあるのは百年以上前の記録だけど、城の書庫には近年の魔女に関する資料がたくさんあったよ。そして祖父は『魔女を弾圧するに至る決定的なこと』を知ったんだと思う。残念ながら一部の資料は失われていたけれど」

「……え？　祖父？　城？」

「すっかり言いそびれてしまってごめん。実は僕、この国の王子なんだ」

レイン王子は昔から人が悪い。

友達になってしまってからそんなことを言う。いや、身なりや言動から貴人だと気づかなかった俺も間抜けだが、まさか一国の王子が護衛も付けずに王都をうろついているなんて思わないだろう。

しばらくして俺の暮らしぶりを知った王子は、騎士の養成学校への推薦状を持ってきた。

「ヴィル、騎士を目指さないか？　きみのお父さんは祖父にとって最高の剣だった。僕も欲しい。絶対の信頼をおける騎士が。あと、城でも親友と気兼ねなく喋りたいしね」

それは棘の道に思えた。

次期国王、それもいずれ正室に魔女を迎えるレイン王子の側仕えの騎士になる。ただでさえ血反吐を吐くような努力が必要だろうに、さらに出生のことが周囲に軋轢を生むのは目に見えていた。

だけど俺は王子の力になりたかった。守りたかった。生きる力をくれた恩を返したかったんだ。

何より知りたいと思った。

魔女に隠された秘密を。魔女が悪だという証拠を。

そうして俺は騎士を志し、六年間本当に血反吐を吐いて研鑽を積み、十六で王子の近衛騎士になった。

王子の口利きがあっての任命だった分、侮られないようさらに精進を重ねた。

瞬く間に月日は流れ、俺が近衛隊の筆頭になる頃、魔術を用いた怪事件の噂が城に届いた。

魔女の仕業だ。

そう直感した王子と俺は城を出て、犯人を追うことにした。

「ヴィル、これを。今のきみなら使いこなせるだろう」

旅立つ日、王子は俺に一振りの剣を手渡した。

父クロス・オブシディアの形見の魔女殺しだった。ものがものだけに今までミストリア王家が保管していたらしい。

「いいのか？　国王陛下の許しは……」

「直接許しを得たわけじゃないけど、黙認はされている。僕にこれを渡してきたのは、セドニールだ」

セドニールは長年国王の側近を務めている方で、王子の出奔癖に悩まされつつも、いつも本気で身を案じている人の好い男だ。「国を騒がす悪しき魔女の足跡を追うのなら必要だろう」と魔女殺しを俺に持たすことを許したらしい。

「ただ、『くれぐれも派手なことはしないように』とのことだ。僕の一番の騎士が魔女殺しを帯剣しているなんて、婚約者殿が知ったら良い顔はしないだろうからね。僕の安全と行動の制限をこの剣にさせようというわけだ」

王子は自嘲気味に言った。

生まれる前から決められた婚約者に対し、王子は良い感情を持っていないようだった。そつのない、味のない、隙のない、感情のない、つまらない手紙を送ってくるという。例えばお互いに「お会いできる日が楽しみです」としたためても、決して「早く会いたい」とは書かない。全く熱のないやり取りに辟易としているらしい。

救国の魔女アロニアの娘。

レイン王子に仕えていれば、いずれ顔を合わせることになる。王太子妃として公務を行うのなら護衛や補佐をすることもあるだろう。

いつか魔女に頭を垂れる日が来るかと思うと、王子同様、俺まで憂鬱になった。

怪事件を追ううちに、俺は嫌というほど魔女の醜悪さを思い知った。

美女の顔を切り裂き、子どもの目玉をえぐり、魔獣に爆薬を埋め込んで生物兵器を作る……。

およそ人間の所業(しょぎょう)とは思えないような猟奇的な事件の数々。

やはり魔女は悪だ。

捕らえた魔女のほとんどは意味の分からない言葉を吐き散らして自害するか、警備が少し目を離した隙に殺されてしまう。おそらく他の魔女に口封じをされているのだろう。

暴れて手をつけられなくなった魔女は、俺が斬り殺した。魔女殺しに魔力を吸い取られ、激しい飢えを味わうと、連鎖的に子どもの頃に受けた苦痛を思い出す。

日に日に俺の心はささくれ立っていった。


「わたしね、ヴィルくんにも笑ってほしいな！　笑えば幸せになれるよ！」


旅の途中、一人の少女に出会った。

ふわりとした淡い緑の髪に、きらきら光る鶯(うぐいす)色の瞳。まだ幼さの残る可愛らしい顔立ちだが、時折はっとするほど大人びた表情をする。

その少女――エメルダは魔女の厭い子だった。

厭い子は魔女のできそこない。しかも予知能力があるという話だ。嘘くさい。

出会ってしばらく、俺は彼女に冷たく当たった。訳の分からない存在を王子に近づけるわけにはいかない。だけど彼女は一切めげず、空気も読まず、俺を笑わせようと必死になった。

先に根負けしたのは俺だった。いつしかエメルダに心を許し、無意識に笑ってしまうこともあった。

彼女は予知能力以上に不思議な力を持っている。彼女の笑顔は人を和ませ、温かな気持ちにする。心を満たしてくれる。

俺はいつの間にかエメルダを目で追うようになっていた。

彼女は日に日に美しく、眩（まぶ）しくなっていく。

なぜだろうと考えて、ふと気づいた。

彼女が美しいのは恋をしているからだ。レイン王子を見つめる瞳が日ごと熱っぽくなっていく。

そしてたまらなく眩しく感じるのは、俺が彼女に恋をしてしまったからだろう。

気づかなければよかった。後悔とともに、俺は早々に恋心を封印することに決めた。

王子に敵（かな）うはずない。それに、俺のようなつまらない男ではエメルダを幸せにできない。魔女の血に濡れた手では触れることさえ躊躇（ためら）われた。

聡明（そうめい）で美しい王子と、感情豊かで可憐な少女。

二人はお似合いだと思う。きっと幸せになるだろう。

……俺も、幸せだ。大切な二人が笑っていてくれるならそれでいい。

何に代えても二人を守ることを改めて心に誓い、俺は怪事件を追うことに集中した。

エメルダの予知は怖いくらい的中した。そしてその人となりを知れば知るほど、彼女の受けた天啓が現実味を帯びてくる。

紅き魔女の娘がミストリアに滅びの災いをもたらす、というものだ。

一連の事件が繋がっていると考えた王子は、エメルダの予知を最大限に活かし、やっとの思いで複数の魔女から黒幕の名を吐かせた。

ソニア・カーネリアン。

王子の婚約者の魔女だった。災いをもたらす娘はこの女で間違いない。

芋（いも）づる式に二十年前の襲撃の真実も明らかになった。アロニアは救世主などではない。欲に溺れて師を殺し、地位と名誉をむしり取った悪女。その過程で俺の両親や罪のない民が犠牲になったのだ。

許せない。

このままでは悪女の娘がさらなる悪行を重ねながら、素知らぬ顔で王子の妻になる。

……ああ、俺は魔女が憎い。良き魔女なんて一人もいないじゃないか。

奴らはいつも俺の大切なものを奪っていく。

今思えば短絡的だが、ソニア・カーネリアンを倒せば全てが終わると確信していた。それくらい綺麗に状況が整っていたからだ。

俺たちはミストリアの運命を変えるべく婚礼の儀に臨み、そして、思いもよらない結末を迎えた。

ソニアはあっさりと王子との婚約を解消し、代わりに俺を従者に望んだのだ。

背筋が凍るほど美しい女だった。

毛先まで艶やかな長い赤髪、冴え冴えと知的な光を宿す赤銅色の瞳。妖艶で退廃的な空気を纏い、見る者に畏怖の念を抱かせる。初めて魔女殺しを鞘から抜いたときと同じような気持ちになった。

エメルダとは何から何まで正反対の女だ。

ソニアの表情は人を嘲る笑みばかりで、何を考えているのかさっぱり分からない。婚約者に公の場で糾弾されても怒りや悲しみが全く見えない様に、薄気味悪さを覚えた。

性格は、思った以上に悪い。

俺の前で猫を被る気はないらしい。俺も、魔女を憎んでいることを告げた。下手な真似をすればすぐに殺すという脅しだったのに、ソニアは飄々と受け流していた。むかつく。

……だが、俺や魔女殺しをそばに置き、何かの企みに利用しようというのなら好都合だ。絶対に思惑通りに動いてはやらない。ソニアの目的を阻んでやる。そして悪しき魔女だと証明し、窮地に陥っている王子とエメルダを救ってみせる！

「悪いことは言わない。ソニア嬢はヴィルが敵う相手じゃない。しばらくは大人しく彼女に従った方がいい」

無事に婚約破棄の儀式が終わった後、レイン王子が疲労を滲ませて言った。こんな弱気な姿は初めて見る。

「確かにあの女の言う通り、盟約が果たされることはなくなった。ミストリアが滅びることはないかもしれない。だが、あの女は絶対に何かを隠しているぞ。……ただの勘でしかないが、あれは人を殺している。そういう空気を纏っている」

魔女を手にかけてきた俺には分かる。

「ヴィルの勘は当てになると思っている。でも証拠はない」

「それを俺が探す。あの女が俺を利用するつもりなら、チャンスは必ず来る。任せてくれ。きっと俺が王子とエメルダを助ける」

王子は力なく笑った。

「僕らの心配をしてくれるのは嬉しいけど、今は自分の心配をした方がいいよ、ヴィル。もしかしたら、彼女は本当にきみを気に入ってそばに置こうとしているだけかもしれない」

「……はぁ？」

レイン王子曰く、先ほど神殿の小部屋で俺のことを話したとき、わずかにソニアの目が冷たくなったらしい。

「僕の勘に過ぎないが、ソニア嬢はきみに執着しているんだと思う。理由は分からないけど……大丈夫かい？　最悪の場合、体の関係を求められるかもしれないよ」

「趣味の悪い冗談はよせ」

俺は本気で嫌がったが、王子の目も真剣だった。

「まさか……あり得ないだろう？」

「どうしてヴィルはそんなに自己評価が低いんだ」

やれやれとため息を吐き、王子は言った。

「ヴィル、本当に無理はするな。僕らを助けようなんて考えなくていい。ただ、ソニア嬢に籠絡されることだけはあってはならない。それだけ気をつけてくれ。……エメルダを悲しませないではしい」

王子の言葉に俺は返事ができなかった。


大丈夫だ、俺。

王子は魔女との舌戦に疲れておかしくなっているだけ。

道中、馬上で胸を押しつけられたり、肉で餌付けされそうになったり、病気の子どもにかこつけて同室にされたが、全部気のせいだ。

ソニアが俺を求めてくるなんてあり得ない。おかしなことにはならない。

だから大丈夫……大丈夫……。

「時間がかかっちゃったわ。ごめんなさい」

部屋の隅で頭を抱えていると、濡れた赤髪が視界の端で揺れた。

黒いネグリジェ姿のソニアが現れ、俺の胃はぎゅっと縮んだ。

ソニアが黒を纏うと傷一つない白い肌が映え、スタイルの良さが浮き彫りになる。露出はそこまで多くないのにこの色気はなんだ。鼻を掠（かす）めた果実の甘い香りに思わず喉（のど）が鳴った。

本当にエメルダと同じ十六歳か？

どれだけ大切に育てられれば、このような圧倒的な美を体現できるのだろう。

俺は逃げるように風呂場へ向かった。冷水を頭から被って奥歯を噛みしめる。

大丈夫。俺は両親と王子、そしてエメルダに恥じるような行為はしない。

魔女は憎むべき存在。どんな姿をしていても惑わされてはならない。

精神統一して部屋に戻ると、ソニアはすでに布団の中で丸くなっていた。明かりが消え、花の香りが部屋中に広がっている。どうやら香を焚いたらしい。

「おやすみ、ヴィル」

睡眠不足は美容の敵、と呟いてソニアは目を閉じた。

思い切り肩すかしを食らいつつ、心の底から安堵した。向こうにもその気はないらしい。

部屋の角に座り込み、毛布に包まる。

考えてみれば、同じ部屋に魔女がいるのに眠れるはずがない。やはり酒場に行けば良かった。神経がすり減るだけだ。

ふと魔が差した。

今なら簡単にソニアの首を取れる。これからしばらくともに過ごさなくてはならない。考えるだけで気が滅入る。悪の証拠などあとで探せばいい。いっそ今ここで……。

愚かなことだと分かっていても、無意識に魔女殺しに手が伸びていた。

「ヴィル、そういうことはククルージュに帰ってからにしなさい。この宿には今、病気の子どもがいるんだから」

眠そうな声に、冷や汗が背中を伝った。

何もかも見通されている。なんて恐ろしい女だろう。一瞬たりとも気が抜けない。

ククルージュに向かう道中、まだまだ憂鬱は続きそうだ。

七　エメルダの仲間たち

朝からヴィルは機嫌が悪かった。

「……薬を使ったのか？」

「リラックス効果のあるお香を焚いただけよ。ほんの少し魔術を練り込んであったけど。ぐっすりだったわね？」

ヴィルが眠れないのも可哀想だし、私の安眠のためにも必要だったと思うの。寝顔、堪能させてもらったわ。

彼は無言で壁を叩いた。私に無防備な姿を晒したことが悔しかったようね。

「私の手作りのお香よ。後遺症はないでしょう？」

「もしかして、薬師というのは……」

「嘘だと思っていたの？　私は魔術薬の専門家。特に美容薬には定評があるわ。あいにく風邪薬は持っていなかったけど、他にも便利な薬を色々と持ち歩いているわ」

私の荷物を見て、ヴィルは渋面を作った。

「不覚だ……もう引っかからないからな」

「ヴィルが大人しく眠るなら使わないわよ」

殺気を向けた覚えがあるからか、ヴィルはバツが悪そうに口を閉ざした。

でも、ヴィルがすやすや眠るのにはだいぶ時間がかかった。王子の側仕えともなれば、訓練して毒薬に耐性をつけなければならないのでしょう。

私も経験があるから分かるけど、なかなか辛いわよね。自分で毒をあおるのは。

ヴィルが起きるのを待っていたから、やや遅めの時間に部屋を出た。受付でヴィルは宿のご主人にやたら羨ましがられていた。内容の想像はつくけど、気づかないふりをしておきましょう。

不快そうに押し黙った従者とともに、私は故郷への道を進んだ。


ヴィルはククルージュに近づくにつれ、日に日に体が強張(こわば)ってきた。別々の部屋を取ってもあまり眠れないようね。どんどん顔色が悪くなり、常にぴりりとした空気を放っている。

緊張しているのね。彼が憎む魔女の巣窟に行くことに。

旅立ちから四日目の昼、最後の町に到着した。

ここからククルージュまであと丸一日ほどの距離。その間には小さな村や集落しかないけど、この町には泊まらず、準備をしたら出発するつもり。

今夜は山場があると予想している。ヴィルほどではなくとも、私も少し緊張していた。ククルージュに帰るまでは気が抜けない。

買い出しのためにヴィルと二人で市場に向かった。

「あと一日でククルージュに着くのよ？　こんなにも要らないでしょう？」

「いや、必要だ。食べないとやっていられない」

干し肉をどれだけ購入するか、肉食獣……じゃなくてヴィルと相談していると、

「ヴィルさーん！　やっと見つけましたー！」

大きな本を抱えた金髪の少年が駆け寄ってきた。その後ろには人目を惹く容姿の男女もいる。

「シトリン？　それに、モカとチャロットまで……」

あらあら。

私は内心の動揺を隠し、首を傾げるに留めた。

十二歳前後の金髪の少年、シトリン。

私と同じ年頃の男女二人組、メイド服の少女モカと、大道芸人のように大きなシルクハットをかぶった少年チャロット。

この三人とヴィルこそ、エメルダ嬢が探し出した四人の仲間だ。

……ここで王子の仲間に会うなんて最悪だわ。もう遅いけど。

私は舌打ちしたい気持ちを抑え、成り行きに賭けた。

「お前たち、どうしてここに？」

シトリンは目をキラキラさせてヴィルを見上げた。

「飛竜で先回りしたんです。きっとこの町を通ると思って」

「いや、そうではなく……なぜ追いかけてきた？」

「そりゃ、ヴィルっちのことが心配だったからさ！　大丈夫か？　まだ食われてねぇ？」

チャロットが鷹揚（おうよう）にヴィルの肩を叩いた。ヴィルは鬱陶（うっとう）しげにそれを払いのける。この二人の関係性も〝あにめ〟のままみたいね。

「余計な世話だ。早く王都に戻れ。今は王子とエメルダのことを守ってくれと伝えたはずだ」

「他ならぬエメルダからお願いされたのです。ヴィルくんの様子が心配だから見に行ってって」

「エメルダが……」

モカが淡々と告げる言葉にヴィルの表情がぱぁっと明るくなった。単純な男。

軟禁状態でも仲間との会話は認められているみたいね。エメルダ嬢、とことん邪魔な女。

このまま存在を無視され続けるのも面白くないので、私は一歩前に出た。全く、王子側の人間には無礼者しかいないのかしら？

「あなたたち、見たところレイン様のお仲間ね？　私の従者を心配して下さってありがとう。ご存じでしょうけど、ソニア・カーネリアンよ。どうぞよろしく」

三人の視線が私に集まる。敵意というほどじゃないけど、それなりに警戒心を帯びた目だ。

私はそれに気づかないふりをして柔らかく微笑む。すると三人は居住まいを正した。

「これは失礼。オレはチャロット・エアーム。ソニアちゃん……近くで見るとヤッバいな。超美人。ヴィルっちが羨ましー。なはは！」

「ありがとう。お世辞でも嬉しいわ。もしかしてあなた、エアーム商会の方？」

「そうそう。よく知ってんね。西の地方にはまだまだウチの商品は出回ってないはずだけど」

「そんなことないわ。エアーム商会の取り扱う食器は人気よ？　手に入りにくいからこそみんな欲しがっている。アズライトの領主様からいただいて、私も愛用しているわ」

「そっかー！　ありがとう！　今度オレからも何かプレゼントするよ！」

チャロットは底抜けに明るいお調子者。これでもミストリアで五指に入る大商会の跡継ぎだ。確か、賭けで大損してピンチに陥っているところを、エメルダの予知に救われて仲間になったのよね。

彼は創脳も核も持ってないんだけど、珍しい魔動銃で戦う。弾丸となる魔力の結晶はとても高い。お金持ちだからこその武器だ。

……ちなみに、〝あにめ〟における裏切り者は彼。

と言っても、心からエメルダを裏切るわけじゃない。彼には不治の病で苦しむ妹さんがいる。その治療薬と引き換えに仲間になれと言われ、激しい葛藤の末にソニアに情報を流していた。

私に握手を求めるチャロットを押しのけ、メイドの少女が前に出た。

「わたくしは、モカ・セリウスと申します。侍女としてレイン様にお仕えしております」

「セリウス……数年前に没落した子爵家と同じ名前ね」

「はい。わたくしはセリウス家の直系の者です。……それが何か？」

「いいえ。特に他意はないわ。気分を害されたならごめんなさい」

「…………」

モカは元貴族のクールビューティー。

没落して行き場をなくしたところをレイン王子に救われ、絶対の忠誠を誓っている。

彼女は核持ち。護身術として槍術を修めていて、大きな魔道槍を使いこなす。ようするに戦うメイドさん。ヴィルとは似たような立ち位置だけど、彼女は密かに王子に恋をしている。

だから最初はエメルダに冷たく当たり、「王子にふさわしくない」と二人を引き離そうとしていた。しかし次第にエメルダの頑張りを認め、最終的には親友になる。一応王子に告白してけじめをつけるシーンもあったかしら。

そして、失恋後はチャロットといい感じになるのよね。

チャロットが裏切り者だと判明した後は激怒し、二人で殺し合うことになっちゃうの。

結局チャロットが本気を出せず、モカが勝つ。チャロットは意識不明の重体。後で裏切りの理由を知ったモカはショックを受け、看病のために戦線を離脱してしまうというわけ。

悲劇ね。

「僕は、あの……シトリン・ヌイピュアです。エメルダさんたちにお母さんを探すのを手伝ってもらっていました」

ヴィルの後ろに隠れながら、シトリンが恥ずかしそうに言う。

生き別れた母親を探して旅をしていた子。魔獣に襲われているところをヴィルに助けられ、以来強くて男らしいヴィルに懐いている。

創脳持ちの天才児でいじられキャラ。簡単な魔術なら使えるけど、攻撃力は弱め。一行のマスコットキャラ的な存在ね。

でも中盤になると修業を始めて戦えるようになる。ラストバトルの直前に魔獣の群れに囲まれたときは、囮(おとり)役を買って出るの。

『僕だって男です！　戦えます！　ここは僕に任せて先に行って下さい！』って感じで。

結局、シトリンがどうなったのかは〝あにめ〟では明示されない。魔獣の死骸(しがい)の中に、彼が大事にしていた本が血まみれで埋まっているシーンで終わる。一応生死不明だけど、おそらく……。

前世女は「貴重なショタがっ！」と泡を吹いた。その翌週にヴィルが死ぬから、〝しちょうしゃ〟のメンタルは滅多(めった)打ちね。

「あの……何か？」

私はシトリンの顔をじっと見つめる。

王子やエメルダ嬢、ヴィルを見たときも少なからず感じたけど、〃あにめ〃の絵と実物を比べると少し変な感じがする。

特にシトリンは〃あにめ〃では〃でふぉるめ〃された顔が多かったせいで、強烈な違和感がある。

こんなに美少年だったのね。

「やめて……っ。そんなに見ないで下さい。恥ずかしいです！」

真っ赤になった顔を覆うシトリン。うん、ショタとやらも悪くないかも。

私の視線から庇うようにヴィルがシトリンを隠してしまった。こうしてみるとまるで兄弟のようだわ。微笑ましい。

戯れはこのくらいにしておこうかしら。この面々で固まっているのは注目を集めすぎる。

「お友達同士、歓談の時間を差し上げたいところだけど、ごめんなさい。私たち、すぐに出発する予定なのよ」

まさかククルージュまで付いてくるつもりじゃないわよね？

超迷惑だから。

無表情のままモカが小さく頭を下げた。

「それはお引き止めして申し訳ありません。本当に、一目ヴィルさんの様子を見に来ただけです。彼は愚鈍な部分がございます。迷惑をかけてはいませんか？」

「おい」

「大丈夫。とてもよく働いてくれているわ。まだ完全に打ち解けているわけではないけれど、仲良くやっていけそうよ。ねぇ、ヴィル？」

ヴィルは答えずそっぽを向いた。

「はぁ……彼女の方がよほど大人のようですね。ヴィル・オブシディア。あなたは婚約破棄の賠償として彼女の従者になったのです。ミストリア王家の威信のためにも、しっかり務めを果たさなければなりません。くれぐれもそれを忘れないように」

年下のメイドに叱られ、ヴィルは面白くなさそうだったけれど、渋々頷きを返していた。

そうね。たとえ本音は違っていても、建前（たてまえ）は守ってもらわなくちゃ。

特に今夜は……。

「落ち着いたら、あなたたちをククルージュに招待するわ。ぜひ遊びにいらして。今度はもっとゆっくりお話ししましょう」

私の社交辞令に対し、三人は一応礼を述べた。

そしてお互いの道中の無事を祈りあって別れた。

本当に、あなたたちが辿（たど）る予定だった悲惨な未来が実現しないことを祈るわ。

八　冷たい夜の真実

最後の町を出て、適度に休憩を挟みながら進む。チャロットたちに尾行されるかもと心配していたけれど、その気配はない。本当にヴィルに一目会いに来ただけなのかしら？

夕方に小さな村に着いた。この辺りになると私も何度か足を運んだことがある。地元って感じね。

「ソニア様？　どうしてこんなところに……？」

「お久しぶりね、村長さん。訳あって婚礼は中止になりました」

「なんですと！」

小さな村ゆえまだ婚約破棄の報せが届いていないらしい。かいつまんで事情を話すと村長さん以下、村の大人たちは仰天していた。

「それは、あの、なんと申し上げればよいのか……」

「別に気にしていないわ。また故郷に帰ってこられて嬉しいくらいよ。それで急に悪いのだけど、天幕を一つ貸して下さらない？　今夜は森の高台で夜を明かしたいの」

「そんな、我が家に泊まっていって下さい。何もない村ですが、精一杯のおもてなしを――」

「ごめんなさい。それはまたの機会に。ちょっと大切な用事があるの。重ねて申し訳ないんだけど、今夜は絶対に森には近づかないで」

いきなり無茶を言ったのに、村長さんは何も聞かずに頷き、高台に天幕を張って夕食まで差し入れしてくれた。その上ユニカを村で預かってくれさえした。

星空の下、ヴィルと二人で焚き火を挟んで向かい合う。温かいご飯を食べ終わると、ポツリと呟きが聞こえた。

「随分と信頼を得ているようだな……」

「ちょっと前にこの辺りに住み着いた魔獣を駆除したからかしら。義理堅い人たちで助かったわ」

良いことはしておくべきね。おかげで今夜も魔獣の心配をしなくて済みそうだし。

「それで、大切な用事というのは？」

無意識か脅しか知らないけど、ヴィルは魔女殺しを手元に引き寄せた。私はにこりと微笑みを返す。

「明日にはククルージュに帰れるわ。道中、ユニカのお世話や魔獣退治をしてくれてありがとう。ご褒美になんでもヴィルの欲しいものをあげる。お金でもご馳走でも、それ以外でも」

頑張りに見合った対価を支払わないとね。まぁ、私は過剰すぎるくらいヴィルを甘やかすつもりだけど。

私の企みを見透かそうとジッと見つめてくるヴィル。やがて、低い声で言った。

「俺が求めるのは真実だけだ。お前のやましい隠し事の全てを正直に話せ」

「ふふ。確かに恥ずかしい秘密の一つや二つはあるわ。教えてあげても良いけど、ご褒美にはならないわね。きっとあなた泣いちゃうわ」

「は？　馬鹿にするな」

「してない。でも、そうね……ヴィルが今夜だけ良い子になってくれたら、秘密を一つ教えてあげられるかも」

手負いの虎のようにヴィルの顔が険しくなった。そんなに身構えられると、私も苦笑するしかないわね。何をされると思っているのやら。

ダメね。遠回しな物言いは全部そっち方面に取られちゃいそう。私はため息を吐いた。

「……もうすぐミストリア王の使者が訪ねてくると思う。もしもヴィルがその場に同席したいなら、今夜だけは従順でいて。レイン様ではなく、間違いなく私の従者であると知らしめてほしい。余計なことは一切話さず、私の話に合わせること。約束できる？」

「陛下の使者が？　なぜそれが分かる？」

「私ならそうするから。王都からはできるだけ遠く、ククルージュに入る直前。誰にも聞かれてはいけないお話をするの。本当ならヴィルには……王子側の人間には聞かせられない話なのだけど、私は同席を許すわ。ヴィルが知ったところでどうせ何もできやしないもの」

挑発的な言葉にむっとしつつも、ヴィルはどこか不安そうだった。私と陛下の間にヴィルや王子が知らない繋がりがあるなんて、思いもよらなかったのでしょう。

「演技でも従順なふりができないなら、天幕で眠っていてもらうしかないわね。どうする？」

「……無論、同席する。ここで逃げたら意味がない。分かった。余計なことは一切しないと誓う」

その答えに満足した私は早速ヴィルの隣に移動し、彼の腕に体を預けた。

「おい、なんのつもりだ」

「練習。今夜は従順でいてくれるんでしょう？」

甘えん坊の猫のように頭を擦りつけても、ヴィルは硬直したまま動かなかった。頭の中が真っ白

になって混乱しているのが手に取るように分かる。

「ねぇ、ヴィル。もしかしたら今夜、あなたは全てが嫌になって、死にたくなるかもしれないわ」

「……それは、脅しか？」

「違う。相応の覚悟をしておいてほしいだけ。そんなに怖がる必要はないわ。私がヴィルを守ってあげる。たとえ壊れて使い物にならなくなっても捨てないから」

ぬくもりを通じて、ヴィルの戸惑いが伝わってくる。

私は知っているのよ。

あなたが今まで誰にも守られずに生きてきたこと。

ヴィルは騎士様だから、誰かを守るために剣を振るう。誰かの幸せのためにその身を犠牲にする。

〝あにめ〟でも現実でもそれが存在意義なのよね。立派だと思うわ。

でもそんなの面白くない。報（むく）われないのに耐え忍ぶ意味がある？

楽しんでこその人生でしょう。私はヴィルがダメになっていくところが見たい。

だから私は今夜、ミストリアの騎士を一人殺そうと思う。

「……来たわね」

空を切り裂く独特の羽ばたきが聞こえた。

頭上を黒い影が横切る。世界最速の騎獣――飛竜だ。

私とヴィルは森の奥深く、竜が降り立った場所に向かう。五人の男が待っていた。薄暗いし、みんな頭からフードを被っていて顔が分からない。

濃密な魔力の気配がした。男たちは術士と核持ちの戦士でしょう。そして灰色の飛竜も戦闘教育を受けた個体だと分かる。少数精鋭……荒事に備えているみたいね。

「意外ですな。ヴィル・オブシディアを連れてくるとは」

真ん中の男が一歩前に出た。ヴィルの存在に困惑している様子。

「ごめんなさい。この可愛い従者は片時も私と離れたくないみたいなの。心配はご無用ですわ。ここでの話を漏らしたりはしない。もちろんレイン様に伝わることもありません。彼はもう私の虜だから」

こういう嘘を自分で言うと物悲しい気持ちになるわね。

ヴィルは信じられないものを見るような目を私に向けた。薄暗いから些細な表情の変化には気づかれないと思うけど、一応注意を逸らしておきましょう。

私は枝垂れるように彼の腕に抱きつく。怒りか羞恥かヴィルの顔がほんのり赤くなったようだけど、振り払われはしなかった。上出来。

「ええ、ええ、分かりますよ。真面目な男ほど一度快楽に堕ちるとドロ沼だ。優秀な騎士を失うのはミストリアにとって大きな痛手ですが……現状、彼はあなたに囚われるのが一番かもしれませんな。そういうことなら同席を認めます。彼には知る権利がある」

男はあっさりとフードを外した。

「セドニール殿……」

ヴィルの小さな呟きを無視し、男――セドニールは恭しく頭を下げた。紳士的な笑顔を浮かべた五十歳くらいのおじ様だ。詳しく聞かなくても分かる。この場にいるということは、彼は二十年来のミストリア王の腹心なのでしょう。

「我が主ミストリア王より、魔女ソニア様にいくつか確認したいことがございます。嘘偽りなくお答え下さるよう、お願い申し上げます」

セドニールは柔和な笑みを消した。

「二十年前のこと……真実は受け継いでおいでか？　もちろん、婚礼の場であなたが話された『綺麗な嘘偽り』ではなく、『醜くおぞましい真実』の方です」

すぐそばで息を飲む音が聞こえた。私はさりげなくヴィルの手を握りしめる。今あなたが口を挟んじゃだめよ。ややこしいことになるから。

「はい。お母様から聞き及んでいます」

私のお母様は大きな戦いを防ぎ、ミストリアと魔女との間で和平条約を結ぶため、師ジェベラに王都を襲撃させ、結果的に先代王と師を亡き者とした。

断じて私欲のためではなく、真の平和を願うゆえに手を汚した。

それが婚礼の場で語ったお話。とってもよくできた美談。

でも、ごめんなさい。それは真実ではないの。

「ふむ。では確認のため、お話しいただけますか。アロニア様が偽りをあなたに伝えている恐れがあるので」

促され、私は頷く。

「二十年前、レイン王子のおじい様――当時の王ストムス・ミストリアは執拗な魔女狩りを行っていた。とある魔女が開発した宝の存在を知り、魔女の英知を恐れたから。あわよくば、自らが手に入れようと目論んでいたのかもしれません。

ほとんどの魔女は無関係だったにもかかわらず、魔女というだけで王国の魔女狩り部隊に狙われ、苦境に立たされていた」

強い魔女ほど群れるのを好まない。

弟子として引き取った子どもと師弟関係を結ぶことはあっても、横の繋がりはほとんどなかった。

自分の魔術の開発が第一で、それを横取りされることを極端に嫌っていたからだ。

秘密主義なのよ、魔女は。

だから国家に狙われると脆い。多勢に無勢ではいくら強力な魔術が使えても、討ち取られてしまう。よほど追い詰められなければ共闘しない生き物なのだ。

「このままではまずいと焦ったのが、緑麗の魔女ジェベラ。何を隠そう、ストムス様が危惧した『薔薇の宝珠』を開発したのが彼女だから。作製に成功したのは一つだけだという話だけど、ジェベラの頭の中にはそのレシピが残っている。ストムス様はレシピが流布するのを極度に恐れていた」

「薔薇の宝珠……？」

ヴィルが話について来られないのも可哀想なので、私はそれについても説明してあげた。

「薔薇の宝珠は不老、正確には『常に若く美しい頃の肉体でいられる霊薬』のことよ。お腹の中に埋め込んで使うの。だから魔女狩りの際は、捕らえた魔女の腹をいちいち暴いていたらしいわね」

「なっ……」

捕まった魔女は血を抜かれ、腸を引きずり出されていた。これは単なる見せしめではなく、宝珠を探すという意図もあったの。ちなみに、抜いた血の方は魔女殺しの作製に使われていたみたい。

無駄のないことで。

「ジェベラはアンバートという若い男に懸想していたんですって。当時すでに六十近いおばあさんだったんだけど、若返って失った青春を彼とやり直したいと思ったみたい。それで不老の実現……『七大禁考』に手を出した」

「私には分かりますぞ。若いあなた方には理解できないでしょうが、活力に満ちたあの頃の体に戻れたらどんなに素晴らしいか……女性ならばなおさらその思いは強いでしょう」

セドニールは理解を示した。しかし、それは容易く願ってはいけないことだとも言った。

「そうですね。薔薇の宝珠を用いれば、不死とまではいかなくとも老いでは死なない体になる。どんな病気も怪我も瞬く間に治すことができると言われているわ。その存在は世の秩序を乱すことに繋がります。もしも権力者が宝珠を手に入れればどうなるか。世代交代が行われなくなり、永遠の支配力を手に入れてしまうかもしれません」

不老の宝珠が存在すると分かれば、人々はどうするのでしょうね。

我先にと奪い合いになる？

でももし宝珠が手に入っても、今度は自分が狙われるのは分かりきっている。なら宝珠を持つ権力者にへりくだり、恩恵にあやかった方がいいと思わない？

そうして不老の権力者とその信奉者によって盤石の世が築かれたら、大陸中の国を平らげることすらできるかもしれない。

ストムス王はそれを恐れていた。自らが手に入れることができないのなら、レシピごと闇に葬らなければならない。他国に逃がすなどもっての外。だから血眼になってジェベラを探していたそうよ。

「確かに、目の上のたんこぶがいつまでも生きていたら困るわよね？　当時魔女ジェベラ、そして国王ストムスの両名を疎ましく思う者がいた。それが私のお母様アロニア・カーネリアン。そして当時の王太子シュネロ様」

シュネロ・ミストリア。

つまり現在のミストリア王のこと。レイン王子のお父様ね。

このタイミングで国王の名前が出てきたことで、ヴィルは目を見開いた。ごめんね。その嫌な予感、当たっているわ。

「お母様の方は単純。師から不老のレシピを奪いたかったたし、国王に魔女狩りなんて鬱陶しいことをやめさせたかった。

シュネロ様は、薔薇の宝珠とジェベラを闇に葬るという部分は父親に同意したけれど、魔女狩りには反対だった。先の読める方だったのでしょう。これからの時代、魔術の発展が国力を左右する。生活も文化も戦争も、あらゆる分野で魔女の英知が必要になると考え、魔女狩りの廃止を強く求めていたそうですね。でもストムス様は聞き入れてくれない。ならばもういっそのこと……」

と、いうのは建前。

お母様曰く、シュネロ様とストムス様はものすごく折り合いが悪かったんですって。

王太子であるにもかかわらず、王位を継げないかもしれないとシュネロ様は相当焦っていたらしいわ。ストムス様は遠縁の子を可愛がっていたみたいだし。

まぁ、これはわざわざ言わなくてもいいでしょう。誰も得をしないから。

「お母様とシュネロ様は、ほとんど同時期に同じ計画を思いつき、出会うべくして出会ったそうですね。まるで生き別れた兄妹のように波長が合った、とお母様は言っていたわ。そしてお互いに目の上のたんこぶを殺害する計画を立てた……」

繋いだ手の平がどんどん冷たくなり、小刻みに震えはじめた。私はヴィルが崩れ落ちないようにぎゅっと握り返す。

「二十年前の襲撃の真実……それは現ミストリア王と魔女アロニアが共謀して、先代王とジェベラを殺したこと――」

お母様が大きな戦いを避けるために襲撃を画策したなんて大嘘。

そんな人じゃない。美談なんてとんでもないわ。

「ようするにクーデターだったのです」

瞬間、ヴィルの体が大きくよろめいた。

「まずお母様はジェベラに王都を襲撃させるため、アンバートを仲間に引き入れることにしました」

ジェベラがこよなく愛した青年、アンバート。

元は男娼だったみたい。さすがに四十も年上の老女からの求愛には辟易としていたらしく、アンバートはお母様の誘いに乗り、ジェベラに甘く囁(ささや)いた。

『魔女狩りから逃げ続けるくらいなら、いっそ国を盗(と)ってしまおうよ。あなたが魔女の国を創り、不老の女王になればいい。僕はその玉座に跪く最初の男になろう』

宝珠を持って逃げられないよう、ジェベラを派手な舞台に引きずり出そうってわけね。

ジェベラはすっかりその気になって、お母様を含む弟子たちを率いて王都を襲撃した。ストムス・ミストリアの首を狙って。

「でもストムス様は、対魔女における最強の剣を持っていた。それがクロス・オブシディア。ヴィルのお父様よ」

ヴィルの顔は薄闇の中でもはっきり分かるくらい血の気が引いていた。私は彼の様子を気にかけつつ、淡々と語るよう務めた。

「ストムス様を討ち取るためには、まずクロスを倒さなければなりませんでした」

王に並々ならぬ忠誠を誓っている最強の騎士。おそらく薔薇の宝珠についても詳しく聞かされている。

生かしておいても禍根になるだけ。

「正攻法で戦えば無傷ではいられないからと、魔女たちは人質をとることにしました。ところがクロスは魔女の恨みを買っていることを十分自覚していて、愛する妻を王城に隠し住まわせていた。さすがに魔女たちも手出しできない。

……そこでシュネロ様がクロスの妻を騙し、魔女に引き渡しました。そうやって最強の騎士に無惨な死を与えたのです」

彼の体から力が抜け落ちたのが分かった。もう私では支えられない。

「シュネロ様はヴィルのお母様に『真実を知るお前は生かしておけないが、お腹の子は助けてやってもいい』と言ったそうよ。クロスの子ならきっと強い核を持っている。いずれミストリアの役に立つだろうから、と。だけどヴィルのお母様は激昂してそれを拒絶した。……彼女の最期の言葉をご存じ？」

話を振ると、セドニールはにこやかにヴィルに言って聞かせた。

『この子をお前たちの好きにさせるものか……！　誰にも渡さない！　絶対に許さない！　薄汚い魔女もミストリア王家も、滅んでしまえ！』

そして短刀を自らのお腹に突き刺して自害した。

でもヴィルだけは助かった。最後の最後で我が子を殺すのを躊躇ったのかもね。

壮絶な行為を目の当たりにしたシュネロ様は、ヴィルの処遇を迷い、一旦遠くにおいて様子を見ることにしたらしい。

私は〝あにめ〟でヴィルの過去回を視たから知っているけど、彼は叔母一家に随分ひどい扱いを受けていた。

シュネロ様も報告を聞いていたはず。

でも何もしなかった。自分が不幸にした子どもなのに償おうという気はなかったのかしら。

セドニールはしみじみと頷いた。

「全く、レイン殿下がきみと親しくなっていると知ったときは驚きましたよ。殿下は何も知らないくせに、いつも抜群に引きが良い。しかもわざわざ騎士にするとはね。皮肉な話です」

ヴィルは声もなく、その場に膝をついた。

同じ騎士として父の受けた仕打ちは許せないでしょう。忠誠心を踏みにじられるのは、身を裂かれるよりずっと痛い。

母親の最期も衝撃だったはず。

普通の母親なら我が子の命が助かることを一番に願う。でもヴィルのお母様はそれを拒むほど憎しみをたぎらせた。

なのに結局ヴィルは騎士として仇(かたき)の息子に仕え、ミストリア王家に絶対の忠誠を捧げていた。

残酷な巡り合わせね。

顔を覗き込まなくても分かる。ヴィルの心の中はぐちゃぐちゃになった。

今はヴィルに何を言っても無駄。私は話を進めましょう。

「……クロス・オブシディアを亡き者にし、ストムス様の首を取ったジェベラは、女王になるべく王都を乗っ取りました。その後お母様がアンバートを使ってジェベラからレシピを奪い、あっさりと師を殺した。罪悪感なんて微塵(みじん)もなかったそうですわ。そしてシュネロ様に玉座を返し、和平条約を結んで救世主となりました」

王国側に協力者がいなければ、ここまで円滑に解決しなかったでしょうね。

唯一作製に成功したという薔薇の宝珠は、ジェベラがどこかに隠していて見つからなかったみたい。シュネロ様は慌てたけれどお母様はそんなことどうでも良かった。レシピさえあれば宝珠は作れる。そう思っていたから。

当時のお母様は名誉や権力には興味がなかったんですって。欲しかったのは永遠の美と若さだけ。誰にも邪魔されずに薔薇の宝珠を生み出すべく、田舎に引きこもれればいい。

「お母様は最後、念のためにシュネロ様と黙秘の契約を結ぶことにしました。襲撃の真実を公にすることを禁じる魔術。破れば命はない。……ただし、子どもが生まれれば契約不履行の代償はその子に移るように」

「…………」

ヴィルがわずかに顔を上げた。

国王もお母様もいつまでも自分の命を危険に晒したくなかったから、生まれた子に死の代償が移るようにしたのよ。

全く、ひどいことしてくれるわよね。自分の子どもをなんだと思っているの？

「私とレイン様の体に刻まれていた婚約の契約魔術がそれに当たります。もしも私たちがあのまま結婚して子どもが生まれていれば、契約は融和して消滅するはずだった。ふふ、お互いの合意で解除できてホッとしました」

親族になればさすがに裏切らないだろうと考えて結ばれた契約だ。少し浅はかだと思うけど、お互いに足元を固める時間が稼げればよかったのでしょうね。

ちなみに真実を仲間内で話し合う分には契約違反にならない。公ってほどじゃないからね。セドニールや私が真実を知っているのはそのため。

もちろん仲間が裏切って世間にバラしたら、契約主の命はなくなる。だからシュネロ様はよほど信頼のおける臣下以外には話していないはず。それこそセドニールみたいにクーデター当時から仕えている人くらいでしょう。

レイン王子は何も知らされてないようね。

危なっかしいったらない。彼は魔女の秘密を知ろうとずっと調べていた。もしもその過程で二十年前の真実を知り、父の非道を糾弾していたら自分が死んでいたかもしれない。

かと言って、王子に知らせるわけにはいかない。契約に自分の命が賭けられていると知れば、父親を恨むでしょう。二代続けてクーデターなんて笑えないわ。

シュネロ様は最悪レイン王子が死んでも構わなかった。

もちろんレイン王子が真実に辿り着かないよう、完全に証拠を消してあったのでしょうけど。

「あと……これは少し信じられないのですが、陛下は母に薔薇の宝珠を一つ献上するよう求めたそうですね。その代わりに材料の提供など、お母様の研究の支援をしていらっしゃった」

元々は宝珠とレシピを闇に葬るための計画だったのに、結局シュネロ様は欲に負けて不老を求めたということ。

呆れてしまうわ。まぁ、人間らしいといえば人間らしいけれど。

お母様としては王公認で研究できるうえにスポンサーまでついて大満足だったでしょう。

「二十年前に起こったことの確認は、これくらいでよろしいですか？」

「はい。あなたは紛うことなく真実を受け継いでいらっしゃる」

……たくさん喋ったから疲れちゃったわ。何か飲みたい。でもここからが本番なのよね。嫌になってしまうわ。

ヴィルは地べたに座り込んだままだ。浅い呼吸の音が聞こえてくる。

やっぱり何か声をかけた方がいいかしら？

でもセドニールは待ってくれなかった。

「あといくつかの質問のお許しを。ソニア様、王家に恨みは？」

「特にございません。契約が解除された今、蒸し返す必要を感じませんし」

「ふむ……では、あなたは薔薇の宝珠をお持ちか？」

もう、そんなに乙女のお腹を見つめないでほしい。紳士の仮面が剥がれているわね。

「いいえ。ジェベラのレシピは不完全でした。あるいは罠だったのかもしれません。母は何度か試行錯誤を重ね、独自に開発した完成品を身につけました。それで一時は若返りましたけれど、結局は毒に冒されて死んでしまいました。あれは根っからの毒薔薇だったのです。書簡でそうお伝えしたはずですが？」

お母様が病で死んだなんて嘘。自滅よ。やはり「七大禁考」は手を出していいものじゃない。

たった一つの完成品だって同じ毒薔薇かもしれないわ。二十年が経ち、もう存在するかも定かではないけれど。

「アロニア様の訃報を聞いたときは耳を疑いましたよ。ですが彼女の死から二年も経っている。改良し、あなたが母君に代わり献上できる見込みは？」

「不可能です。そもそも私は研究を引き継ぐ気はありません。なぜなら、この身にあれの恐ろしさが染みついているから。現代の魔女では実現不可能な幻の花ですわ。潔く諦めるべきです」

セドニールは鼻で笑った。私のこと、大望を捨てたヘタレ魔女とでも思っているのかもしれない。

「では、レシピや研究資料は今どこに？」

「現物は焼却してあります。知識や実験データは私の頭の中にのみ存在していますわ。墓まで持っていくつもりですので、ご安心を」

「それは御身を危険に晒すだけでは？」

「相手によっては交渉材料になりますから」

「我が主は前王同様、あのレシピが他の者の手に渡るのを最も恐れています。薔薇の宝珠は献上しない、レシピは独り占め、おまけに魔女殺しの剣を手中に収めている。とても危険な存在ですねぇ。契約が破棄された今、王があなたを殺す可能性は考えなかったので？」

ミストリアにとって、もはや私は邪魔な存在みたいね。

今この場で私を殺し、全てを闇に葬れば安心。秘密が漏れる心配はない。

魔女たちの反感を買うことになるかもしれないけど、おあつらえむきにヴィルがそばにいる。ヴィルが私を殺したことにして、不満の矛先を彼とレイン王子に向かわせる。最悪の場合、レイン王子ごと切り捨てればいいと考えているのかしらね。

「そうさせないため、魔女ソニアはミストリア王に提言いたします」

セドニールは肩をすくめた。

「もしもミストリア王家が、今後私と私の大切な者たちに手を出さないと誓って下さるのなら、私はククルージュにて西の国境の防衛に協力します。場合によっては諜報もいたしましょう。最近、大陸西部では戦争に高等魔術が用いられ始めています。軍に魔女を登用する動きもあるとか。聡明な陛下なら重々承知でしょうが、時代に乗り遅れてはミストリアに未来はありません」

元々魔女は、政治や国と関わりを持つのを好まない。山奥で己の魔術研究に没頭したいと考えるものなの。でも最近はお母様のように実験材料の提供と引き換えに、国家と手を結ぶ魔女が増えているらしいわ。

「確かに私を排除すれば、無用な知識が広まる心配はなくなる。クーデターの秘密も守られるでしょう。ですが、いざというときの戦力を失うことにもなりますわ」

「有事の際に魔女を頼るのは危険を伴いますなぁ。あなたが裏切らない保証はない」

「そうですね。まず有事が起こらないよう、外交に力を入れていただきたいものです。何よりミストリア王には、レイン様の手綱をしっかりと握っておいていただかないと。言っておきますけれど、こちらにはあの婚礼の場での貸しがございます」

話の成り行き次第では、暴動や内乱に繋がるほど場を乱すことだってできた。そうしなかったのは私の温情よ。

「それを持ち出されるのは痛いですが……しかしあなたが勝手にやったこと。恩に着せられる謂われはございませんな」

「……そう。では今ここで私を殺すの？」

セドニールはにやりと笑った。

「迷うところですなぁ。消した方がいいのは確かでしょうが、あなたはあまりにも美しい。いっそご自分の身を献上されてはいかがです？　もしかしたら薔薇の宝珠よりも我が主はお喜びになるかもしれない」

男たちの舐めまわすような視線に舌打ちしたくなった。

国王陛下、話の分かる方だと思ったのに、がっかりだわ。こんな下劣な男を使者として寄越すなんて。

「手に入らないなら消えていただくしかありません。ご自分の身が可愛いのなら、王の愛妾になられては？」

「お断りいたします。私は気ままな田舎暮らしがいい。それに、今のあなたたちの戦力で私を殺すことは不可能よ。私は難しいことを提案しているわけじゃない。田舎でのんびり暮らすから放っておいてと言っているの。いざとなればミストリアの力になってあげるのに、何がご不満なのかしら？」

「我々が放っておいても、他の男たちが放っておかないでしょう。あの婚礼の場で多くの者があなたの美しさに釘付けとなった。あなたが他の権力者に囲われ、真実が漏れるのは避けたいですねぇ」

あら。美しさが仇（あだ）になることもあるのね。

「何より我が主は、あなたとレイン殿下が手を組むことを懸念されているのです。二十年前のクーデター同様、魔女と王太子が手を組んで現国王を抹殺するかもしれない。ヴィルを手に入れたのもその一環では？　……報告によれば、今日の昼に殿下の仲間と会っていたそうですが」

本当、最悪のタイミングだったわ。

余計な疑いを持たれるのが嫌で、急いで王都を出てきたというのに。

あのエメルダって娘、とことん私の邪魔をしてくれるわね。

「それは一番あり得ないわ。私とレイン様は婚約破棄した間柄よ。今更手を組んでクーデター？　何の得があるの？」

「さぁ、老輩（ろうはい）には分かりかねますが、我が主は心配性なのです。……ソニア様、今ここでヴィル・オブシディアを殺し、その心配を解消していただけませんか？　王子と通じていないと証明されれば、先ほどの提案を検討いたしましょう。そして、ヴィル。きみも戦いなさい」

その言葉にヴィルがぴくりと体を強張らせた。

なるほど、ヴィルに私を殺させるつもりね。確かにヴィルが相手ならいい勝負になりそう。生き残った方は満身創痍(そうい)だろうから、どうとでも処理できる。

私は生け捕りにされる可能性もあるけど、ヴィルは問答無用で殺されるでしょう。素直に真実をヴィルに聞かせたのは最初から殺すつもりだったからね。

……まぁ、ヴィルを消すつもりだろうというのは予想の範囲内よ。

「私たち二人に殺し合えと？　思惑が透けて見えるのに、そんなことするはずないでしょう。馬鹿馬鹿しい」

「それはどうでしょう。……さて、ここには飛竜がいますね。森の中にも数体控えさせています。ここからククルージュまで目と鼻の先。闇夜に炎となって浮かぶ故郷が見たいのですかな？」

他の四人が盾(たて)となっている間に、セドニールが飛竜に騎乗した。私たちが動かないのを見て、四人も後に続く。

空の特等席から私たちの殺し合いを観覧するつもりらしい。

「ヴィル、この場から逃げたり、呆気なく死んだら、王都にいる王子とエメルダ嬢に八つ当たりさせていただきます。なに、殺しはしません。でも死より辛い出来事は無数にある。あの可憐で無垢な小娘はいたぶりがいがありそうですなぁ」

「セドニール……貴様！」

ヴィルは今にも泣き出しそうな顔でセドニールを睨み付けた。

私には故郷、ヴィルには仲間を盾にして脅す。

発想がゲスね。

「さぁ、戦いなさい！　こちらを攻撃しようとしたら、すぐにククルージュか王都に向かいますよ！」

竜が飛び立ち、土埃が舞う。

地上に残された私たちは無言だった。

うーん、偶然かしら？

ヴィルと殺し合うシチュエーション、〝あにめ〟みたい。

運命の力を信じちゃいそう。

でもセドニール、残念だったわね。

あなたは所詮〝あにめ〟に名前も出てこないような〝もぶ〟。私の相手にはならない。小物過ぎて悲しくなるわ。

私は誰にも操られないいし、惑わされない。

こんな安い展開で思い通りにはならないわ。

だって私、一応〝らすぼす〟なのよ？

九　夜の終わり

気づけば、夜空を飛竜たちが旋回していた。数は十体。小さな町なら滅ぼせるくらいの戦力だ。でも兵士自体は数人しかいない。二十年前の真実を知っている数少ない者たちなのでしょう。

ヴィルは宙にいるセドニールを睨み付けていたが、やがてゆっくり剣を抜いた。星の光を浴びて魔女殺しが紅く輝く。

竜たちが興奮して奇声を上げ始めた。

「まぁ……ヴィルったらひどいわ。私を殺すつもり？　私の命令は全然聞いてくれないくせに、あんなムカつく連中には従うのね。常識的に考えて、あなたを脅すためだけに王子や貴重な予知能力者に手は出さないと思うけど」

「分かっている。だが万に一つも王子とエメルダを傷つけられるわけにはいかない。それに……お前を国王に渡すわけにはいかないんだ」

恋人同士だったら素敵なセリフだけど、違うわよね。

私の持つ不老のレシピが国王に渡るのは危険。たとえ不完全なレシピでも、私に研究を強要して完成させるかもしれないから。

もしも現国王が不老になれば、王太子のレイン様の立場が危うくなっちゃうわよね。

「私を殺したらその後あなたが殺されるわよ？　それは分かってる？」

「もう、いい……」

まぁ、気持ちは分かるわ。

もう生きていても仕方がない。真実を知った今、自分の存在は王子たちを危険に晒す。

ヴィルは諦めきっていた。こういうときだけ物わかりが良いってどうなの？

でも、絶望に揺れる金色の瞳も綺麗。どんな宝石よりも手に入れたい。

「真実を知らなければ良かった？」

「俺が知りたいと望んだことだ。そのことでお前を恨みはしない。だが――」

ヴィルは小さく呟いた。

「……生まれてこなければ良かった」

その言葉は私の頭をカッと熱くした。これほどの激情を覚えたのはいつ以来かしら。

「ふふ、情けない男。てっきり私を殺して、頭上の目障りな奴らも殺して、レイン様とともに陛下を討つって奮起するかと思ったのに」

私の嘲笑に対し、ヴィルはぐっと奥歯を噛みしめて堪えた。ダメよ。この期に及んで自分の感情を押し殺そうだなんて、つまらないことはさせない。

「ヴィルはただ、レイン様に真実を伝えるのが怖いんでしょう？　友情が壊れるかもしれない。クーデターが起きて国が荒れるかもしれない。ああ、一番恐れているのは、ヴィルの両親のことを知っても、レイン様が何もしてくれない可能性かしら？」

王子とは少ししか話してないけれど、彼がミストリアの平和を第一に思っているのは伝わった。場合によっては恋人や親友だって切り捨てるかもしれない。王族だもの。国の平穏を保つ責務を優先するのは悪いことじゃないわ。むしろ上に立つ者としては正しい判断ね。

そういった観点から見れば、現国王シュネロ様のことだって責められないわ。

即位から二十年、ミストリア王国は内乱も他国との戦争もない。シュネロ様を名君と尊ぶ民は大勢いる。

クーデターのことだってそう。卑劣な部分があるのは確かだけど、世の秩序を守ったことに変わりはない。

もしも私怨で現国王を討てば、後世で悪と呼ばれるのはどちらかしら？

「誰が正しいのか。何を信じ、何を為せばいいのか。……ヴィルは自分で考えることを放棄しているだけ。呆れてしまうわ。人質を取られて大人しく殺されるなんて、ヴィルは父親と同じ末路を辿りたいのね」

「黙れ！」

ヴィルが一瞬で間合いを詰め、魔女殺しを振りかざした。銀狼を倒したときと比べ、はるかに動きが鈍い。

【──イグニザード】

私は短縮詠唱の魔術で火球を発生させ、ヴィルの眼前で弾けさせた。ヴィルは瞬時に防御体勢を取り、間合いを取り直した。自暴自棄になっていても、体は本能で危機を回避する。今になって恐怖を感じたのか、ヴィルの魔女殺しを持つ手がガタガタと震えている。

「意気地なし。やっぱりヴィルが真実を知ったところで何もできないわね。私の言った通りだったでしょう？」

「っ！　黙れと言っている！　お前に俺の気持ちは分からない！」

怒りで湿った声が夜の森に響く。

そうよ。もっと感情を曝け出して。我慢しないでほしい。

「そんなことはないわ。私はあなたの本質も、本当の望みも理解しているつもり。だからこそ最良の主になれる。考えること自体が嫌になったのなら、私が代わりに導いてあげる。婚約破棄の代償に手に入れた大切な従者だもの。悪いようにはしないわ」

「………………」

さっきからずっとヴィルは迷子みたいな顔をしている。殺意も憎悪もなく、寄る辺を探す力もなく、早く全てを終わらせたい。そんな迷いだらけの剣では、そこらの魔女だって殺せないわ。

「ヴィル、あなた、その若さで死んでも文句が言えないような悪事を働いたことある？」

「は？」

「ないでしょ？　私も同じよ。これで終わりにされたらたまらないわ。まだまだやりたいことがたくさんあるの。とりあえず今は、あのやかましい連中を黙らせたいと思う」

私に釣られて、ヴィルも空に視線をやった。

「何をしているのです！　早く殺し合いを――」

セドニールが何かを喚いている。飛竜の鳴き声も空を貫かんばかりに高まっていた。

近所迷惑よね。村の人たちも今頃空の異変に気づいて怯えているでしょう。これ以上迷惑をかけるのも悪いし、そろそろ片付けましょうか。

「――うるさい」

私がすっと目を細めると、途端に飛竜が鳴き止んだ。代わりに術士と思われる男が頭を抱えて呻き出す。

ヴィルとセドニールには何が起きたのか分からないみたいだった。

創脳があれば感じることができたのに。

私の身の内から放たれる、おびただしい魔力を。

飛竜の飛び方が変わった。ふらふらと体を揺らし、翼が痙攣(けいれん)を始める。術士の男が振り落とされて森に堕ちた。竜たちもこのままでは危険だと判断したらしく、次々と地上に戻る。

「だから竜は嫌なのよ。ご主人様のために頑張ろうって気が感じられないから」

ユニカだったらどんな強敵に出会っても、私を逃がそうと必死に走るでしょう。逃げられなければきっと立ち向かってくれるわ。

まぁ、私が敵わないような相手なんてそうそういないでしょうけど。

「お前、何をしたんだ……」

「別に。私の方が強いって飛竜たちに教えてあげただけ。野生の竜ならまだしも、飼いならされた竜なんてこんなものよ。……行きましょう、ヴィル。使者に挨拶をしに」

セドニールの竜が降りた場所に向かう。

飛竜は身を小さくして私に頭を垂れていた。怖がらせちゃってごめんね。

術士は気絶していたし、核持ちの兵士も堕ちたときの衝撃で怪我をしたみたい。セドニールは地面に放り出され、座り込んでいた。

「な、あなた、一体どういうつもりで……！　王の使者に対し、この仕打ち！　ククルージュが、魔女がどうなってもいいんだな⁉」

私はセドニールの肩を蹴って倒し、そのまま胸を踏みつけた。ぐえ、と聞き苦しい声が漏れる。

「あなた、たくさん勘違いをしているわ。一つずつ優しく教えてあげるわね？」

そう言いつつ、踵に力を入れたら彼の肋骨がぴきっと変な音をたてた。セドニールの絶叫を無視して、私は指折り数えて間違いを指摘する。

「一つ。私は今夜、国王側と対等に交渉をするつもりで来たの。私たちに手を出さずに放っておいてくれたら、お礼に真実の黙秘と西の国境防衛を約束してあげる。これ以上の譲歩はしない。一方的にそちらの命令を聞く義務なんて私にはないわ。

二つ。ヴィルはもうミストリアの騎士じゃない。私のものよ。生かすも殺すも私の勝手、彼に何かを強要するのも私だけの特権なの。

三つ。口の利き方に気をつけなさい。王の代理を名乗るからには、私への無礼はミストリアからの侮辱だと受け取る。死にたくなければこれ以上私の機嫌を損ねないことね。いい？」

セドニールは咳き込みながらも、私を蔑むように見た。

「馬鹿め！　ここにいる者だけが連れてきた戦力ではない。異変を観測したら、すぐにククルージュに予備の飛竜隊が向かう。今すぐ私を解放しなければ、魔女の里に火の手が――」

「四つ。私にとってククルージュは大切な場所。どうなっても良いなんて思ってない。だから、お留守番をさせているわ。とびっきり凶暴な番犬たちに。最高種の金滅竜ならともかく、ただの灰色飛竜なんて何体いたって相手にならない」

当然でしょう。〝らすぼす〟の下には〝中ぼす〟がいる。もちろん〝あにめ〟よりも素直で良い子たちよ。

　私に脅しが通じないと分かり、セドニールの顔はみるみるうちに青くなっていった。しかし少し離れた場所でぼうっと立っているヴィルに気づき、吼えた。

「っヴィル！　何をしている⁉　きみの両親の仇の娘だぞ！　さっさとこの小娘を斬りなさい！　エメルダがどうなっても――」

「だから、私のヴィルに命令し・な・い・で」

　ぎゅうっとみぞおちの辺りを踏み込んだら、セドニールは体を折り曲げてもがいた。

「五つ。エメルダ嬢は人質にはならないわ。痛めつける？　好きにすると良い。貴重な予知能力者の寿命がさらに縮むだけよ。ご存じだと思うけど」

　その言葉に一番反応したのはヴィルだった。

「どういうことだ？」

「そのままの意味。予知ってすごい創脳に負担をかけるの。無理に使い続ければ脳全体が壊れていくわ。強いストレスを受ければ脳死の危険も高まる」

　予知は、自然界に流れる魔力の川を辿り、そこから汲み取った膨大な情報を適切に処理することで実現する。

　前世で言うところの〝こんぴゅーた〟みたいなものね。あちらの世界は情報処理に関してものすごく発達していたけれど、それでも万全ではなかった。天気予報が外れて何度も前世女がずぶ濡れになっていたし。

　普通の人間の脳ではこなせない処理を、予知能力者は無意識に行っている。すぐに脳機能が劣化するのも無理ないと思わない？

「檻の中で大切にしてあげるべきね。他の事例に当てはめて考えると、持って十年、早くて五年で使い物にならなくなるかも」

「そんな……嘘だ……」

「むしろヴィルが知らないことの方が驚きだわ。だって多分レイン様は知っているわよ。魔術の歴史を紐解けば、予知能力者が短命なことは火を見るより明らかだもの」

〝あにめ〟でハッピーエンドを迎えた二人。でも幸せな時は何年続いたのかしら？

王子が庶民の娘を妃にできたのは彼女の寿命が短いからだと思う。エメルダが亡くなった後、改めて身分相応の娘を娶ればいいんだもの。

レイン王子はエメルダ嬢の寿命のことを知っていて、本人にもヴィルたち仲間にも話していなかったのでしょう。……言えないわよね。知らない方が幸せだから。

それに、寿命のことを知ってしまったら、エメルダ嬢は予知をしないように力を抑え込むかもしれない。王子は国の危機を知る手段を失ってしまう。本当なら旅なんかせず山奥の村に引きこもっておいた方が良かったのに、王子は彼女を表舞台に引っ張り上げた。

王子は本当にエメルダ嬢のことを愛していたのかしら？

無理を強いる罪悪感から、彼女の気持ちに応えただけかもしれない。

それとも無意識に自分の気持ちを誤魔化しているとか？

……さすがに穿ち過ぎね。きっとあの二人は本当に愛し合っている。寿命のことを知らせなかったのは、彼女のストレスになるから。そう思うことにしましょう。可哀想になってきた。

「助かる見込みは……ないのか？」

「さぁ？　厭い子の予知能力者なんて前例がないでしょうし、下手に外部からどうにかしようとするのは危険だと思うわ。できるだけストレスがかからないように生活するしかない。まぁ、ユメルダ嬢は生まれつきの予知能力者みたいだし、脳の造りが違う可能性が高いわ。思いのほか長生きするかもね。結局何も知らないまま、城に閉じこもっているのが一番でしょう」

何もできることはない。そう宣告すると、ヴィルは絶望に呑まれ、再びその場に崩れ落ちる。ついに金色の目から光が消えた。もう何も考えられないみたい。

私は小さく息を吐いて、セドニールへの脅迫に戻る。

「せっかく手に入った予知能力者をむざむざ死なせたりしない。そうでしょう？」

セドニールは答えなかった。もう自らの敗北を悟ったようだ。恐怖で眼球が小刻みに震えている。

「ソニア様、い、命だけは……っ」

「あら、命さえ無事ならいいの？　じゃあこれで許してあげる」

懐から素早く小瓶を取り出し、セドニールの口に中身を流し込んでやった。じゅわっと音が弾けて、たんぱく質が焼ける不快なにおいがした。

「あぁっ！　があぁ！」

「あなたは国王の代理にふさわしくないから、喋れないようにしてあげたわ。心配しないで。声は一年くらいで元に戻るから。それまでは筆談でお仕事を頑張ってね。ああ、しばらくは辛いものや固いものは食べない方がいいわ。お酒もダメ」

喉を押さえて悶え苦しむ男にもう用はない。そばで震えている適当な兵士に声をかける。

「帰って陛下に伝えて。魔女ソニアはミストリアとの和平条約を破る気はない。それでもなお私や私の大切なモノを脅かすのなら、二十年前の襲撃以上の血の惨劇を国史に刻み付けてあげる。賢明なお返事を待っているわ」


セドニールを含む使者たちが撤収するのを見送り、森の中に危険が残ってないか見回った後、私はヴィルの手を引いて天幕に戻った。

抜け殻のように悄然としたけれど、例のお香を焚いたらヴィルは素直に眠りについた。不安だったのでお互いの手首を布で繋ぎ、私も隣で寝る。

夜明けとともに出発の支度を調えた。目覚めたヴィルは朝食に口もつけず、膝を抱えたまま動かない。四つも年上の青年なのに、小さな子どもみたいに見える。

「ヴィル、村にユニカを迎えに行きましょ」

「…………」

「無視しないで」

私が髪の毛を引っ張ると、ヴィルは反射的にそれを払った。良かった。無反応を貫き通されたらさすがに困ってしまうわ。

「人生のどん底に突き落とされて、生きる希望もなくて、これからどうすればいいのか分からないのね。でも大丈夫。言ったでしょう。私がヴィルを守ってあげる。たとえ壊れて使い物にならなくなっても捨てない。あなたはただ、私を信じて付いていてくればいい」

私に飼い殺されていれば安全よ。うんと優しくして、嫌なことなんて全部忘れさせてあげる。

そっと手を差し伸べるとヴィルは顔を上げ、一瞬迷いを見せた。でもすぐに視線を逸らす。

「……もう誰も、信じられない」

深く濃い絶望が滲む声に、私は軽やかに答える。

「ゆっくりでいいわ。長い付き合いになるんだもの」

しばらくして、ヴィルはのろのろと立ち上がった。元気のないままだけど、とりあえず動き出してくれて良かった。

ユニカを迎えに行って、村長さんにお礼を言い、私たちはククルージュに向かった。

手綱は変わらずヴィルに任せることにした。何かに集中している方が余計なことを考えずに済むでしょうし。

「…………」

ふと、きらりとしたものが前方から流れてきた。

少し体をずらすと、ユニカのたてがみに雫が落ちているのが見えた。

気づかないふりをした方がいいのは分かっている。でも私は、ヴィルの体に回した腕の力を少しだけ強めた。

国王に裏切られ、国に捨てられ、親友にも愛しい人にももうどんな顔をして会えばいいのか分からない。

ヴィルは守るべきモノを全て失くしてしまった。その身をどれだけ犠牲にしても愛する人を幸せにできないと知った。

その日、ミストリアの騎士が一人死んだ。
殺したのは、私。

十　ヴィルの決意

　一夜にして自分の全てを否定された気がした。

　不老の宝珠を発端とした魔女狩りとクーデター、両親の死の真相、王子の命を代償にした契約、エメルダの寿命……。

　世界の陰に隠れた真実はどれもこれも醜くおぞましい。

　俺の二十年はなんだったんだ？

　子どもの頃空腹と負い目を抱えて眠った夜も、騎士になるために費やした血と汗も、王子とエメルダの幸せを想って耐え忍んできた日々も、粉々に踏み潰された。

　憎しみよりも虚脱感の方がはるかに大きい。

　馬鹿みたいだ。

　母国の王太子に裏切られて死んだ両親は、今の俺を見てがっかりするに違いない。なんてひどい親不孝をしていたのだろう。やっぱり生まれずに死んでおけば良かった。

　レイン王子。国王の謀略に気づかず、黙秘の契約の肩代わりをさせられていた哀れな俺の主。

　全てを知ったらどんな顔をする？

　俺の父を尊い騎士だと言ってくれたが、その騎士を死に追いやったのはあなたの父だ。

　そう言ったらどうなるのだろう。

……きっともう以前と同じように互いを信頼することなんてできない。

いや、王子は俺のことなど大して信じていなかったのかもしれない。

エメルダの寿命のことを知っていたのなら、なぜ打ち明けてくれなかった。知らない方が幸せだからか？

俺が寿命のことを知ればエメルダを休ませるよう進言するだろう。そうなると面倒だから黙っていたんじゃないか？

エメルダの予知能力を利用できなくなると困るんだろう？

きっとそうだ。レイン王子は薄汚いミストリア王家の血を引いている。本質は国王と変わらないんだ。

違う。違うだろ。

……本当は分かっている。王子を恨むのは筋違いだ。

あの人は王族だ。俺とは生まれつき身分の隔たりがある。対等に信頼関係を築くことなどできるはずがない。何を自惚れていたんだ、俺は。

彼は次期国王としての重責を背負っている。

少女一人の命と、ミストリアの民全ての平穏。どちらを選ぶかは分かりきっている。本心を誤魔化してでも決断しなければならない立場にいるんだ。

俺がそうやって物事を冷静に割り切れないから、エメルダのことを打ち明けられなかったに違いない。俺に王子を責める資格はない。

ああ、一番可哀想なのはエメルダだ。

今もきっと何も知らず、王子との幸せな未来を夢見ている。

軟禁部屋からいつか出られると信じ、窮地を救う予知の訪れを待っているに違いない。

……もう彼女にその部屋にいること以上の幸せはないのに。

本当にエメルダのことを想うなら助けに行くべきだ。

卑劣な国王の城になど留まらせておけない。もう誰にも利用させないよう真実を詳らかにし、無理矢理にでも城から連れ出し、どこか遠くに逃がすのだ。どんな汚泥に塗れてもこの身一つで彼女を守り抜き、寿命が短い分誰よりも幸せな時間を過ごせるように心を尽くす。それでこそ真の騎士ではないか……。

だが俺は動けない。

王子ではなく俺を選べと言う勇気も、現状以上の幸せを与える自信も、全てを打ち明けて絶望させる覚悟もない。最低だ。

こんな情けない男に騎士を名乗る資格はない。エメルダを愛しているなんて口が裂けても言えない。

『真実を知ったところで何もできやしないもの』

その通りだ。

今の俺に何ができる？

これからなんのために生きればいい――？

◆

「…………」

子どもの笑い声で目が覚めた。追いかけっこでもしているのだろうか。窓の外から楽しげな気配が伝わってくるが、カーテンのせいで様子が分からない。

俺はぼんやりと室内を見渡した。

見覚えのない部屋だ。俺の寝ているベッド以外は、机と椅子、クローゼットしか見えない。生活感はまるでない。机の上には魔女殺しの剣を含む俺の荷物が置かれている。

右手の人差し指に赤いリボンが巻いてあった。誰かに悪戯されたのだろうか。無言で解いて枕元に落とす。

頭は重く、体は怠かった。

熱も特別痛む箇所もない。多分、貧血か脱水症状だ。昨夜から、といってもどれくらい時間が経過したかは定かではないが、ほとんど何も口にしていない。

最後の記憶は樹海に入る直前だった。

あの女に馬から降りるように言われて地面に足をついた瞬間、視界がぐるぐる回った。

「目が覚めたのね、ヴィル。気分はどう？」

「……良いわけないだろ」

部屋にソニアがやってきた。旅装を完全に解き、ゆったりとしたワンピース姿だ。片手にお盆を持っている。心なしか晴れやかな顔つきをしているのはなぜだ。

「五日間、緊張しっぱなしだったものね。心も体も限界だったのよ」

口ぶりから察するに俺が倒れてから数時間しか経っていないようだった。

ソニアがちょこんとベッドに腰を下ろしたので、俺は体を起こした。差し出された薬湯は怪しかったが、素直に飲むことにした。何かをされるなら眠っている間にいくらでもできたし、何をされてももはやどうでもいい。

俺はすっかり自暴自棄に陥っていた。

「ここは……？」

「私の家の一室。今日からヴィルの部屋よ。好きに使って。足りないものは今度買いに行きましょう。……ようこそ、ククルージュへ」

魔女の里ククルージュ。

王子からどういう場所か聞いている。

元々魔女は山奥に籠って魔術の研究に没頭するのみで、たまに弟子を迎えに行く以外は仲間とも人里とも交流がなかったらしい。昔話で魔女が悪役になることが多いのは、何をしているのか分からない不気味さがあったからだろう。

それが時代の移り変わりにより、俗世に染まり人間の男と結婚する魔女が現れた。

最初は煙たがられていたものの、薬や魔獣に関する豊富な知識は人々に歓迎され、魔女は徐々に受け入れられていった。

しかし二十年前の魔女狩りにより、魔女とミストリアの民との間に亀裂が生じた。

先代王は国民に魔女を差し出すように触れを出していた。魔女を庇えば同罪となり、磔(はりつけ)にされる。その恐怖から民が率先して魔女を私刑(リンチ)する地域もあったようだ。

隣人に密告され、命からがら逃げ出した魔女たちは、その後安住を求めて救国の魔女アロニアの元に集(つど)っていった。

ミストリアの民の元には戻れない。しかし町の生活に慣れきっていて、今更山奥では生きられない。そこで人間の町に近い場所に魔女のための里を作り、力に自信のない者同士で自衛することにした。

それがククルージュである。

救国の魔女アロニアがいれば、人間たちもむざむざと追い払ったりしない。むしろ以前以上に厚遇してもらえる。アロニアも助けを求めてくる同胞を無下にせず、手を差し伸べたらしい。

現在ではミストリアの民とも和解し、ククルージュの魔女はアズライトの領主とも懇意にしている、という話だ。

ククルージュは魔女とミストリアの友好の象徴と言う者までいる。

しかし真実を知った今となっては、本当かどうかは疑わしい。

……どうでもいいか、そんなこと。

「他の場所に住んだことがないから比べられないけど、ここの暮らしはいいわよ。自然豊かでのんびりできるし、少し遠出をすればアズライトの都で遊べるし。田舎暮らしだけど退屈はしないわ。ヴィルも気に入るはずよ」

「……魔女に親を殺され、魔女を殺してきた俺が、魔女の里を気に入ると？」

「ヴィルは魔女を誤解しているわ。みんながみんな、お母様や怪事件の犯人たちみたいに性悪じゃないのよ。それにヴィルが殺してきたのは悪い魔女だけでしょう?」

そうだ。俺は法を遵守する騎士だった。だから犯罪に手を染めた魔女しか斬っていない。

だが、俺はもう騎士ではない。ついでに言えば精神状態も不安定だ。

「今の俺をこの里に入れるのは危険じゃないか? 何をしでかすか分からないぞ」

自覚があるうちは大丈夫よと笑い、ソニアは俺の頬を指で突いた。

「それにしても、ヴィルったらすっかり不貞腐れちゃって。まぁ、仕方がないかしら。あの場に連れて行った私が言うことじゃないけど、昨夜のヴィルは大陸で一番不幸な男だったでしょうね。でもあなたに真実を伝えるにはあの方法しかなかったのよ」

それは理解できる。

ソニアのみから話を聞いたところで、到底信じられなかっただろう。

俺のよく知る国王の側近――セドニールがあの場にいたからこそ、冗談ではないのだと認識できた。

ソニアと国王側が結託して俺を騙しているという可能性はない。自らの醜聞をわざわざ創作してもなんの得にもならないからだ。昨夜の話はまぎれもなく真実だった。

俺はソニアの手を払いのけ、ため息を吐いた。

「何も知らずに王家に仕える俺を哀れに思ったのか? だから昨夜、俺を殺さなかったのか?」

ソニアは俺の両親の死の真相を知っていた。つまり婚礼の場ですでに俺のことを認識していて、あえて従者に指名したのだ。

傍から見ればさぞ間抜けだっただろう。仇の息子に仕えながら、仇の娘に憎しみをたぎらせていた俺は。

「そうね。ヴィルは可哀想だわ。いっぱい努力して頑張ってきたのに、何一つ報われずに死ぬなんてあんまりよ。惨めにも程がある。見過ごせないわ」

　いつもなら「同情は要らない」、「分かった風な口を利くな」と怒鳴りつけるところだが、そんな気力もない。俺は両手で顔を覆った。

「本当に俺を哀れと思うなら解放しろよ……アロニアの作った里になど連れてくるな」

「あら、図々しい要求ね。じゃあ聞くけど、他に行く当てがあるの？」

　俺は黙るしかなかった。

　王都には戻らない。というか、戻れない。

　真実を知った俺は王家にとって邪魔な存在だ。生かしておくはずがない。

　もはや命などどうでもいいが、奴らの手にかかるのはやっぱり嫌だ。そんな屈辱を受けるくらいなら、自ら魔女殺しで首を突く。ああ、いっそ父や母と同じように腹を裂いてもいい。

　それに、王子にもエメルダにも再び会うことは叶わないだろう。彼らにとってもまた、俺の存在は波風を立てるだけだ。

　エメルダの小さな幸せを壊したくない。残りの人生を穏やかに過ごしてほしい。王子から与えられる、欺瞞と偽善にまみれた愛でも何もないよりマシだ。

　改めて理解した。俺は居場所も頼りになる仲間も失ってしまったのだ。

「ねぇ、ヴィル。私のこと今はどう思っているの？　まだ殺したい？」

その質問にも俺は上手く答えられなかった。

今さっき目覚めてソニアの顔を見たとき、憎悪や嫌悪がだいぶ薄れていた。最初から悪印象だったソニアよりも、信じていて裏切られた分、国王やセドニールへの憎しみの方が強い。レイン王子の言動に疑念を抱いたことも大きいかもしれない。

何より自分に対する怒りと失望が激しく渦巻いていて、相対的にソニアへの悪感情が弱まっているのだろう。

二十年前の襲撃のことでソニアを恨む気はない。この女は生まれてすらいなかったし、仇の子どもというのなら王子も同じだ。

関与が疑われていた最近の怪事件のことも、もしかしたら本当に無関係なのかもと思い始めている。ただの感覚だが、この女なら疑いがかからないくらい上手くやる気がする。

だからと言って、ソニアに心を許したわけではない。許すつもりもない。

昨夜のやりとりで、改めてソニアに得体（えたい）のしれない薄気味悪さを抱いた。荒事に慣れていたし、まだ何かを隠している気配がある。もっと他に途方もない悪事を働いていると思えてならない。俺に真実を教えたのも企みの一環かもしれないのだ。

あらゆる面で十六歳の小娘と侮れない。貫禄がありすぎる。

ようするに俺はソニアの底が見えなくてビビっていた。だがそれを本人に言えるわけがない。

「ヴィルは今、心も頭もぐちゃぐちゃになっているんでしょう？　ならすぐに身の振り方を決めるのはやめておきなさい。まともな判断を下せるはずないもの。しばらくは当初の目的通り私の従者として、お掃除とか買い出しとか畑の管理を手伝うのが良いと思う」

ソニアの優しげな笑みに、俺は戸惑いを覚えた。

「……どうしてそこまで俺に構う？　お前の方こそ、俺をどう思っているんだ」

「言わなかったかしら。ヴィルの顔も声も性格も好みなの。それに私を毛嫌いしていた男を侍らせて、手懐けたら良い気分が味わえるわ」

どこまで本気で言っているんだ、この女。分からない。怖い。

「まぁ、どうしても働きたくないなら、部屋でゴロゴロしていてもいいけど……ふふ、それだとただのペットね」

「ペット……っ」

そのまま絶句する俺を見て、ソニアは恍惚とした笑みを浮かべた。

「ああ、それも良いかもしれないわね。可愛がってあげるわよ。ご飯やおもちゃをたくさんあげるし、お散歩もしてあげる。それならいっそ、立ち直らなくても――」

「わ、分かった。働く。働くから仕事をくれ。ペット扱いだけは嫌だ」

思わず懇願していた。騎士としての俺は死んだが、まだ男としての、人としてのプライドは残っていたらしい。

「そう？　じゃあ明日からよろしくね。里のみんなにも紹介するわ」

今日だけはゆっくり休んで、と甘く囁き、ソニアは部屋から出て行った。

……しまった。これではあの女の思う壺だ。俺は声を出さずに悶絶した。

完全にソニアの手の平の上で踊らされている。何もかも見透かされ、心を操られ、追い詰められている。

俺の中でなんとなく今後の方針が決まった。
ソニアの魔の手から逃げ出す。飼い殺されてなるものか。

十一　魔女の宴、領主の歓待

魔女の里ククルージュは、捻じれ樹海の奥のぽっかりと開けた場所にある。

民家は十もない。統一感のないデザインとサイズだから、一見して里には見えないわね。区画の整理もなく、それぞれが点々と建っている。里の中央にはツリーハウスがあり、庭の代わりに畑や薬草園がところどころに造られている。とにかく緑がたくさん。

周りに外壁はなく、木々の間に色とりどりの紐が走っているだけ。

屈まずにくぐれる場所もあるくらいの緩さなのだけど、特殊な結界魔術が織り込んであって、侵入者や害意を弾く仕組み。空中にも張り巡らされているので、上からの攻撃にも対応できる。

結界と契約している里の人間には無害だから、洗濯物を干すのに使われることもあるわ。

鬱蒼とした樹海の中、ククルージュには柔らかい光が差し込んでいる。

魔女の小さな楽園。私の大切な故郷。

ヴィルにとっても居心地の良い場所になってくれればいいけど……すぐには無理よね。

「おかえりなさーい、ソニアちゃん。そしてようこそヴィルちゃーん。歓迎するわよー」

帰郷の翌日、ツリーハウスの下で宴が開かれた。

各家から料理やお酒を持ち寄って、食べて歓談するだけのカジュアルなガーデンパーティーよ。

堅苦しいことは一切なし。

私とヴィルのために住人全員が集合してくれた。まぁ、二十人ちょっとしかいないけど。

「おかえり。王都はどうだった？」

「ソニアお姉様をフる男がいるなんて信じられない！」

「厭い子を恋人にするくらいだ。変わった趣味の王子なのだろう」

「でも……代わりに良い男を連れてきましたね……」

「さすがソニア。ただでは帰ってこないねぇ」

赤ん坊から老婆まで幅広い年齢層の女性たち。そのほとんどが魔女、もしくは見習い魔女よ。

周りは気楽な雰囲気なのに、ヴィルだけまるで死刑判決を受けるかのような悲壮感を漂わせている。まだ具合が悪いのもあるでしょうけど、それにしても緊張しすぎ。

ああ、魔女に囲まれているのに魔女殺しがないから心細いのかもしれないわね。さすがにこの場には相応しくないもの。部屋に置いておくように命じた。

「はーい。乾杯の前にソニアちゃんから挨拶ー」

宴を取り仕切っているのはコーラル――派手なピンク髪にクマ耳カチューシャ、フリルまみれのエプロン姿が特徴の魔女だ。二十五歳という年齢を考えると少し痛いファッションなのだけど、可愛くてよく似合っている。

コーラルは〝あにめ〟において怪事件を起こす悪い魔女の一人だったのよね。そうならないように数年前からこの里に住まわせ、気にかけてきた。今ではとても仲良しよ。空き家になるはずだった私の家の管理を任せていたくらい。

「ただいま。つい半月前に送別会を開いてもらったばかりなのに悪いわね。いろいろ事情があって戻ってきました。これからもよろしくね」

一部から熱烈な拍手が鳴り響くのに苦笑しつつ、私は隣で小さくなっている青年に視線を向ける。

「婚約破棄の賠償として、核持ちの騎士をもらってきたわ。ヴィル・オブシディア。これもいろいろ事情があって魔女のことが大嫌いなのだけど、根は真面目な良い子よ。いじめないであげて。でもヴィルに色目を使ったら許さないから」

なんだその紹介は、と言わんばかりに私を睨みつけるヴィル。

ふふ、文句があるなら口に出さないと。

まばらな拍手の中、ゆらりと立ち上がる影があった。

「そ、ソニア様……！　どうして、どうしてぇ！」

頭を抱えて絶叫する男に、周囲にしらっとした空気が流れ始める。やれやれまたかい、って感じ。

大柄で猫背、全身に鎖のアクセサリー、というより鎖をそのまま巻きつけている異様な雰囲気の青年。透き通るような銀髪で肌は青白く、銀の瞳の下には大きなクマがある。まるで幽鬼（ゆうき）のよう。

顔立ちは綺麗な方なのだけど、夜中に出くわしたら子どもが泣き出すこと必至の容姿をしている。

紹介しましょう。私の忠実なるしもべ……ではなくて、ステキなお友達を。

「ファントム……急にどうしたの？」

彼の名はファントム・ギベルド。

〝あにめ〟で言うところの〝中ぼす〟さん。

ソニアに鞭（むち）で打たれると喜ぶ変態性癖の持ち主だ。〝あにめ〟の終盤ではソニアに脳を改造されて殺戮（さつりく）兵器と化すわ。インパクトのあるキャラだからか、敵役でも〝しちょうしゃ〟には人気だった。通常時でもヴィルと良い勝負ができるくらい強かったし。

もちろん現実の私はファントムの調教なんてしていない。出会ってからずっと普通に接してきたつもりなのに、なぜか〝あにめ〟通り私を偏愛するヤンデレになってしまった。

「ひどぉいぃ！　ソニア様、オレの愛は拒絶したのに、王子の婚約者だからごめんって、そう言ってたのにっ⁉　結婚せずに他の男を連れて戻ってくるなんてぇ！　しかもこれから一つ屋根の下で暮らす……っ⁉　くぅ、妬ましいぃいいい……呪ってやるぞぉ、ヴィル・オブシディアぁ……！」

「俺を呪うのかよ」

ヴィルが小さく呟いた。怒りの矛先が急にスライドしてきたものね。

放っておきたいところだけど、このままだと血の涙を流しかねない。せっかくの宴の席なのにこんな理由で流血沙汰はイヤ。

「ファントム、ヴィルを恨まないで。というか、妻子持ちのくせに変な嫉妬しないで」

「そうよー、ファントムちゃん。あんまり大声出しちゃだめー。フレーナちゃんが怖がるわよー」

コーラルの指し示す先を見てファントムはハっと我に返った。

「ご、ごめん……！　ああ、オレの天使ぃ！」

コーラルの隣、ゆりかごの中にいる赤ん坊フレーナに向け、ファントムは蕩けるような笑顔を見せた。

実はファントムとコーラルは結婚していて、一年前に子どもが生まれたばかりなのよね。

ファントムに愛されすぎて夜も眠れなくなりそうだった私は、コーラルに対処を頼んだ。当時のファントムは私が何を言っても冷静さを欠いて叫び出すから会話にならなかったの。今もそうだけ

ど。

コーラルを通じてストーキング行為をやめるように伝えてもらっていたら、いつの間にか二人が結ばれていたのよね。謎。

コーラルもファントムも天涯孤独だし、奇抜なファッションセンスだし、惹かれる部分があったみたい。ちなみにファントムは十九歳だから六歳の歳の差婚ね。素敵だと思うわ。

「ご、ごめんなさいぃ……ソニア様ぁ……あなたという人がありながら、オレは、オレは、愛娘が一番可愛いぃ……！　どうか罰としてオレを踏みつけてくださいぃ！」

「嫌よ。幸せそうなあなたを踏む理由がないもの」

「ああああああ、やっぱりソニア様優しくて好きぃ……！」

「嫁のあたしはー？」

コーラルは膨れつつも本気で怒ってはいなかった。姉さん女房の余裕を感じるわ。

どん引きしているヴィルに構わず、乾杯して宴会は進んだ。

「食え……顔色が悪い。コーラルはソニア様の次に料理が上手だから美味いぞ」

ファントムがぶっきらぼうながら、ヴィルのお皿に肉の塊をのせてあげていた。

ククルージュは男女比二対八の女の園。男は力仕事でこき使われるし、肩身が狭いし、よくつるんで愚痴っているらしい。

新しい男手ということもあり、ファントムも本当はヴィルとお友達になりたいみたいね。なんだか見ているこっちがそわそわしてしまうわ。

「お前に顔色のことを言われたくないが……分かった。いただく」

ヴィルは警戒しつつもファントムのしつこさに負け、肉の煮込み料理を頬張った。頑なに拒否するかと思ったのだけど、本当に肉料理が好きね。それともやけ食い？

「ん、妙なクセがあるな。珍しい食感……なんの肉だ？」

「聞いて驚くがいぃ……灰色飛竜だ！」

ヴィルが盛大にむせた。

「おととい の夜たーくさん飛んできたんだけどー、ファントムちゃんったら、全部殺しちゃったのよねー。生け捕りにして騎獣屋に売りたかったのにー。大損よー」

「うぅ、でも、鱗や核はそれなりの額になった……肉も良い値になったぞ」

「そうねー。どっちみち臨時収入だしー、竜属のお肉なんてめったに食べられないしー、許してあげるー」

ファントムは胸を撫で下ろし、鎖をじゃらじゃらさせながら美味しそうに愛妻の手料理を食べ始める。一方ヴィルは顔を真っ青にしつつ、果実酒を一気飲みした。吐くのは何とかこらえてくれたみたい。

飛竜と聞いてあの夜のことがフラッシュバックしたのかしらね。可哀想に。私がこっそり背中をさすっても、ヴィルは抵抗しなかった。

「オブシディアというと、あの魔女狩り騎士の子かねぇ」

宴が落ち着いてきた頃、私はヴィルを連れてククルージュの長老ばば様に挨拶に行った。

長老と言ってもご意見番の地位にいるだけで特に権限はない。でも物知りだから自然と若い魔女たちは敬意を払う。私も小さい頃から可愛がってもらっていたから大好きよ。

目尻の皺のせいかいつも笑っているように見える。実際優しいおばあちゃんなの。

「ええ、ばば様。ヴィルはクロス・オブシディアの子よ。魔女殺しも受け継いでいる」

「そうかい。二十年前、わたしの末の妹が奴の手にかかって死んだよ。町で息子夫婦と孫と暮らしていただけで、何の罪もない魔女だったけども」

ヴィルは拳を握りしめ、息を詰めた。

「……父の代わりに俺を憎むか？」

「いいや。親の罪を子に引き継がせて裁いたら、今頃地上に人はおらんわねぇ。良いところだけ継げばよろしい。お前さんの父は、それはそれは良い男じゃった。獣のように強く、鋭かった。魔女の返り血を浴びて笑う姿は、敵ながら見惚れるほど妖艶でな……」

「は……？」

ばば様は当時を懐かしむように遠くを見て、ため息を吐いた。

「あれも魔女が生んだ業（ごう）の子よ。黒艶（こくえん）の魔女スレイツィアの時代から数十年……お前さんとソニアが連れ立っておるというのも奇縁よのう」

ヴィルが説明を求めて視線を寄越したけど、私は首を横に振る。

「ばば様はたまに訳の分からないことを言うのよ。もうお歳だから大目に見てあげて」

私の言葉が聞こえてないみたいで、ばば様は「ジェベラもアロニアも、ろくでもないものを引き継ぎおって」と唸っていた。

◆

歓迎の宴の翌朝、起きてきたヴィルはぐったりしていた。

宴がお開きになった後、私やコーラルを含む若い魔女だけで二次会をすることになった。ヴィルは寂しがったファントムに捕まり、深夜まで延々と愛娘自慢をされたらしい。

私もヴィルも二日酔いはしないタイプみたい。でも疲れは持ち越している。体が重いわ。

「はぁ、ゆっくりしたいところだけど、今日は買い出しに行かないとね。荷物持ちよろしく」

「う……仕方がないか」

本当に王子に嫁ぐ可能性もあったから、家の中は整理してある。ようするにもぬけの殻だ。食材や調味料は残してないし、服もほとんど年下の子たちにあげてしまった。日用品の類も同様。家具と薬がかろうじて残っているだけ。

また買い直すのは面倒だけど、嫁入り道具を城の人が高く買い取ってくれたからお金には余裕がある。ヴィルの持ち物も揃えてあげないとね。

「今日のところは、急を要するものを近場の町で買うとして――」

「ソニアちゃーん、アスピネル家のお迎えが来ているわよー」

出かける計画を立てていたところ、コーラルが私を呼びに来た。樹海の入り口に竜車が待っているらしい。

「まぁ！　兄様ったら、相変わらず強引」

「兄様？」

一人っ子のはずだろう、というヴィルの視線を受け、私は頷く。

「兄様……サニーグ・アスピネル様はアズライトの領主様よ。小さい頃から私のことを本物の妹みたいに可愛がってくれているわ。貴族社会における私の後見人なの。……兄様って呼んでおけば機嫌が良いのよね」

近々挨拶に行くつもりだったし、兄様の誘いを断るわけにはいかない。私は簡単に身支度を整え、ヴィルとともにお迎えの竜車に乗った。

向かう先はアズライト領の都アズロー。竜車でも二時間くらいかかる距離だ。

アズライトはミストリア西部に位置する土地。肥沃な大地と温暖な気候に恵まれ、野菜や果物の栽培が盛ん。大きな湖があり、魚介類も豊富よ。食べ物にはまず困らないため、穏やかで大らかな気質の民が多い。

ただし、地脈に魔力の大河が流れるせいか、他の地域に比べて魔獣がうじゃうじゃ出現するし、危険な森や山々も多い。人類未踏の地がたくさん残っているくらい。

五十年前にアズライトを拝領したアスピネル家は、魔獣の危険を逆手にとって冒険者や傭兵を上手く呼び込み、都と呼ばれるほどアズローを発展させた。

土地柄、珍しい植物や戦利品が多く集まるため、今では遠く離れた国から商人が買い付けに来るほど。魔術の素材が手に入るから魔女にも人気なの。

そんな基本情報を織り交ぜつつ、車中でヴィルに兄様との関係を説明する。

「私が一人前の魔女として認められたのは八歳のとき。体内の魔力は安定していて、魔術もすでに大人の魔女以上に使えたの。お母様は宝珠の研究で忙しくて修業をつけてくれなかったから、ほとんど独学よ。いわゆる神童って奴ね」

「自慢か」

「まぁね。それで町に出ても問題ないと判断されて、今度は淑女としての嗜(たしな)みを学ぶことになった。将来ミストリアの王妃になることが決まっていたもの。教養や礼儀作法は必須でしょう？　だから領主様のところでお勉強させてもらっていたの」

食事のマナーやダンスの基礎、社交場での振る舞いや審美眼を磨く訓練、地理の勉強や外国語の読み書きなどなど。一月に一週間ほどアスピネル家のお屋敷に滞在して、カリキュラムをみっちりこなした。

「過去の私を誉めてあげたいわ。よく耐えられたものだと」

「……婚約破棄で全ての努力が水の泡か」

「そんなことはないわ。身につけた知識は一生役に立つものばかりだから。あのままレイン様と結婚しなくて良かったと心から思っているし。でも……兄様は納得してないかもしれない。きっともすごく怒っているわ」

私はため息を吐いてこめかみを押さえた。

この私をここまで悩ませることができるのは、世界広しと言えどサニーグ兄様だけだ。

「領主殿はその……真実について何も知らないのか？」

「いいえ。兄様は、二十年前の真実も全てご存じよ。その上で国王陛下にククルージュを見張るように命じられているわ。ミストリアの貴族なのだから立場的には王家の味方」

「なっ」

私を可愛がっていたのも懐に忍び込み、油断させるため。

宝珠の研究の進捗具合を探ったり、他の権力者と結びついてないか監視したり、いざとなればククルージュを攻め滅ぼす。それが陛下から与えられたアスピネル家の役目だ。

「今会って大丈夫なのか？」

「大丈夫。兄様は、表向きは私を溺愛する後見人。裏では国王陛下に通じて情報を流しているスパイ。でもさらに裏返ることもできる器用な人よ」

二年前、兄様はアスピネル家に与えられた役目を私に全て教えてくれた。そして挑発するように言った。「最終的に利の多い方につく」と。

わざわざ言わなければいいのに、正直で真っ直ぐな人だ。

「兄様はまだ、私を見限りはしない。王の腹心であるセドニールが、私のことを舐めきっていたでしょう？　あれは兄様が、私がどのくらい戦えるのか国王に正確に伝えていなかったからだと思う」

サニーグ兄様は〝あにめ〟には登場しない。

私にも動向が読めないから会う度に緊張する。

「ヴィル、今日も余計なことは喋らない方がいいわ。兄様のお屋敷にはたくさんの人間が出入りしているの。どこに間者がいるか分からない。薄ら寒い会話を聞くことになるから覚悟しておいて」

◆

開口一番、兄様は言った。

「さぁっ、私の可愛いソニアに恥をかかせた馬鹿王子を断頭台の露にしてやろうじゃないか！　軍団長、兵はどれくらい集められる？」

「はっ、領主様のお声かけなら一万は確実かと」

「少ないな。あと三万は必要だ。単なる内乱にするつもりはない。これは無能な王家に己の罪を思い知らせるための一方的な蹂躙（じゅうりん）だ！」

「……やめて、兄様。ミストリアが滅ぶわ」

サニーグ兄様は「うむ。冗談だ」と陽気に応え、いかつい軍団長を持ち場に帰した。ごめんなさいね、茶番につき合わせて。

「冗談でも内乱なんて口にしないで。どこで誰が聞いているか分からないのよ？」

「私を反逆罪に問えるものなら問うてみればいい。百の正論でめった刺しにしてくれるわ」

サニーグ兄様は二十八歳。領主としては若い。先代――兄様のお父様が早めに隠居したがったため、二年前に後を継いだ。

領民からの人気はとても高い。格好いいし、とても有能だから。兄様が領主になってからアズローはさらに潤い、税収も安定している。なのに犯罪発生率はどこよりも低いの。

魔獣討伐用に編成された兵団をいくつも持っていて、ミストリア西部で兄様に歯向かう人間はい

ない。財力でも武力でも頭一つ抜けているわ。

ミストリア王家からすれば、地方領主が多大な武力を持つのは警戒すべきことなのだけど……いざというときククルージュを攻め滅ぼす役目があるため、黙認されているわ。国王は兄様のことを完全に味方だと思っているみたい。

アスピネル家の立派な応接間に通され、私と兄様は向かい合って座る。ヴィルは扉のそばに控えようとしたのだけど、「きみも座りたまえ」と兄様に命じられ、戸惑いがちに私の隣に腰かけた。

今の兄様は私を妹のように溺愛するアスピネル家の当主。婚礼の場でのレイン王子の暴挙に怒っている。そして私は兄様が王と通じていることなんて知らない、という設定。

今日の呼び出しは、私が今後どう動くか探るためでしょう。

国王は、私が本当に秘密を黙すつもりなのか試すつもりに違いない。契約がなくなった今、私が幼い頃から仲の良い兄様に泣きつき、真実を打ち明ける可能性がある。

秘密を黙秘するつもりがないと判断されれば、国王はなんとしても私を殺そうとする。口の軽い小娘は信用されないでしょう？

私は今まで通り、普通に接すればいい。兄様もきっとそのつもりだ。

「ごめんなさい、兄様。アスピネル家が私に費やして下さったものを全て無駄にする結果になってしまって……」

とりあえず謝ることにした。兄様には本当に申し訳ないと思っているわ。

私を教育するためにかなりの時間とお金がかかっている。私がレイン王子と結婚しなかったことで一番損をしたのはアスピネル家だ。それに本当に嫁いでいれば、私を見張るという面倒な役目からも下りられたしね。

「冤罪には違いないけれど、そもそも疑われること自体あってはならなかった。領民の方々もがっかりしているわよね。私が婚約破棄したことで、この家に迷惑をかけてしまうかしら？」

私が目を伏せると、兄様は「まさか」と笑った。

「婚礼の儀に出席した私の名代から報告を聞いたとき、耳を疑ったぞ。何の罪もないソニアを公の場で糾弾した上、国を挙げての婚姻を破談。……許しがたい蛮行だ。お前は何も悪くないし、こんな下らないことで我が家名に傷はつかない。領民たちはむしろ王家に怒っている。ソニアの心が深く傷ついているなら、本当に兵を挙げるつもりだったのだが」

「私は平気よ。なんとも思ってない」

「そのようだ。むしろ晴れ晴れしている」

「ええ、兄様には悪いけれど正直ホッとしているわ。私に王妃が務まるとも思えなかったし、レイン様にも愛着はなかったし、何よりククルージュに戻れて嬉しい。兄様ともまた気兼ねなくお会いできるのなら、破談になって良かったと思ってしまうの」

兄様はご機嫌に笑った。

「そうかそうか。もちろん私も嬉しいぞ。ソニアより優れた妃になりうる娘などいないだろうが、そもそもお前に城の生活は退屈だろう。王太子殿下ごときにはもったいない。これで良かったのかもしれん」

私のことを甘やかしすぎね。兄様の存在は私の人格形成に大きく影響していると思うわ。傲慢なところ、似ている気がするし。

「しかし、代わりに私が最上級の男を見繕ってやろうと思ったのだが……必要ないか？」

兄様の視線が私の隣に向かう。ヴィルは居心地が悪すぎて言葉が出ないみたい。完全に圧倒されている。

「ありがとう、兄様。でもせっかく自由に恋愛できる身になったのだから、できれば相手は自分で選びたいの。ダメ？」

「構わないさ。だが、何かあればいつでも私を頼れよ。恋愛にかかわらずだ。たとえ王家との婚姻がなくとも、私は常にお前の味方だ」

「本当にありがとう。私もいつでも兄様の味方よ。魔女の力を借りたくなったら遠慮なく言って」

もちろんだと頷き、兄様はティーカップに口をつけた。私も上品な香りの紅茶をいただく。うん。毒は入ってないわね。兄様は私に毒が効かないことを知っているから、入っているはずないけど。

ヴィルは私と兄様を見て、気味悪そうにしていた。真実を知っていると、今の会話は白々しく不気味なのでしょう。

そのとき、応接間の扉が開いた。

「ソニアさん、本当に出戻ってきたんですね。お可哀想に」

私より二つ年上の少女――ユーディア・アスピネルだった。貴族令嬢らしい高慢な笑みを浮かべている。

腹の探り合いに疲れていたところなの。良いタイミングで来てくれた。私はにっこり笑みを返す。

「ユーディアさん。お久しぶり……というほどではありませんけど、ご機嫌麗（うるわ）しいようで何よりです。恥ずかしながら戻ってまいりましたが、憐れんでいただく必要は全くございません」

「そうなんですか？　なら安心しました。これからも夫ともどもよろしくお願いします」

「ええ、お手柔らかに」

「夫……？」

ヴィルの呟きに私は答えた。

「彼女は兄様の妻よ。半年前に結婚したばかり」

ヴィルは目を見開いた。兄様とユーディアは夫婦という雰囲気ではないから、驚いたのでしょう。

美男美女だからお似合いだと思うけど、どちらかといえば兄妹に見えるわね。

ユーディアはまだ、私と兄様の本当の関係を知らないはず。だから彼女がいるときは、私も兄様も互いの腹を探るのをやめる。だから助かる。

改めてヴィルにユーディアを紹介した。

「小さい頃からよくパーティーで顔を合わせていて、ユーディアさんとは幼なじみみたいなものなの。今では私の作った香水や美容液を買ってくれる、とても金払いのいいお友達よ」

「そうですね。ソニアさんはわたしにとって、利用価値の高い素敵なお友達です」

ふふふ、ほほほ、と笑いあう私たちを見て、ヴィルは呆れ果てていた。いえ、どちらかというと怖がっているわね。

「それで、そちらが連れ帰った騎士様？　ふぅん。ソニアさんはこういう殿方が……」

「安心した？　サニーグ兄様にあまり似ていなくて」

ユーディアの頬がみるみるうちに赤く染まった。

知っているのよ。ユーディアが幼い頃からずっとサニーグ兄様に恋い焦がれていたことを。そして、兄様にひと際可愛がられていた私に嫉妬していたことも。

私が王子と結婚せずに戻ってくると聞いて、内心びくびくしていたでしょうね。ようやく手に入れた愛しい夫を盗られると思って。

出会ってからずっと一方的にライバル視されて困ったものよ。でもユーディアは誇り高く、私をいじめはしなかった。私よりも劣る部分を悔しがり、自分を磨くことで追い越そうとした。努力家なの。だから私は彼女のことが好き。好きな人のために頑張る姿が可愛いと思うから。

兄様が思わず噴き出した。

「ははっ、可愛い奴め。私の妻になってもまだソニアに嫉妬するか」

「もうっ旦那様！　からかわないでください。別になんとも思ってないんですからね！」

夫婦仲は良好みたいね。二人には幸せになってほしい。

兄様が完全に味方になってくれたら頼もしいけど、それは王家への裏切りを意味する。今の時点で結構裏切っているのはさておき……これ以上は望めないわね。

私、本当にミストリア王家ともめるつもりはないの。

無用な争いは今ある幸せを壊してしまう。私自身はもちろん、コーラルもファントムもクルージュの魔女たちも、サニーグ兄様もユーディアもアズライトの領民も、幸(さち)の多い日々を送ってほしい。

その中には当然ヴィルも含まれる。本当よ？

帰りの竜車はお土産でいっぱいになった。兄様は何かと入り用だろうと、食料や日用品を用意してくれていたの。さすがの心遣いね。

遠慮なくもらってしまったから、今度お返ししなきゃ。

「ねぇ、ヴィル。兄様と何を話したの？」

兄様は私たちを夜会に招待したいからと仕立屋を呼んでいた。個別に採寸をすることになって、兄様はヴィルの方に付いていった。絶対何か大切なことを話していると思うのよね。

だって、ヴィルの様子がおかしい。私と目を合わせないようにしているし。

「別に……しっかりお前に仕えるように、釘を刺されただけだ」

「本当に？　目が泳いでいるわよ」

「ほ、本当だ」

むっとした態度で言い返してから、ヴィルは躊躇いがちに問うた。

「お前、他に家族は……全てを打ち明けて頼る相手はいないのか？」

「あら、心配してくれているの？」

意外だわ。ヴィルに他人を気にかける余裕があるなんて。もう少しいじめても大丈夫かしら。

「ち、違う。だが、あまりにも……アロニアは天涯孤独だと聞いたことがあるが、父親は？」

「私が赤ん坊の頃に亡くなっているわ」

「そうか……父方の親戚はどうなってる？」

「いないんじゃない？　いたとしても、まともじゃないと思う。お父様は一度男娼に身を落とした人間だもの」

「は⁉」

「おかしいわよね。まさか王太子の婚約者の父親が、元男娼なんて。もう少しでミストリア王家の血にとんでもないものが入るところだった」

そのままではさすがにまずいからと、お父様はどこかの貴族の養子に入り、それなりの身分を与えられたらしい。形だけの関係でその貴族と私は会ったこともない。お父様が死んだ今、繋がりは切れている。

「元男娼って、まさかお前の父親は……」

これはあんまりヴィルには教えたくなかったのだけど、隠し続けるのは無理よね。里の魔女も兄様も知っていることだし。

「私の父の名はアンバート。ジェベラが愛していた青年。お母様とともにクーデターに加担した男よ」

お母様とお父様の馴れ初めは知らない。でも愛し合っていたとは考えられないわ。

過去視で視たお父様は、私にもお母様にも興味なさそうだった。ククルージュで悠々自適に暮らしていただけ。ヒモみたいなものね。

ヴィルはうんざりしたかのように頭を抱えて俯いた。

十二　ヴィルの失敗

魔女の里ククルージュは、俺の想像とはだいぶ違った。

もっとソニアによる独裁色が強い、冷たく恐ろしい里だと思っていた。

具体的に言えば、ソニアが歩くと魔女たちが道を開けて跪いたり、怪しげな魔術薬を煮詰めた鍋がそこかしこに置かれていたり、男の呻き声と悲鳴が溢れていたり、そんな魔界のような風景を想像していた。

実際はどうだ。

ソニアを中心に笑顔の輪ができ、青い匂いを乗せた風が走り、子どもたちのはしゃぐ声が満ち、眠気を誘う木漏れ日（こもび）が降り注いでいる。

ソニアを女神のごとく崇拝しているのは、ファントムという不審者くらいだ。住人は子どもや老人が半数を占め、話題も「婚礼の場がどれだけ華やかだったか」とか「レイン王子は噂通りの美男子だったのか」とか、いかにも普通の女が好みそうなものばかり。歓迎の宴の間、拍子抜けするほど穏やかな時間が流れていた。

しかし見た目通りの平和な里ではないらしい。

宴の料理に灰色飛竜の肉が出た。

つまりククルージュは、セドニールが率いてきた飛竜隊に本当に襲撃された。しかし難なく撃退したということだ。

物騒なことがあったばかりなのに呑気に宴を開くとはどういう神経だ。

「こういうの、慣れているからねー。余裕ー」

俺の心中を察したのか、コーラルという魔女がぼそりと呟いた。

ソニアほど規格外の魔女はいないようだが、この里の魔女は手練れが多い印象だ。戦い慣れているらしい。魔女ではないが、ファントムからも底知れない力を感じた。俺ですら一対一で勝てるか分からない。

宴の席ではもう一つ気になることがあった。長老の老婆が俺の父を知っていたことだ。

詳しく聞きたいと思ったものの、長老にとっては身内の仇の話題になる。憎まれてはいないようだが、深く追及するのは躊躇われた。

いろいろと分からないことだらけでもやもやする。

今の段階で予想だけならいくらでもできる。だが俺が一人で考えたところで結論は出ない。

ソニアに問い質すべきか迷っていたところ、今度はアズライトの領主邸に連れて行かれた。

実は、領主のサニーグ殿とは初対面ではない。

数年前、王城での式典でレイン王子の護衛をしていたときに顔を合わせている。サニーグ殿は王子に引けを取らない圧倒的なオーラを持っていたので覚えていた。切れ者、英傑、カリスマ、そういった言葉がよく似合う男だ。同性の俺から見ても格好いいと思う。

そんなサニーグ殿が国王の卑劣な所業を全て知り、その上で従っている。自分のことを棚に上げておいて勝手だが、俺は少しがっかりした。

……当たり前か。地方領主が王家に表立って反抗できるはずがない。

ソニアはサニーグ殿のことを慕っているようだ。二人はなんというか、雰囲気がよく似ている。自分に絶対の自信を持っていて、腹に黒い思惑を抱えていながら、常に余裕の姿勢を崩さない。げんなりするくらいそっくりだ。

二人は今後の王家の方針によっては敵対するかもしれない。それを知っていてなお、和やかに会談できるのが恐ろしい。

服の採寸――俺のありったけの語彙で固辞したが断り切れなかった――のため移動した先の部屋で、サニーグ殿が問いかけてきた。

「どうだ？　ソニアは可愛いだろう？　あの子に拾われて良かったな、ヴィルくん。誠心誠意尽くすように」

「はぁ……」

「なんだその気の抜けた返事は」

彼のオレンジ色の瞳は太陽を思わせ、活発なエネルギーに身を焼かれそうだった。俺はどちらかというとマイナスの空気の方が性に合うので、まだファントムと喋っていた方がマシだと思ってしまった。

「あの……サニーグ殿は彼女のことをどう思っているんですか？　本当に妹みたいに？」

「ああ。ソニアのことは小さな頃から知っているからな。可愛くて仕方がない。意外に思うかもしれんが、昔のソニアは人見知りが激しくて大人しい子だったんだぞ。緊張で私と口がきけない時期もあったほどだ」

「へぇ……」

確かに意外だ。小さな頃から如才(じょさい)なく立ち回ってそうなイメージだった。

「あれは四年くらい前だったか。急に見違えるほど明るくなってな。なんでも、楽しい夢を観るようになったらしい」

「夢、ですか？」

「ああ。別の世界で別人になって暮らす夢だ」

夢の中のソニアは容姿も能力も冴えない女になり、共通の趣味の友人と遊んだり、家族で旅行をしたり、叶わぬ恋に泣いたり、そういうありきたりな人生を歩むらしい。

「あの子は生まれつき何もかも特別だったからな。無意識に平凡な暮らしに憧れていたのかもしれん」

救国の魔女の娘で未来のミストリア王妃。女なら誰もが羨む絶世の美貌と、溢れんばかりの魔術の才。

そんなものを生まれつき持ちながら平凡を望むなんて嫌味な女だ。もちろん周囲からの重い期待や非凡ゆえの苦労はあるのだろうが……。

「夢の中でも家の都合でペットを飼えなかった、と私に話してくれたのでな、サプライズで魔獣の仔馬(こうま)をプレゼントしたんだ。知っているか？」

「ああ、ユニカのことですね」

あの馬はサニーグ殿にプレゼントされたのか。俺には感じ悪い態度だが、ソニアには非常に懐いている。

「今でこそとても可愛がってくれているが、最初はがっかりされたものだ。ソニアはペットと同じ布団で寝たかったらしい。実用的な馬ではなく、愛玩用の犬猫にすべきだった」

愛玩用の犬猫……だと？

俺の不安に気づかず、サニーグ殿はうっとりするように嘆息した。

「乗馬が趣味の王妃様……最高だと思わないか？ だが、私の好みを押しつけた結果、ソニアをしょんぼりさせてしまった。それはそれで可愛かったがな！ ソニアは優しいんだぞ。私のことを責めず、『大きくなってユニカ以外の面倒も見られるようになったら、お気に入りの子を飼うことにするわ』と言ってくれて……」

背筋に悪寒が走った。

違うよな。子どもの頃の無邪気な夢だよな、それ。

今その夢を俺で叶えようとしてないよな？

……でもそうか。

ソニアにも子どもらしい、というか人間らしい一面があったようだ。

よくよく思い返せば、ククルージュに帰ってきてから晴れやかな笑顔が多くなった気がする。いや、ソニアはいつも悠然(ゆうぜん)と微笑んでいるが、王都からの道中よりもリラックスしているように見えるのだ。故郷に帰ってきて安心したのだろう。あるいは国王の使者に会うことへの緊張感から解放され、安らいでいるのかもしれない。

採寸が終わり、仕立屋が挨拶をして帰り支度を始めたとき、サニーグ殿が俺にしか聞こえない声で言った。

「ヴィルくん。あの子を命がけで守ってくれとは言わん。だがせめて、味方としてそばにいてやってほしい。頼んだぞ」

俺は何も言えなかった。

そんなことを言われても困ると答えかけたものの、あまりにもサニーグ殿の眼差し(まなざし)が真剣で言葉にならなかったのだ。

俺はもう、誰かのために動けない。

世界一大切なエメルダにすら何もしてやれないのに、仇の娘のために差し出せるものなどない。

ソニアに恨みはなくとも、好意もないのだ。どちらかというと、あの女の思惑通りに事が運ぶのは面白くない。

サニーグ殿には悪いが、俺はソニアの味方にはなれない。

別に大丈夫だろう。あの女は強く賢く、みんなに好かれている。

父親が元男娼のアンバートだという事実には驚いたが、当の本人がけろりと語ったのだから大して気にしていないように思える。

あれくらい図太く生きられたら人生楽しいだろうな。俺にはとても真似できない。

◆

ソニアの家は里から少し外れた、斜面の上に建っている。ククルージュでは一番立派な家だが、やはり貴族の屋敷と比べると小さい。まぁ、樹海の中、母子二人で暮らしていたことを考えれば、十分すぎる大きさだが。

俺はだらりとキッチンに立った。

「本当に、なんで使用人が一人もいないんだ……」

領主邸から帰った翌日、朝食の準備をしながら愚痴る。

俺が言うべきことじゃないが、ソニアはつい先日まで未来のミストリア王妃になるはずで、救国の魔女アロニアの娘だ。

てっきり大勢の使用人を侍らせ、贅沢三昧をしていると思っていた。これだけ立派な家に使用人がいないのは、ただただ物寂しい。

食事の支度など雑用をこなすのは別にいい。何かしていた方が気が紛れるし、ペットになるわけにはいかない。しかし一つの家に歳の近い男女が二人きりで暮らすというのは……。

たとえ家が広くても、主従関係にあっても、問題がある。俺にその気はないが、すこぶる外聞が悪い。実際すでにそういう関係だと思われていそうだ。

「昔はいたわよ。お母様の弟子……というか奴隷扱いの魔女たちが家事をやってくれていた。でもいろいろあって、この二年で全員いなくなってしまったわ。残念」

何をしたんだこいつ。恐ろしいな。

「新しく雇う気にならなかったの。でもヴィルが来てくれたから助かるわ」

にこにこと笑うソニアの前に俺は作りたての朝食を置く。焼き飯と玉子焼きと肉炒めだ。

心なしかソニアの眼光が鋭くなった。

「……いただきます」

一口食べて一瞬固まったが、ソニアは無言でスプーンを動かし続けた。ほっと胸を撫で下ろす。

実は料理の腕には結構自信がある。騎士養成学校時代、食堂の手伝いをして賄いにありついていたからだ。

怪事件を追って旅をしていたときにもよく作っていて、仲間にも好評だった。自分の作った料理でエメルダの笑顔が見られたときは、天にも昇る心地がした。

一方あまり思い出したくないのだが、エメルダの手料理は消し炭のような味だった。しかし魔女殺しを使って空腹に喘いでいたときは、味など気にせずがっついていた。みんなが拒否する中、俺だけが猛烈な勢いで食べていたので、エメルダはすごく喜んでくれた。

そんなことを思い出して胸を痛めていると、ソニアがスプーンを置いて口元を拭いた。そしてしれっと言い放った。

「ごちそうさま。美味しかったわ。でも不合格ね。食事はこれから私が作るから」

「なっ⁉　完食しておいてなんだその言い草……」

ソニアは出来の悪い子どもを諭すようにため息を吐いた。

「味付けのセンスは悪くないわ。でも後は全部ダメ。栄養は偏っているし、味は濃いし、油を使いすぎだし、何より主への心遣いがなってない。二日連続でごちそうを食べて胃がもたれているのに、朝からこんなこってりしたもの……今日はもうお昼もおやつも食べられないわ。カロリーオーバーよ」

「くっ、知るか、そんなこと！　気に入らなければ残せば良かっただろ！」

「せっかくヴィルが作ってくれたのに、残すのはもったいないでしょう。たまにならいいけど、毎日ヴィルの手料理じゃ体に毒だわ。私の健康と美しさが損なわれちゃう。というわけであなたには野菜の皮むきと食器洗いだけお願いするわね。調理は禁止」

カチンときた。自分の料理を毒扱いされるなんて初めてだ。

「分かった。じゃあ自分の分は自分で作れ。俺もそうする」

「それはダメ。経済的じゃないもの。安心して。私、料理は得意よ」

「安心？　無理だな。お前の作ったものは食べたくない。どんな薬を混ぜられるか分からないからな。魔女の実験台にされるなんてまっぴらだ」

ククルージュに来る道中、眠り香を使われたことを俺は忘れていない。セドニールに劇薬を飲ませていたこともだ。

昨日案内されたが、この家にはソニアの研究室がある。怪しげな薬品が並んでいて寒気がした。風邪薬と栄養剤だという話だが、本当かどうかは作った本人にしか分からない。おまけに立ち入り禁止の地下室もある。嫌な予感しかしない。

言い返してくるかと思ったが、ソニアは小さく笑うだけだった。

「私の作るものを警戒するくらいには、自暴自棄から抜け出せたのね。良かったわ。うん。じゃあしばらくは別々に食事を取りましょう。皿洗いよろしくね」

そう言ってソニアは出て行った。あっさりしたものだ。

大人げなかったな、と後になって少しだけ反省した。本当に食事に毒を入れられるとは思っていないのに。

なんだろう。つい反抗したくなってしまうこの気持ち……思春期？

馬鹿か俺は。

いや、気にする必要はない。ソニアは何とも思ってなさそうだし、どうでもいいことだ。俺はすぐに忘れることにした。


朝食の後、午前中は畑や果樹園の世話を手伝うことになっていた。肉体労働は苦ではないが、農作業は初めてだったので気が張った。周りにうじゃうじゃ魔女がいるのも落ち着かない。

午後からは書庫の掃除をした。

書架の中身はすかすかで、床や机の上に無造作に本が積まれている。空き家になるため片付けようとしたが、蔵書が膨大過ぎて途中で挫折（ざせつ）したらしい。

「どうせなら分類して並べ直したいから一旦書架を全て空にして掃除をして」

「分かった」

一般蔵書から魔術書、子ども向けの絵本、魔女に呪われて滅ぼされた王国の歴史本などもある。コーラルたち他の魔女に手伝わせると読書大会が始まって収拾がつかなくなるらしい。ソニアが苦笑していた。

騎士として高等教育は受けているものの、それほど勉強が好きではない俺は中身を見ようとも思わない。淡々と作業を進めた。ちなみにソニアは他にやることがたくさんあると途中で出て行った。

ふと一人になると、不安が堰（せき）を切ったように溢れ出す。

「これからどうすれば……」

王子たちには落ち着いたら連絡すると伝えてある。このまま音信不通だと、またチャロットたちが訪ねてくるかもしれない。それは困る。

俺はいざ仲間に会ったとき、真実を黙っている自信がない。

薔薇の宝珠のことも、この国の王がしでかした非道も、王子への不信感も、エメルダの寿命も、話すべきではないと分かっている。余計な争いを生み、みんなが不幸になるだけだ。

だけど、一人で抱えるには重すぎる。真実を黙すことが不誠実な気がして耐えられないのだ。

一通目の手紙には「異常なし」と書こう。少しでも時間を稼ぐしかない。

「時間を稼いでどうするんだ……？」

ククルージュから逃げるのは簡単だ。

いや、ソニアの目を盗んでの逃亡は骨が折れそうだが、今の様子だとしつこく追いかけては来ない気がする。逃げたら逃げたで仕方ない。その程度だと思う。元々、同情心と気まぐれで俺を王都から連れ出しただけのようだし。

問題はククルージュから逃げた後、どうするかだ。

俺が自由になったと知れれば、王家の刺客が命を狙ってくるだろう。二十年前の秘密を知った俺を生かしておくはずがない。

ミストリア国内にはいられない。他国――シュランムー王国かカタラタ帝国辺りまで逃げればあるいは。

そこで思考が止まる。

逃げて何をする？

名を変え、姿を変え、流れの傭兵や冒険者として生計を立てるか？

俺の腕なら食うには困らないだろう。がむしゃらに戦っていれば、虚脱感や失望を忘れられるかもしれない。

だが今の俺には自分を生かすために、何かをする気力がない。

かと言ってこのままククルージュで暮らすのは……考えられない。

もう魔女にも国家の陰謀にも関わりたくない。これ以上胸糞悪くなる真実を知りたくないのだ。


結局答えは出ず、だらだらと日常を過ごした。

「またそのメニュー？　栄養偏りすぎよ」

この里に来て一週間ほど経った夜、ダイニングでソニアに呆れられた。

俺の目の前には干し肉とリンゴとパン。戦場なら十分な食事だが、毎日同じだとさすがに飽きてくる。だが凝った料理を作るのは面倒だった。

「野菜スープ、飲む？　作り過ぎちゃったのよ」

先ほどからとてつもなく良い香りがすると思っていた。トマトベースの汁にバターで炒めたタマネギとベーコン……酸味と甘味と肉汁のハーモニーを想像してしまい、慌てて首を横に振る。

「放っておいてくれ」

もう餌付けはされない。されてたまるか。

料理が得意というのは偽りではなく、ソニアの食卓は豪華だった。いや、メニュー自体は普通だが、手が込んでいて店の料理みたいなのだ。見た目も匂いも食欲をそそる。さぞ味も……。

「外の空気を吸ってくる」

誘惑を断ち切るべく、俺は家を飛び出した。食べ終わったばかりなのに胃が寂しさを訴えてくる。朝まで我慢できそうにない。果樹園からもう一つリンゴをもらってこよう。もちろん盗むわけではない。手伝ったときに好きに食べて良いと言われているのだった。

果樹園は里から少し離れた場所にあった。小道に備え付けられた魔動ランプの明かりを頼りに樹海を進む。

「むぅ……何をしている……」

「ひぃっ」

薄闇の中でファントムと行き合った。見た目のインパクトの割に気配がなくて困る。心臓に悪い。

ファントムは籠に入れたリンゴを抱えていた。後ろには赤子を背負ったコーラルもいる。家族水入らずの散歩がてら、リンゴを収穫してきたらしい。

「お前もリンゴを取りに来たのか……？　ソニア様のためにぃ？」

「自分のためだけだ。ちょっと小腹が」

きゅう、と最悪のタイミングで腹が鳴った。

「あらー？　腹ペコヴィルちゃんなのね。ソニアちゃんはいつも夕飯早いのにまだ食べてないのかしらー？」

「いや、食事は別々だから」

ファントムもコーラルも驚いていた。

「ヴィルちゃん、何かソニアちゃんを怒らせるようなことしたー？　お仕置き中ー？」

「そんなわけ――」

「きぃ！　ソニア様の手料理を毎日食べられる立場にありながらっ！　何をした⁉」

ファントムの喚きが止まらないので、仕方なく先日のやりとりを話した。余計うるさくなるか、とも思ったが意外なことにファントムはぴたりと静かになった。

「………す」

「は？」

しかしそれは、嵐の直前の静けさに過ぎなかった。

「ううう……殺す殺す殺すぅ！」

身につけていた鎖を振り回し、ファントムが飛びかかってきた。

かろうじて最初の一撃は避けたものの、ファントムの容赦ない畳みかけにより俺は足を滑らせた。鎖の束が宙に翻り、叩きつけられる。

しまった。魔女殺しは部屋に置きっぱなしだ。そんなつもりはなかったが、この一週間で随分と気が緩んでいたらしい。

「っく！」

咄嗟に横に転がったおかげで鎖は直撃しなかった。しかしつい先ほどまで俺がいた地面は大きくえぐれ、煙を上げていた。

なんて馬鹿力。核持ちの人間だとしてもあり得ないパワーだ。

「ヴィルぅ、殺すっ！　よくもソニア様にひどいことを言ったな！　許さないぃぃぃ！」

ファントムは泣いていた。怒っているのに、銀色の瞳からポロポロと涙がこぼれていく。

確かに俺はソニアに心ないことを言った。俺への料理に毒を入れて実験台にするつもりだろう、と。

だが、当の本人に気にする素振りがなかったのだ。そこまで伝えたのに、なぜファントムはこれほどまでに怒り泣いているのだろう。ソニアの手料理を食えるチャンスを無下にしたからか？

え、そんな理由で殺されかけているのか？

「ファントムちゃーん。ダメよー。それくらいにしておきなさーい」

「いやだ！　こいつはっ、言ってはいけないことを言った！」

コーラルはため息混じりに詠唱した。

【ノームグランディ】

その瞬間足元が盛り上がって崩れ、あっという間にファントムは土に埋められた。

「ぎゃあああぁ……！　出して出してっ！　暗くて狭いの無理ぃっ！」

ファントムの情けない悲鳴により、ついに赤ん坊が泣き出した。

「約束したでしょー？　フレーナちゃんの前では殺しはしないって。それにヴィルちゃんを殺したら、ソニアちゃんに嫌われちゃうよ」

「うぅ、でも……でもっ」

土の中からくぐもった声が聞こえてくる。

「あたしに任せて。じゃないと一晩このままだよー？」

「……わ、分かった。ここから出してぇ！」

赤子をあやしながら、コーラルは土を元に戻した。泥だらけのファントムは膝を抱え、まだしくしくと泣いていた。

俺は恐る恐る体を起こす。

「一体なんなんだよ……」

「ごめんねー。でもヴィルちゃんも悪いんだよー？　何も知らないからしょうがないんだけど……ソニアちゃん、きっと自分からは話せなかったんだねー」

騒ぎを聞きつけて他の魔女たちがやってきたが、コーラルが簡単に事情を説明して家に帰した。一人見習い魔女を捕まえて「ソニアちゃんにヴィルちゃんを借りるって伝えてきて」と告げていた。

「さーて、場所を変えてお話ししよっかー。いいよね？」

頷くしかなかった。

クマ耳カチューシャなんてふざけた物をつけているくせに、コーラルからは有無を言わせぬ恐ろしい迫力を感じた。この里の魔女はどいつもこいつも底知れない。

俺は腹をくくった。この状況で真実を知りたくないとはごねられないか。

そのままコーラルとファントムの家に連れて行かれた。ファントムは風呂に放り込まれ、赤ん坊は泣き疲れたのかベビーベッドで眠り始めた。

俺も砂だらけだが、玄関の近くに座ることを許された。床にな。

「ヴィルちゃんはー、二十年前の王都襲撃の真相は知ってるけどー、この里ができた本当の理由は知らないんだよねー？」

俺が知っているのは、魔女狩りから逃れた魔女がアロニアを頼ってここに集まったということくらいだ。本当の理由とやらは分からない。

黙って頷くと、コーラルはそこから話し始めた。

「簡単に言うとー、ミストリアと魔女の和平条約が結ばれた後に、魔女は二つの勢力に分かれたのー。アロニアを排除しようとする派閥と、擁護する派閥ねー」

思惑は様々だったらしい。

排除派はジェベラの仇を討ちたい、「七大禁考」を犯させまい、憎きミストリアと手を結ぶなど許せない、などの理由を持つ魔女が多かった。しかしそれらの動機は建前に過ぎず、実際は自分が不老になりたいがため、アロニアから宝珠のレシピを奪おうとする魔女がほとんどだったという。他国の魔女までいたらしい。

擁護派も複雑だ。

魔女狩りを止めたアロニアを讃える者、アロニアがいなくなるとまた魔女狩りが始まるのではと危惧する者、単純に恩を売って薔薇の宝珠を融通してもらおうとする者……。

「ちょっと待った。宝珠の存在は魔女の間では有名なのか？」

「そだよ。ジェベラの弟子はたくさんいたからねー」

しかし魔女たちは宝珠の存在を普通の人間には決して漏らさなかった。魔女狩りの再開を恐れたからだ。

「もう予想ついたと思うけどー、擁護派がアロニアを守るために作ったのがククルージュよー。この二十年、幾度となく襲撃されてきたみたい」

排除派は己だけがレシピを手に入れることを最優先にしたため、一枚岩ではなかった。ゆえに擁護派の守りを一度も突破することができず、敗れた。

　アロニアにしてみれば、周りが勝手に警備してくれるおかげで研究に専念でき、笑いが止まらなかっただろう。

「かくいうあたしも、四年前にこの里に忍び込んだんだー。若気の至りー」

「はっ⁉」

　コーラルは自嘲気味に笑い、服の袖をめくった。そこには潰れた果実のような痣――薄い火傷の痕があった。

「あ、これはククルージュへの襲撃で負った傷じゃないよー。二十年前の魔女狩りのとき……五歳だったあたしがミストリアの人間に殺されかけたときの傷。もうちょっとで火あぶりにされるところだった」

　お腹と背中はもっと悲惨だよ、とコーラルは苦笑した。

　コーラルは醜い火傷の痕を消すため、薔薇の宝珠を求めた。常に若く美しい肉体でいられるのなら、傷だって消せるはず。たとえ宝珠の毒で寿命が短くなっても、忌々しい火傷を消せるなら構わなかった。

「あたしは入念に計画を立てて、結界をこっそり破って、誰にも気づかれずにアロニアの家に辿り着いた。でもねー、アロニアの家にはソニアちゃんがいた。あたし、当時十二歳の女の子にこてんぱんに負けちゃった」

　ソニアはその頃にはもう化け物じみた強さだったという。母親に襲撃者が来たら容赦なく殺すように命じられていたらしい。だがソニアはコーラルにとどめを刺さず、あろうことかこっそりとククルージュに迎え入れた。

「ソニアちゃんに説得されたの。完全に消すのは無理でも、火傷が目立たなくなるように薬やパウダーを作ってみようって。あたしもとある理由で宝珠を諦める決心ができたし、ソニアちゃんを信じてみようと思ったんだー」

もったいぶった言い方だったが、俺は突っ込まずに話の先を求めた。

「ククルージュが不老のレシピを求める魔女に襲われていたのは分かった。それでソニアは——」

そのとき慌ただしい足音とともに、ファントムが現れた。髪が濡れたままで寝間着も羽織っているだけの状態だ。急いで体を洗ってきたらしい。鎖のアクセサリーがない状態だと普通の青年に見える。

「コーラルぅ……」

ファントムは甘えるように自分より二回り小さな妻に恐々と抱きついた。俺のことは眼中にないらしい。

「ごめん……っ、約束、破りかけて……怒りで目の前が真っ赤になって」

「しょうがないなー。ファントムちゃんにとってもトラウマだもんねー」

未だにぐずぐず鼻をすすっているファントムの背を「よしよし」と撫でながら、コーラルは言う。

「ファントムちゃんは、三年前に王国からククルージュに送られてきたの。宝珠の実験体として」

俺は息を飲む。

この時点でなんとなく自分の犯した失態について察した。

ファントムは生まれつき核に異常があり、あり得ない怪力を身につけて生まれてきた。父親や兄姉には化け物だと疎まれ、母親とともに家を追い出され、気づけば一人で町を彷徨っていたという。食うに困って盗みを繰り返しているうち、ついに王国に捕まった。

聞いたことがある。

数年前ミストリア北東部に『霧隠れの怪人』が出没していたという噂だ。その恐ろしい男は騎士団に捕らえられる際に死んだと聞いたが、どうやら記録を改竄(かいざん)してククルージュに運ばれていたらしい。

ファントムは常人の何倍も体が丈夫だった。ゆえに過酷な臨床実験にも耐えられるのではとアロニアは目論んだ。

「オ、オレ……毎日毎日毒を飲まされてた。抗体をつけるためだ……っ。与えられる食事にはみんな毒が入っていて、食べないとアロニアに殴られる……地下室で、鞭っ」

薔薇の宝珠は毒を含んでいる。一時は若返っても身につけ続ければ徐々に体が蝕まれていく。そこでアロニアは抗体となりうる物質を生成しようとした。宝珠に抗体を組み込めば、理論上毒を中和できると判明したのだ。

抗体の作り方は簡単だった。毒を薄めたものを少しずつ実験体に摂(と)らせる。毒を中和して生き延びた者には、一段階濃い毒を摂取させる。それを根気よく繰り返せば、いずれ宝珠の毒にも耐えられる抗体になる。

しかし何年経っても実験はうまくいかず、アロニアは苛立った。その八つ当たりもあって、ファントムはひどい虐待を受けたらしい。

死を意識しない日はなかった。いつか毒に負けて死ぬ。あるいは鞭打たれて事切れる。

日の差さない地下の檻の中で、ファントムはずっと恐怖と苦しみに震えていたという。

「けどソニア様は、アロニアの目を盗める日は……オレの食事を取り替えてくれた。じ、自分のものと……」

檻ごしにソニアはファントムに告げた。

『大丈夫。私の方が毒に耐性があるから』

そう言って当時十三歳の少女は毒入りのスープを飲み干した。

「オレは、ひどい奴だ……自分よりも三つも年下の女の子にっ、苦しみを押し付けた！」

こんな奴は鞭でぶたれて当然だ。いっそ踏み潰されればいいんだ。

ファントムは顔を覆って小さく呟いた。

「アロニアはねー、ソニアちゃんにも小さな頃から毒入り料理を食べさせていたの。自分の体に一番近い魔女だから、実験にはうってつけでしょー？　娘から抗体を取って宝珠を完成させるのが目標だったみたい」

毎月サニーグ殿の屋敷に行く数日前から、ソニアの食事は毒なしのものに変わる。ソニアはそれをファントムの食事と取り替えていたらしい。

何だそれは、と俺は思った。

アロニアは子どもを使って実験を？

自分が産んだ娘なのにどうしてそんなむごいことができるのだ。

いや、黙秘の契約の肩代わりをソニアにさせていたくらいだ。

アロニアにとってソニアは……自分以外の全ての人間は最悪死んでも構わない存在だったのだ。

ああ、ファントムが怒るのも無理はない。俺はなんてひどいことを言ったんだろう。実の母親に毒入り料理を食べさせられていた少女に、なんて無神経なことを……。

俺は自然と項垂れていた。

「ソニア様は俺を励ましてくれた。『あと一年耐えて』って。そうすれば何もかもが終わるはずだからって……っ」

何の確証もない予言めいた言葉だったが、ファントムはソニアに希望を見出し、呻きながら一年が過ぎるのを待った。

「そして二年前……本当にアロニアは死んだんだ。結局、薔薇の宝珠の毒にやられたらしいぃ……」

しかしアロニアの死に関する詳しい経緯は、コーラルもファントムも知らないという。

最終実験が行われたのかも、宝珠が完成したのかも謎。その件に関してソニアは固く口を閉ざしている。

「あたしは、もしかしたらソニアちゃんがアロニアを殺したんじゃないかって思ってる……」

アロニアは魔術の天才で、ジェベラ門下の姉弟子たちですら敵う者はいなかった。ククルージュを作らなくても、アロニアからレシピを奪える者はいなかったかもしれない。それくらい強く恐ろしい魔女だった。

ソニアは自分の魔術の腕がアロニアに追いつくまで耐えていたのだろうか。

もし戦いになっても勝てるように。そして、二年前……。

俺は戦慄(せんりつ)を覚えた。

ソニアが人を殺しているのは確信していた。だがまさか実の母を殺している可能性なんて露ほどにも考えなかった。

ソニアはアロニアのことを「お母様」と呼ぶ。あくどい部分があるのを認めながらも、母として慕っていたのだと思っていた。

そしてソニア自身も可愛がられて大切に育てられたのだと……。

「でもね、本当に大変だったのは、アロニアが死んだ後なんだよ。里の中で戦いが起こったの」

アロニアは複数の弟子を取り、材料の管理や身の回りの世話をさせていた。弟子たちはいつか薔薇の宝珠の恩恵にあやかれると信じ、奴隷のように使われる日々に耐えていた。

「ところがアロニアがあっさり死んじゃって、これまでの苦労が水の泡。その怒りはソニアちゃんに向いた。不老のレシピを寄越せとソニアちゃんに襲いかかった魔女たちを――」

「オレとコーラル、あと、長老のばーちゃんたちで殺した……今この里にいる大人は、あのときソニア様を庇った奴らだ……」

ファントムは自らの手の平をじっと見つめた。その時の感触がまだ残っているのだろうか。

「里が落ち着いてから、ソニアちゃんは宝珠のレシピは誰にも渡さないし、絶対に作らないと宣言した。あたしたちも同意して、それからククルージュはちょっとずつ穏やかで平和な里になったの。本当はたまに外部からレシピ狙いの強盗魔女が来るけど、みんなで協力して撃退しているんだよ。本当はソニアちゃん一人でも余裕で倒せる。でも、あの子だけに辛い役目を負わせたくないから」

アロニアが死んでもまだソニアは解放されない。ミストリア王国との盟約……レイン王子との婚姻の約束があった。

「あたしもファントムちゃんも止めた。王子様はともかく、国王は危険だもん。王家に嫁げば絶対嫌な思いをするって」

「でも……ソニア様は望まれる限りは嫁ぐって言ってた……王妃になるのは面倒だけど、王家に嫁げばさすがにレシピを狙う魔女たちも手を出せないでしょうって……オレ、ソニア様がいなくなるの嫌だったけど、でも、結婚してたくさんの人に祝福されてほしいとも思った……あったかい家族を作ってほしかった……」

ファントムは「王子死ね！」と言って地団太を踏んだ。

ソニアは、いつまでも自分のせいでククルージュを危険に晒せないとでも思ったのだろうか。だから素直に婚姻を受け入れたのかもしれない。あるいは婚姻を拒絶することで王家を敵に回せば、里の魔女にまで被害が及ぶと思ったからか。

全身から血の気が引いた。婚礼の場で俺たちはソニアを糾弾した。とんでもなく残酷なことをしてしまったのだと今になって痛感した。

「あたしの勝手な妄想だけど、ソニアちゃんがヴィルちゃんを里に連れてきたのは、一人であの家に住みたくなかったからじゃないかなー？」

アロニアに支配されていた家。暗く痛ましい記憶が残る空間。

ククルージュに帰れて嬉しいとソニアは何度も言っていたが、家に帰れて嬉しいとは一度も言わなかった。

俺にも少しだけその気持ちが分かる。

もう二度と叔母の家には帰りたくない。豪華な食事の隣で質素なものを与えられ、常に飢えていなければならなかった。未だに夢に見るほど忌々しい記憶だ。

ソニアもまともな食事を与えられてこなかった。毒入りなんて、俺の子どもの頃よりよほどひどい。

「ソニアちゃんはなかなか気持ちを見せてくれないよね。もう少し周りに甘えたり、不満を言ってほしいな……」

まだ十六歳なんだから、とコーラルは息を吐いた。

◆

「おかえりなさい。ファントムと喧嘩(けんか)したんですって？　よく無傷でいられたわね」

居ても立ってもいられず、急いで家に戻るとソニアはリビングで寛いでいた。風呂上がりらしく、髪を魔術の温風で乾かしている。

俺はその場に跪いて頭を下げた。

「悪かった。俺を殴(なぐ)ってくれ」

「え？」

珍しく普通に驚くソニア。

「どうしたのよ急に……もしかして頭を打った？　それともファントムと拳で語り合ってそっちの道に感化され――」

「違う。聞いたんだ、お前の過去を。この前俺は無神経なことを言った……料理に毒とか、実験台とか」

　謝っても許されないレベルの暴言だ。気の済むまで殴って構わない。

　俺がそう言うとソニアはくすりと笑った。

「ああ、そう。どの程度聞いたか知らないけれど、そのことなら許すも何もないわ。別に怒っても傷ついてもないもの。だって、二年以上も昔の出来事なんて、私の中ではもう終わったことよ？」

　爪の表面を撫でながら、ソニアはふっと肩の力を抜いた。

　強がっているようには見えないが、簡単には信じられなかった。

　ソニアの歩んできた人生は悲惨だ。幼い頃から母親に毒を盛られ、レシピを狙う魔女たちと戦い、実験体のために自ら毒をあおり、その一方で王妃になるための厳しい教育を受ける。二年前には実の母親を手にかけたかもしれない。

　一生引きずるような出来事ばかりだ。

　俺には分からない。

「お前は……どうして今、笑っていられるんだ？」

　思わず問いかけていた。

　アロニアの支配から解放されても、レイン王子との婚約破棄や国王の使者からの脅迫など、鬱々(うつうつ)としたことばかりに直面しているのに。

「私、怒るのも嘆くのも苦手なのよね。……お母様がいつもヒステリックに大声を出して、ものすごくみっともなかったから。ああいう大人にはなりたくないってずっと思っていたわ」

「だからって」

「無理して笑っているわけじゃないの。今が幸せだから自然に頬がゆるむのよ。未来にも期待してしまうわ。だって、これからはなんでも自由にできる。やりたいことがいっぱいあるのよ」

ソニアは本当に楽しそうだった。

「美味しいものを食べて、可愛いものを集めて、素敵なお洋服を着て、たくさん遊んで、疲れたら家でだらだら過ごすの。周りに褒められたり尊敬されたいから、ちゃんと薬師のお仕事もするわ。薬ってすごいお金になるのよ。私の知識があれば一生食うには困らないでしょうね。贅沢だってできる」

悪戯っぽい笑みを浮かべ、膝をついたままの俺を見下ろした。

「でも一人ではそんな暮らしにも、きっとすぐに飽きてしまうわ。だから……ねぇ、ヴィル。私と遊びましょう。たくさん嫌な目に遭ったし、我慢ばかりしてきたんだもの。幸せになっても罰は当たらないと思う。辛かった過去も忘れてしまえるくらい、毎日楽しく暮らすの。私のそばにいれば、ヴィルにも良い思いをさせてあげるわよ？」

心の中でいろいろな感情が渦巻き、言葉にならなかった。

王家とのいざこざが解決したわけじゃないのに何を夢見がちなことを、と思う反面、とても魅力的な提案に聞こえた。

遊ぶ。そんなこと、今まで俺は考えたこともなかった。子どもの頃はいつも一人だったし、騎士を志すと決めてからは強くなることしか頭になかった。

そうか。この女は、今が幸せだから笑っているんだな。

いつかエメルダに言われた言葉を思い出した。

『わたしね、ヴィルくんにも笑ってほしいな！　笑えば幸せになれるよ！』

似ているようでまるで違う。

今の俺は、幸せになるために笑うことはできない。そんな気力はない。

だがソニアのそばにいれば、いつか幸せを感じて、俺も自然に笑えるようになるのだろうか。

そうなりたいような、なってしまったら恐ろしいような、複雑な気持ちだ。

「今はまだ、分からない。でも……」

「でも？」

「明日から俺も、ソニアと同じものを食う。だから俺の分も食事を作ってほしい」

何気に本人の前で名前を呼ぶのは初めてだった。ソニアは気づいているのかいないのか、きょとんとしている。

なんだろう。すごく恥ずかしい。罰ゲームを受けている気分だ。慌てて立ち上がって顔を背けた。

「いや、いつまでも主に食事を作らせるのはおかしいなっ？　俺もちゃんとした料理を覚えるから、献立の立て方を教えてくれ！」

久しぶりだ。こんなに勇気を振り絞ったのは。

顔に熱が集まって頭が沸騰しそうだ。

魔女に教えを乞うなんて、主だと認めるなんて、少し前の自分では考えられなかった。両親もあの世で呆れているかもしれない。

だが、もういい。

普通の人間に善悪があるように、魔女も様々だと分かった。

残忍で強欲な魔女もいれば、そうでない魔女もいる。

ソニアは、悪い魔女ではない。

「可愛い従者の頼みだもの、いいわよ。でもカロリー計算も栄養バランスもものすごく厳しいから覚悟してね？」

「分かった。料理の道が険しいことは知っている。大丈夫だ」

ソニアは耳がくすぐったくなるような声で笑った。

「ヴィルは素直ね。それに単純。もしもヴィルに薬を使いたくなったら、直接言うことにしましょう。その方が効き目がありそうだもの」

悪い魔女ではないはず……多分。

それを確かめるためにも、もう少し彼女のそばにいようと思う。

十三　残酷の作り方

「書庫の掃除は今日で終わったぞ。明日は何をすればいい？」

「そうね……晴れていたら窓拭きを頼もうかしら」

「分かった」

私のちょっと痛い過去話を聞いて以来、ヴィルは少しずつ態度を改めている。反抗的な言動が減ったわ。

全く、コーラルとファントムは余計なことをしてくれた。

ヴィルを憐れみで手懐ける気はなかったのに。

少し計画が狂ってしまったわね。まぁ、口止めしておかなかった私に落ち度があるのだけど。箝(かん)口令(こうれい)を敷くほどのことじゃないと思っていたのよね。考えが甘かった。

ヴィルにとって私は両親の仇の娘で、親友の元婚約者で、怪事件の容疑者。

それで良かった。

決して心を許してはいけない相手にドロドロに甘やかされ、依存していく。やがて理性もプライドも薄らいでいき、代わりに芽生えた罪悪感や背徳感に苦しみつつも、いつの間にか私なしでは生きられなくなる。ヴィルをそんな風にじわじわ囲いたかった。

同情心から歩み寄られても面白くない。

過去を語ったのがコーラルとファントムだものね。あの二人は私のことをかなり美化して話を聞かせたみたい。

私が二人を気にかけ、生かそうとしたのには理由がある。

詳細は語られていなかったけれど、〝あにめ〟によれば、私が十四のときにお母様は死ぬ。忌々しい実験から解放される日が来るかもと思えたからこそ、私はどんな苦しみにも耐えられた。

問題はお母様が死んだ後だ。

不満を持っていた奴隷魔女たちが私を襲うのは容易に予想できた。真正面からの戦闘なら敵ではないけれど、不意打ちや騙し討ちを全てかわしきる自信はなかった。外部からの襲撃だってなくなるわけではない。

いざというときのために味方を作っておきたかったの。

コーラルとファントムは強いけれど、心の支えを必要とする弱さもあった。懐柔して味方にするにはうってつけだったの。

私が本当に良き魔女ならば、襲撃の危険のある里にコーラルを住まわせなかったし、ファントムを里から逃がしてあげたでしょう。もっと言えば、私は襲撃してきた他の魔女は容赦なく殺してきたし、ファントム以外の実験体を助けたことはない。

私は自分の身を最優先にし、二人をそばに置き続けた。

もちろん私の味方になることで相手に損をさせるつもりはなかった。だからコーラルの火傷の治療に協力したし、ファントムの毒料理を交換してあげた。

前世で言うところの〝うぃんうぃん〟の関係……それを目指したの。

コーラルは私の目論みを分かっていて味方になってくれたと思うけど、ファントムは未だに純粋に私を崇拝している。だけど「私はあなたたちを利用したのよ」と告げるつもりはない。

まだ味方は必要だから。

私の真意をヴィルに教えようかどうかは迷うところね。

本当のことを話したところで「子どもだったんだから仕方ない」とか「周りを頼ることは悪いことじゃない」とか、年上ぶって諭されそうだもの。

……うん、黙っておきましょう。

それに、ヴィルとの距離が縮まったのはやっぱり嬉しいわ。


「どう？」

「……美味い」

夢中で料理を貪るヴィルが可愛い。

一緒に食事を取るようになって数日が経ち、すっかり警戒心を失くした模様。男は胃袋を掴まれると弱いって本当ね。

今日のメインは魚料理、バンブーニジマスのムニエル。隠し味に雪染めレモンを使っているわ。

副菜は女王イカの香草煮。あとは七色豆のスープとチューリップキノコのサラダ。パンとデザートも用意してある。

正直に言えば、一人で暮らしていた頃よりかなり充実したメニューだ。やっぱり誰かに食べさせるとなると気合が入るわね。ヴィルったら、調理中私の後ろで生真面目に料理メモを取るんだもの。手が抜けない。

食材の半分近くは樹海で手に入るものだから新鮮で安上がりよ。パンは里で共有している石窯を使い、数日分を大量に焼く。これは当番制だから、作る家によって味や出来が変わって楽しいわ。

「悔しいが、金をとれるレベルの味だな……ソニアはいつから料理を？」

「本格的に始めたのは二年前からね。でも薬の調合をやっていたから、似た要領ですぐに上達したわ。天才かもしれない」

「自分で言うな」

料理における大抵の失敗は前世女がやらかしたから、私は同じ轍を踏まずに済んだ。こういうときに過去視は便利ね。

前世女が暮らしていたのは美食の国だった。過去視で追体験したおかげで、私の舌もだいぶ肥えた。〝わしょく〟を実際に食べてみたいと思うのだけど、この世界にない食材や調味料ばかりで再現が難しい。魔術を駆使して似た味を作り出そうとしているものの、まだ納得のいくものはできていない。究めるのには時間がかかりそう。

デザートの梨のコンポートを突きつつ、私はヴィルに問う。

「お魚も美味しかったでしょう？」

「ああ。だが明日はぜひぎゅ――」

「明日は鶏肉の日」

ヴィルは「ぎゅう……」と悲しげに目を伏せたけど、「いや、俺は鶏肉も好きだ」と思い直したみたい。すぐに顔を上げて目を輝かせた。まだ見ぬ明日のチキンに思いを馳せている。

「……」

なぜかしら。胸がキュンとなった。もしかしてこれが萌え？

侮れない威力に動揺し、私は咳払いで誤魔化した。

「ねぇ、ヴィル。明日の朝ご飯は何を作ってくれるの？」

「オムレツにしようと思っている。中にチーズとトマトを入れる。あとはこのスープの残りと、リンゴでいいか？」

「うん。いいわね。美味しそう」

結局夕食を私、朝食をヴィルが作ることになった。献立を事前に相談しておけばカロリーの心配もないし、夕食の残りを再利用してもらえる。

ヴィル、料理の技術は持っているの。オムレツだって半熟ふわふわに作れるのよ。せっかくなので私好みの紅茶やハーブティーの淹れ方も仕込むことにした。

可愛い従者に優雅な朝を用意してもらえて幸せ。

日中、ヴィルには農作業やユニカのお世話、薪割りや家の掃除を命じている。ようするに力の必要な雑用ね。

王太子付きの元騎士にさせる仕事ではない。良く言えば贅沢、悪く言えば無駄な使い方。

ヴィル本人も「俺は何をしているんだろう……」と時折自分自身に問いかけて苦悩しているみた

いだけど、雑用自体に文句は言っていない。よほど養われるだけのペットにはなりたくないらしい。

一方私は家事の時間が減った分、薬を調合したり、本を読んだり、おやつを作ったりしているわ。まれにククルージュに住む魔女の一人としての役目も果たしている。

結論から言えば子守りよ。

「ソニアお姉様、わたしね、今度お師匠様に騎獣を買ってもらうの！」

「お腹空いた。おやつまだー？」

「静かにしてよ。術式書き間違えちゃう」

「ヴィルお兄ちゃん、怒ってるの？　疲れているの？」

里の中央にあるツリーハウスは二本の樹木が一体となってできている。幹の太い大樹にちょこんと家が乗っていて可愛いわ。もう一つの木は大樹に巻きつき、スロープになって玄関に続いている。ちなみにばば様のお家よ。

家と枝の真下には、風通しの良い空間がある。あるときは集会場、またあるときは宴会場、そして今日は託児所として使われている。

師匠を務めている魔女が買い出しや素材集めに出かける日は、他の魔女が見習いたちの面倒を見るの。今日は私とヴィルが当番。元気いっぱいで相手をするのは大変だけど、基本的に良い子ばかりだから苦ではないわ。

ヴィルは……六歳のスティと七歳のセラから質問責めに遭っているみたい。

「どうしてこの里に来たの？」

「魔女が嫌いって本当？」

「騎士様ってどうやってなるの？」

「ソニアお姉ちゃんの恋人なの？」

「かくれんぼする？」

「お絵かきがいい？」

ヴィルはどの質問にも素早く答えられず、あわあわと口を動かすだけ。やがて子どもたちの方がため息を吐いた。

「つまんないね」

「ね。ファントムお兄ちゃんだったら面白いリアクション取ってくれるのに」

囁き合いながら去っていく二人を見送りつつ、ぐったりと肩を落とすヴィル。真面目すぎて融通が利かないのよね。そこが可愛いんだけど、子どもにはまだヴィルの魅力が分からないらしい。

「ねぇ、ソニアお姉様。『七大禁考（タブー）』のこと教えて下さい！」

「急にどうしたの、マリン」

十一歳——見習いの中では最年長のマリンが、身を乗り出して訴えてきた。一人前の魔女に近づいてきて、魔女の禁忌に興味を持ち始めたみたいね。私には分からないけど、この年頃ではよくあることなんですって。

「だって、お師匠様は詳しく教えてくれないんです」

「知ったら研究したくなるからじゃない？　あなた、人一倍好奇心が強いから」

「そう、禁じられると余計に……ううん！　絶対手を出したりしません！　知らないと余計に気になって調べたくなっちゃいますぅ！」

こうなるとマリンはなかなか引き下がらない。釘を刺す意味でも話しておこうかしら。

「しょうがないわね。『七大禁考』は……実現すれば世界を滅ぼしかねないゆえに、研究を禁じられた魔術のことよ」

壮大な切り口にマリンは息を飲んだ。話が聞こえたのか、ヴィルが眉をひそめる。

「人が気軽に扱ってはいけないもの……肉体、知識、魂、時、空間、生命、精神。『七大禁考』はそれらにまつわる理論上の最上位魔術」

肉体に関する魔術――不老、若返り、超回復。
知識に関する魔術――予知、全知。
魂に関する魔術――死者蘇生、憑依転生。
時に関する魔術――時間の停止、あるいは巻き戻し。
空間に関する魔術――瞬間転移、亜空間の製作。
生命に関する魔術――人造生命の創造。
精神に関する魔術――呪い。

「どれも実現すれば世の秩序を乱す。簡単に言えばものすごく迷惑をかける。代償も大きいわ。だから間違っても手を出しちゃダメ」

マリンは首を傾げた。

「えー？　ヤバそうなのもあるけど、世の中の役に立ちそうな魔術もあるじゃないですか。どんな代償があるんですか？」

「そうね。有名なので言えば、北の大陸スノードルのクリスタ山かしら。百年前、魔女モルダは雪崩（なだれ）から我が子を助けるために、二十一秒間時間を止めた。その結果クリスタ山の魔力の流れは停滞して淀（よど）み、生物の住めない死の地になってしまったの。清らかな雪解け水がなくなって、麓（ふもと）の町村は滅んだわ」

「へ、へぇー」

他にも空間魔術の座標指定に失敗して十七人の体が捻じ切れてしまったり、人造人間を作ったら食人鬼になってしまったり。「七大禁考」には凄惨な歴史がある。

「じゃ、じゃあ若返りは？　自分にかける魔術なら迷惑かけないいんじゃ……」

「ところが、若返りの魔術は材料集めが大変だってことが分かっているの」

私はヴィルに目配せした。薔薇の宝珠のレシピの一部を教えてあげましょう。

これはコーラルが宝珠を諦めた理由でもある。

「濁（にご）りの少ない瞳三十個、若い女の顔の皮膚十人分、同属を殺した魔獣の心臓……他にも血腥（ちなまぐさ）いものをたくさん」

マリンは小さく悲鳴を上げ、ヴィルは目を見開いた。

他の生命から剥ぎ取って得た若さと美に、どれくらいの価値があるのかしらね？

十四　ヴィルの動揺

巷(ちまた)を騒がせている怪事件。

子どもの眼球をえぐり、美女の顔を切り裂き、魔獣に爆弾を埋め込んで生物兵器を作る……。

魔女の凶行に特別な意味などなく、せいぜい王国の治安を悪化させ、混乱に陥れるためだと思っていた。

しかしこれらの一貫性のない犯行には理由があったらしい。

不老と若返りをもたらす薔薇の宝珠の材料……それは人間や魔獣の体だった。

ジェベラはなんて恐ろしいものを作り出したんだ。正気ではない。

「怪事件の犯人たちは、宝珠の材料を集めていたんだな？」

子守り当番という憂鬱な時間が終わり、家に戻るなり俺はソニアを問い質した。

「さぁ？　私は無関係だからよく知らないけど？」

「別にお前が黒幕だと断じているわけじゃない。見解を聞きたいだけだ」

ソニアは薄く笑った。多分ヴィルの言う通りでしょう、と。

怪事件の目的が宝珠の材料集めだとすると、気になる点がある。

「お前以外にレシピを持っている者がいるのか？」

「私が記憶しているものも含めて、完璧なレシピはこの世に存在しないはずだけど、研究のメモ書きくらいは誰かが持っていてもおかしくないわね」

ソニア曰く、アロニアの奴隷魔女たちはしょっちゅう顔ぶれが変わっていたらしい。人体実験に使われたのか、アロニアの不興を買って殺されたのか。もしくは恐ろしい研究に怖じ気づいて逃げ出したか。

逃げ出した魔女が研究の内容を盗み見ていて、今になって宝珠を作り出そうと活動を始めたのかもしれない。もしくはその魔女を脅した者が怪事件の黒幕だろうか。

「あるいは、ジェベラが他にもレシピを隠していたのかもね。それを最近になって誰かが発見した可能性もあるわ」

結局、ソニアにも誰がレシピを持っているかは分からないという。

危険すぎる。怪事件を起こした魔女たちは、揃いも揃って頭のネジが外れていた。何せおおっぴらに材料集めをするような者たちだ。そいつらが宝珠を完成させれば、王国に波乱をもたらすかもしれない。

「ちょっと待てよ。確か、アロニアは国王から材料を提供されていたんだよな……？」

「ええ。年に数回、王都から冷凍魔術で加工されたヒトの一部が届いていたわ」

「さらっとエグイことを……」

材料となっていたのはいなくなっても疑われない者――罪人や孤児、あるいは社会的に後ろ暗い職業に就いていた者らしい。国王がスポンサーになったことで、アロニアは材料の調達に困らずに研究できていたということか。

本当に胸糞悪い。何も知らずに王家に仕えていた自分が嫌になる。

「怪事件の情報、どうして今になって教える気になったんだ？」

「本当はもう少しもったいつけるつもりだったのよ。でももう内緒にしておく意味もないから」

「は？」

「ヴィルはもう私のこと、怪事件の黒幕だと思っていないでしょう？　この際だから完全に疑いを晴らしてしまおうと思って」

　確かに俺は、ソニアのことを悪しき魔女ではないと思い始めている。性格は信じられないくらい捻くれているが、彼女の生い立ちを考えると無理もない。むしろ過去を吹っ切り、前向きに笑っている部分には尊敬の念すら覚える。

　ククルージュでの生活を満喫しているソニアと、猟奇的な事件は結びつかない。

　怪事件の動機を知った今となっては、はっきりシロだと断言できる。

　アロニアの実験で散々苦しんできたソニアが、宝珠を作り出そうとするわけがない。

　万が一作り出す気になっても材料は国王が用意してくれる。国王に内緒で作ろうとするなら、そもそも派手な事件を引き起こしたりはしないだろう。

「……分からない。どうしてすぐに疑いを晴らそうとしなかったんだ？」

「疑われていた方がスリリングで楽しいから」

　ソニアの呆れるほど爽やかな微笑みを見たら、どっと体が重くなった。いろいろなことに悩んでいる自分が馬鹿みたいだ。

「冗談よ。話すタイミングがなかっただけ」

　ソニアは肩をすくめた。

「怪事件の目的は宝珠の材料集めには違いないけれど、他にも目的があるはずよ。あなたたちに捕まった犯人が私の名前を出したのはなぜ？」

「それは、お前に濡れ衣を着せたいからだろう？」

「それだけなら、私が関与したという決定的な証拠をねつ造しそうなものだわ。犯人の魔女に証言させるだけなんて中途半端ね」

俺は唸りつつ考えてみた。

怪事件の犯人の口からソニアの名前が黒幕として挙がったらどうなる？

王子にとっては婚約者の名前だ。いつだったか、ソニアも言っていたな。平和的な解決のためにはまず話し合いだと。

「普通ならソニア本人に真相を確かめに行く、か。手紙でもいいが……」

「そうね。それで自分が誰かに嵌められていると知れば、普通は疑いを晴らそうと行動するでしょう。犯人たちは、私をククルージュからおびき出すことが目的だったのかもね」

犯人の持つ宝珠のレシピがどの程度のものかは分からないが、ジェベラのレシピを十数年研究したアロニアの実験データはぜひ手に入れたい代物（しろもの）だろう。

そしてソニア自身も宝珠の毒への強い抗体を持っている。捕らえて実験に使うつもりだったのかもしれない。

「実際のところ、あなたたちは婚礼の日まで私に接触して来なかった。私も怪事件の噂を聞いても調べようとしなかった。それは黒幕さんにとっては誤算だったでしょう」

婚礼の場でソニアが疑いを跳ねのけたことも予想外だったろう。ソニアは俺を連れて急ぎククルージュに帰った。魔女殺しを持つ騎士がそばにいては、魔女たちも迂闊に手を出せない。

「ん？　もしかして、俺を従者にして連れ帰ったのは……魔女避けのためか？」

「ほんの少しだけそういう思惑もあったわね。でもヴィルと遊びたいっていうのが一番の理由よ」

王都までの行きの道は、かなり遠回りして慎重に向かったらしい。王家からの迎えも目立つので断ったそうだ。

「……ミストリア王が怪事件に関与している可能性は？」

「低いと思うわ。あの方は二十年前の真実を暴かれるのを恐れている。自ら派手なことはしないでしょう。むしろレイン王子を泳がせて相手の出方を窺っていた感じがするわ」

「お前にあらぬ罪を着せて法的に拘束しようとしたんじゃないか？」

「私と王子は結婚する予定だったのよ。わざわざ大ごとにしなくてもいずれ義理の娘として束縛できた。その方がスマートだわ」

なるほど。ソニアと王子の婚姻がなれば、王としては真実を知る者を手元に置けるし、不老の研究を強要できる。わざわざ濡れ衣を着せて婚姻を破談にし、国家の醜聞を作る理由はないか。今のところ王は怪事件とは無関係と考えるのが妥当だろう。

「まぁ、黒幕さんの目的ははっきりしないし、今話したことも憶測に過ぎないわ。もしかしたらただ私のことを嫌った魔女の嫌がらせかもしれないし」

「お前は……敵が多いんだな」

「そうね。私自身が悪いことをした覚えはないんだけど、前世の行いが粗暴だったのかしら？　別に良いけどね。この美貌と才知を持って生まれてきたからには、多少の逆境は覚悟しないと」

でなければ不公平でしょう？

ソニアはにこやかに同意を求めてきたが、俺は肯定も否定もできなかった。

◆

危うい立場にいる主の下での従者生活は、拍子抜けするほど穏やかに過ぎていった。

農作業にはだいぶ慣れてきたし、家事や朝食作りも日々上達していると思う。ファントムとも仲直り（？）し、娘自慢を聞きながら酒を酌み交わした。

ソニアとの暮らしにも特に不満はない。不満どころかこの二十年の中で一番充実した食生活を送っている。

ある日の午前、俺は買い出しを言いつけられて町にやってきた。一人で里の外に出るのは今日が初めてだ。

ククルージュから騎獣で数十分の距離にあるデンドラの町。西の都アズローへの道が整備されているため、商人の往来が盛んで賑わっている。

ソニアは俺を試しているのだろうか。見張られている気配はない。今なら魔女からも王国からも逃げられる。

渡された金は頼まれたもののわりに多い。残りはお小遣いにして好きなものを買っていいと言われている。これをそのまま持ち逃げすればしばらく旅費には困らない。

……まぁ、今のところ逃げ出す気はないのだが。

そろそろ王国から返答が来るだろう。その結果くらいは見届けようと思っている。

『帰って陛下に伝えて。魔女ソニアはミストリアとの和平条約を破る気はない。それでもなお私や私の大切なモノを脅かすのなら、二十年前の襲撃以上の血の惨劇を国史に刻み付けてやる。賢明なお返事を待っているわ』

ソニアの脅迫めいた伝言に対し、国王はどう答えるのだろう。

領主のサニーグ殿はどう動く？

戦いになったとき、ソニアに味方する魔女はどれくらいいる？

味方として受け入れた魔女の中に、怪事件の一味が紛れていてソニアを狙う可能性はないか？

俺は、どうすればいい？

『戦いにはならないわ。今は大陸各国の勢力が拮抗（きっこう）しているもの。陛下だって魔女と揉めて、他国に隙を見せるのは避けたいはずよ』

魔女と戦っているときに他国に攻められたら。ククルージュが他の権力者と結びつき、クーデターのことが露見したら。

その可能性がある限り、ミストリア王は魔女と対立しない。必ず提案を受け入れる。ソニアはそう断言していた。

理屈は分かるが、全てがソニアの思い通りに事が運ぶだろうか。

怪事件の黒幕はどこの誰かも分からないし、国王が薔薇の宝珠をどれくらい欲しているかも分からない。欲に溺れて過激な行動に出ない保証はない。

薄氷（はくひょう）の上に立っているような状態にあっても、ソニアは平静を保っている。

よほど肝が据わっているのか、あるいは感覚が麻痺（まひ）しているのか。しかし彼女が大丈夫だと言えば、本当に大丈夫な気がしてくるから不思議だ。不都合が起きても一人で解決してしまうだろう。少なくとも俺を頼りにすることはなさそうだ。いや、頼られても困るのだが。

それでもしばらくはソニアの従者として務めを果たさなければな。俺と遊びたいという言葉がどこまで本気か分からないが、わがままの一つや二つなら振り回されても構わない。どうせすぐに飽きるだろうし。

だがその前に一つ、懸案事項を片付けなければならない。

「やっぱり謝った方が……いや、でも――」

俺は迷っていた。

怪事件の黒幕としてソニアを疑い、散々非礼を働いてきたことを謝るべきかどうか。

結局ソニアは何も悪いことはしていなかった。にもかかわらず、俺はこれまでソニアにいろいろときついことを言い、無礼な態度をとってきた。

無実が証明された今、そのことについても謝罪すべきではなかろうか。

ソニアはさほど気にしていないと思う。

だが謝らなければ俺の気が済まない。ただしこれは俺の自己満足……ただ自分がスッキリしたいだけだ。ソニアが求めていない謝罪を勝手に押し付けて、自分だけ楽になろうなんて卑怯ではないだろうか。

それに、いざソニアを前にして素直に謝れる気がしない。どんな顔をしてなんと言って謝罪する？

ここ最近、俺は答えの出ない問答を繰り返している。自分の情けなさに嫌気が差す。

「そこの兄ちゃん、道の真ん中で立ち止まってちゃ邪魔だぜ！　寄ってらっしゃい見てらっしゃい！　さっき入荷したばかりの品もあるよ！」

生鮮市場の主人の威勢に、俺は我に返った。

そうだった。俺は買い出しに来たんだ。買い物メモを取り出し、目当てのものを購入していく。うん。肉は頼まれた分より少し多めに買おう。この間のローストビーフは涙が出るほど美味しかったな。また作ってくれないだろうか。

「黒髪の兄ちゃん、ソニアさんの新しい従者だろ。だったらこれどうだい？　陽炎ベリー。彼女の大好物だ」

「陽炎ベリー？　聞いたことないな」

山のように積まれた赤い果実。甘酸っぱい香りが漂ってきて、自然と唾液が分泌される。

「この地方の特産品なんだ。今年は例年より早く出回ってる。味もいいぜ。ソニアさんに買っていってやんなよ！　なぁ、いいだろ⁉」

店主の必死さが怪しい。

ソニアの好物なら里の果樹園で栽培していそうなものだ。しかし店主曰く、陽炎ベリーは活火山の麓でしか育たないらしい。とってつけたような説明だった。

「……実は、入荷数の単位を一桁間違えちまってな。たくさん買ってくれたら、今後サービスするぜ」

最終的には店主の泣き落としに俺は屈した。

まぁ、いいか。金は余っている。女性は果物を好んで食べるし、これを渡して謝罪のタイミングを見計らってみよう。

俺は何気なく陽炎ベリーを数箱買い、ククルージュへ帰った。

「おかえりなさい、ヴィル。何かいいものは買えた？」

家に入るなり、ソニアが出迎えにきた。やはり俺がちゃんと帰ってくるかどうか試していたのか？

それとも初めてのおつかいを心配する親の心境……いや、それはさすがに気持ち悪いので考えないようにしよう。

「頼まれていたものは全部買えた。あと、これも」

俺が陽炎ベリーを差し出すと、ソニアははっと息を飲んだ。珍しい反応だ。

「ヴィル……どうしてこれを？」

「いや、店主がお前の好物だと言うし、在庫を抱えて困っているようだったから……」

その瞬間、今度は俺が息を飲んだ。

ソニアがはにかむように微笑んだからだ。

いつもの黒い笑顔とはまるで違う表情。本当に幸せそうで、見ている俺の方まで……。

「ありがとう。私、これ大好きなの。ふふ、嬉しい」

「そ、そうか……」

思わず俺は目を逸らしていた。なんだろう、おかしい。妙に心が騒いで落ち着かない。不意打ちで攻撃を受けたような気分だ。

「何よその反応」

「いや、果物くらいでそんなに喜ぶとは思わなかったから……」

「お肉に一喜一憂するヴィルに言われたくないわ。それにおかしくて……ヴィルの好きな物を買っていいって言ったのに、私の好きな物を買って帰って来るんだもの。やっと私に尽くす気になった？」

「ちっ、違う！　そんなわけないだろ！」

「そう？　まぁなんでもいいわ。今日はおやつにタルトを作りましょう。ああ、でもこんなにたくさん……ジャムも作れるわね。ステーキのソースにも合うのよ。ヴィルも気に入ると思う」

ソニアは陽炎ベリーを抱えてキッチンに向かった。ご機嫌な背中を見送りながら、俺は無意識に心臓を押さえた。

初めてソニアのことが十六歳の少女に見えた。いつもの貫禄はどこにいった。

俺が何気なく買った物で、あんなに眩しい笑顔を……。

謝罪の件が頭から吹き飛んでしまった。

きっと見た目のせいだ。悔しいが、ソニアの美しさは認めざるを得ない。そりゃ笑顔の破壊力も高いだろう。あんな顔を見せられたら、男なら誰だって……。

いや、深く考えるのはよそう。こんなことで動揺している場合ではない。

ソニアが作った陽炎ベリーのタルトは突き抜ける酸っぱさと、口に広がるまろやかな甘味が絶妙だった。酒の香りも合わさって大人向けの菓子だ。
気が向いたらまた買ってきてね、と言われ、俺は黙って頷いた。
今度はタルトの味とソニアの笑顔、どちらを目当てに買うだろう。

十五　箱の中の蝶

ククルージュに帰ってきて一か月。

ヴィルはだいぶここでの暮らしに慣れてきたみたい。意外なことに魔女たちの評判も上々よ。今のところ愛想も覇気もないけど、真面目な青年だってことは働きぶりを見れば分かるものね。男前ってところもポイントが高いらしい。

子どもたちには相変わらず翻弄されているわ。鬼ごっこに巻き込まれたり、絵本を読んでとせがまれたり、覚えたての魔術の餌食にされたり。

ヴィルは文句を言いつつ付き合っていた。面倒見が良いのね。シトリンにも好かれていたし、子どもに懐かれやすい性質みたい。

家では黙々と家事をこなしてくれている。

広さはあるけど住んでいるのは私とヴィルだけ。仕事量は多くない。その上私の家には家事用の魔道具がある。魔道具は簡単に言うと魔力をエネルギーにして動くカラクリのことね。

前世の世界には便利な道具がいっぱいあった。残念なことに前世女はそれらの仕組みをよく理解していなかったのだけど、私なりにこの世界で再現してみたわ。面倒な掃除や洗濯も、他の家よりはずっと楽だと思う。

「この洗濯機なるものを売り出せば、億万長者になれるんじゃないか……」

初めて我が家の洗濯を教えたとき、ヴィルは震えていた。

洗濯機は緻密な火と水の術構成により、洗浄とすすぎと脱水を順番に行う樽型の魔道具。水場に運んだり、湯で煮たり、一枚一枚絞ったり、そういった手間が一切かからない。

でもコストパフォーマンスが最悪だから商品化は無理ね。術式が複雑すぎてよく壊れるし、一度の洗濯で大量の魔力を消費する。

この家にある魔道具のほとんどは、私やヴィルのように体内の魔力量の多い人間にしか扱えない。一般人が使うには魔力結晶を大量に購入せねばならず、考えなしにそういった魔道具を普及させれば自然界の魔力が枯渇しかねない。実際、魔道具の使いすぎで荒廃した国もある。お金があるなら洗濯婦を雇った方が安上がりな上、環境に優しいわね。

魔女の発明は、世のため人のためにならないことが多いのよ。

まぁ、自分が楽をするために発明するのだから仕方がないわ。知恵と魔力と時間を費やして生み出したものを、お金なんかと引き換えにするのも面白くない、と魔女は考える。

私としても、前世の誰かが考え出したアイディアでお金儲けをする気にはなれない。何よりもし洗濯機を普及させたせいでミストリアが滅んだら……少し面白そうだけど、やっぱりやめておくわ。なんかいろいろ台無しだから。

そんなわけで、ヴィルは魔道具に自前の魔力を注いで家事に励んでいる。

時間が余るみたいだから、薬の調合も手伝わせることにした。

薬草をすり潰したり、火にかけた調合鍋を見張ったり、子どもでもできることばかりだけど、真剣に取り組んでいるわ。手つきがおっかなびっくりで可愛い。

「そういえば、今度アズローに有名な演芸一座が来るらしいな」

「ああ、もうそんな時期なのね。今年の演目は何かしら」

作業の合間、私たちは他愛のない会話をしている。

ヴィルはファントムたちと飲みに行った話や買い出しのときに聞いた噂、私は最近読んだ本の内容や他の魔女たちに聞いた恋愛談などを話す。

特に盛り上がりはしないわ。「へぇ」とか「ふぅん」で終わってしまう。お互い当たり障りのない浅い会話を選んでいる。

でもヴィルはたまに真剣な表情で私をちらちら見る。

何か話したいことがあるのかしら？

それとも悩み事？

少し気になるけれど私は気づかないフリをしている。もし里から出て行きたい、という話なら聞く価値ないから。


そんなある日、とうとうサニーグ兄様から連絡がきた。

王都から使者が来ていて、私とヴィルに話があるらしい。表向きは婚約破棄についてのあれこれだけど、実際は私の提案に対する王家からの返答とみて間違いない。

私たちに構わず放っておいてくれるなら、二十年前の真実を沈黙し、西の国境の防衛に協力してあげるという提案ね。

兄様のお屋敷に向かう竜車の中、私は険しい表情のヴィルに問いかけた。

「ヴィルは陛下のこと、殺したいほど憎い？」

「憎い……もし目の前にいたら斬りかかるかもしれない」

聞くまでもなかったわね。ミストリア王はヴィルの両親を卑劣な方法で殺した。レイン王子を黙秘の契約の対象にしていたし、今もエメルダ嬢を城に軟禁している。

無意識なのかヴィルは腰の剣に手をかけていた。でもすぐに首を横に振って手を離す。

「だが、陛下を殺せばミストリアは大いに荒れる。だから……復讐をするつもりはない」

良かった。復讐を遂げた後の心配ができるくらいには理性的みたい。

今が乱世ならともかく平穏だもの。私怨で王を討ち、国が荒れれば、他国がこれ幸いと攻めてくるかもしれない。民が犠牲になる可能性がある限り、ヴィルは動けない。

もしも後を継ぐレイン王子を信頼できれば、復讐を考えられたかもしれないけれどね。

「我慢していない？」

「正直、分からない。最近は、全てが俺の手には負えない遠い出来事のように感じる」

ヴィルは私をジッと見つめた。

「もし俺の存在が邪魔なら、見捨ててくれて構わない。俺はあの里にも迷惑はかけたくない」

例えば使者が、私の提案を受け入れる条件としてヴィルの命を要求してきたら。ヴィルはそのことを危惧しているみたい。

私は感動を覚えた。魔女を毛嫌いしていたヴィルが、ククルージュのことを想ってくれている。

「大丈夫よ」

私は腕を伸ばし、ヴィルの頬をちょんと突いた。ぎょっと身を強張らせる彼ににこりと微笑む。

「ヴィルは何も心配しなくていいわ。私に任せて」


その男はネフラ・コンラットと名乗った。

「お初にお目にかかります、ソニア・カーネリアン様」

年齢は……おそらく二十代前半。王の使者として単身この場にやってくるには若すぎる。

色白で線が細く、シンプルな銀縁眼鏡のせいか学者さんみたい。学問に秀でた貴族の次男か三男という感じがする……と思っていたら、本当にそうだった。コンラット家はいわゆるト流貴族で、代々術士の家系らしい。

「僕のような若造が使者としてやって来るなんて、驚きましたよね……」

三人になった途端、ネフラは暗い声を発した。

そう、今現在アスピネル家の応接間には、私とヴィル、そしてネフラしかいない。最初は兄様とユーディアも同席していたのだけど、本題に入る頃合いに退席してもらった。

私とネフラが向かい合って座り、私の後ろにヴィルが控えている。

「僕がよほど優秀なのか、王の信頼を得ているのか、はたまたただの人材不足か。ソニア様はどう思われました？」

確かに、少しおかしいとは思う。

前任の使者、セドニールは国王の腹心だった。その代わりにやって来るのだから、それなりの地位の人間だと思うじゃない？

「強いて言うなら全部かしら？　それに加えてまだ理由がありそう」

「ご明察。僕がソニア様にお会いしたい一心で、自ら陛下に嘆願したのです。命の危険がある役目だと他の者は逃げ腰でしたので、すんなり決まりました」

ネフラは陰気な笑みを浮かべた。

前任のセドニールは声を失う程度で済んだけれど、再び私の機嫌を損ねたら今度はどうなるか分からない。だから誰も使者の役をやりたがらず、立候補したネフラが任命された……ということかしら？

私はそう思ったのだけど、どうやら違ったみたい。ネフラは豪華な装飾が施された箱を机に置いた。

「まずは謝罪を。前任者が大変失礼いたしました。ほとんどは彼の独断で起こったこと。陛下の指示ではございません。証拠になるかは分かりませんが、こちらをぜひソニア様に受け取っていただきたいです……」

ネフラが箱を開く。

大きな紅い宝石がはめ込まれた指輪がまず目に飛び込んできた。いえ、これは宝石ではなく、魔力の結晶ね。火属性の魔力の塊でかなり質の良いものだ。

それだけならただの賄賂(わいろ)やご機嫌取りだと鼻で笑えるのだけど、箱に収まっていたのは指輪だけではなかった。

最初は指輪の台座かと思った。それくらい本来のものと色が違ったから。

箱には男の手首から先が収まっていた。皺のある土色の肌。魔術で腐食を防ぐコーティングがしてあるみたいね。人差し指が指輪をしている。

背後でヴィルが殺気立ったので、私は手で制す。

「こんなに悪趣味な贈り物は初めてね」

せっかく生かして帰してあげたのに……いえ、まだ死んだとは限らないけど。

セドニールは先日の失態で陛下の怒りを買ったらしい。ネフラ以外に使者の役をやりたがる者がいないのも納得ね。

「お気に召しませんでした？」

「そうね。反応に困るわ。でも……陛下が臣下の不始末をきちんとつけられたことだけは分かりました。そのお気持ちだけで十分ですわ。そちらはそのままお持ち帰り下さい」

「そうですか。残念です」

ネフラは何事もなかったかのように淡々と箱を下げた。この男、ちょっとやりにくい相手ね。何を考えているか分からない。

「では改めて魔女ソニア様へ、我が主ミストリア王のご意向をお伝えいたします。二十年前のことも、婚礼の儀のことも、先日のセドニール卿の無礼も水に流していただけるのなら、今後ミストリア王家はソニア様の周囲に一切手出しいたしません。アズライト領にて健やかにお過ごしください。そしていざというときはミストリアにご助力いただければ幸いです」

それは私の提案を受け入れるという返答だった。

「私としては願ってもないお言葉ですけれど、よろしいのかしら？　私とヴィルを生かしておいて」

「ええ。あなた方と戦うなど割に合わない。ソニア様の強さを知った今となっては手元に置くことも恐ろしい。かと言って他国へ渡られるのは困る。よって、遠く距離を隔てた国内にて不干渉でいるのが一番です。お互いに」

「不老は諦めると？」

眼鏡の奥で、ネフラの目が細められた。

「薔薇の宝珠が誰の手にも渡らないのなら構わぬようです。陛下はご自分の地位に、玉座に固執しておられる。死ぬまで王であることをお望みです。だから今は、ソニア様よりも巷を騒がせていた怪事件の方をずっと危険視していらっしゃる」

ミストリア王は、私が怪事件に関与しているとは思っていない。そして怪事件の黒幕が薔薇の宝珠を作製し、玉座を狙っているのではと懸念している……らしい。心配事が多くて大変ね、陛下。

「しかし幸か不幸か、婚礼の儀以降、ぱったりと事件は起きなくなりました。レイン王子が捕まえた魔女を引き取って拷問(ごうもん)……ではなく尋問しておりますが、未だ手掛かりは掴めておりません。詳しいことを聞かされていない下っ端ばかりのようですね。トニトルスやカタラタから流れてきた魔女らしい、ということは分かりましたが」

「最初から切り捨てる予定の駒だったのね。お気の毒」

「はい。怪事件の杜撰(ずさん)な手口から侮っておりました。しかしここまで尻尾を掴ませない辺り、黒幕は油断ならない相手のようです。そちらは大丈夫ですか？」

「私にもククルージュの周辺にも異変はありません」

「そうですか。十分にお気をつけ下さい。御身と不老のレシピに何かあれば、王も心穏やかではいられない。何かあればすぐにご報告を」

「ええ、必ず」

それから簡単に約束事を確認した。

ミストリア王国は私と私の周囲の者を一切傷つけない。不老の研究を強要しない。今後も魔女狩りなど魔女を虐げるような法は作らない。

私は二十年前の真実は語らない。宝珠のレシピは誰にも渡さない。許可なくアズライト領から出ない。

あくまで口約束だ。契約魔術のような強制力はもちろん、法的な拘束力すらない。だけど決して無意味ではない。約束が破られたときはお互いに遠慮しなくていい。いざというとき迷ったり躊躇ったりせずに済むもの。

「ヴィル・オブシディア。あなたについても行動の制限をさせていただきたい。ソニア様に付き従い、アズライト領から無断で出ないこと。それと、王子やその取り巻きに連絡しないことを約束していただけますか」

陛下としては、復讐の刃が届かない場所にヴィルを封じ込めたいでしょうね。私としてもそれは願ったり叶ったりだわ。

素直に頷けばいいのに、ヴィルは黙ってしまった。しかし決して短くない沈黙の後、苦々しく首肯した。

「……承知した」

一通り確認が終わると、ネフラは肩の力を抜いた。重要な使命を果たしたことでホッとしたらしい。もしかしたらサイコパスなのかと思ったけれど、年相応の若者らしいところもあるのね。

セドニールより気安そうだと踏んで、私は尋ねてみることにした。きっとヴィルも内心聞きたくてそわそわしているだろう事柄を。

「支障がなければ教えていただきたいのだけど、その後、レイン王子やエメルダ嬢はお元気？」

ネフラは薄い唇の端を上げた。

「やはり気になりますか。元婚約者とその恋人のこと」

「ええ、一応。特にエメルダ嬢は私のことを悪しき魔女だと決めつけていたし、稀有な予知能力をお持ちのようだから」

私についてあれこれ予知をされていたらたまらない。

ネフラは躊躇いなくペラペラと喋り出した。

「あのエメルダという娘は、婚礼の儀以降に怪事件が収まったことで『やっぱりソニア・カーネリアンが犯人だったんだ。疑われたから今は大人しくしているだけに違いない』と主張しています。二十年前の秘密を知っている我々も、それ以外の者も含め、城の人間は誰も彼女の言葉を信じていませんよ。当然ですね。彼女はあれから何一つ予知できていませんん」

予知ができない？

〝あにめ〟から運命が変わったことで、彼女の力にも何か変化があったのかしら。

ネフラ曰く、魔女の厭い子という不安定な存在を普通の牢に入れるのは危険だから、特別に城の離れに結界を張って軟禁しているらしいわ。

予知能力者はストレスに弱く、寿命が短い。それに加えてレイン王子が彼女を頑なに庇うため、丁重に扱うように上から指示が出た。週に数回、王子やチャロットたちとの面会も許されているみたい。なにそれ。破格の待遇じゃない？

しかし全く予知能力を使いこなせず、それでもへこたれない姿に周囲の者は苛立っている。

特に侍女たちは「ソニア様にお仕えしたかった」「この小娘のせいで聡明な王子がおかしくなった」と憤り、密かにエメルダ嬢に冷たく接しているらしい。彼女が何を言っても基本的に無視。食事を粗末なものにしたり、王子からの贈り物を取り上げたり……女って怖いわねぇ。エメルダ嬢が短命ってこと、侍女たちは知らされていないのでしょうけど。

「それはお気の毒ですこと」

「自業自得ですよ。それに心配するだけ無駄です。あの娘、意外と図太い。逆境は跳ね返すためにあるんだから、と息巻いています。まだレイン王子と結婚できると信じているようですね。そういう予知でもあったのかと尋ねても、だんまりを決め込んでいい加減キレそうです」

寿命に関しては同情しますけどね、とネフラはため息を吐いた。術士ゆえにエメルダ嬢に接する機会が多いんですって。

エメルダ嬢、予知能力の実験に非協力的なのね。命知らずというか、良い度胸してるわ。自分の置かれた立場が分かっていなさそう。

「このまま予知能力を発揮できないのなら裁判にかけて刑罰を与える、と脅しても、『正義は必ず勝つもん』と泣きながら喧嘩を売ってくるんですよ。王子が味方のうちは大丈夫だと高をくくっているようですね」

ヴィルは「エメルダ……」と小さく呟いた。心配しているのかしら。それともさすがに呆れている?

「一方、レイン王子の方はだいぶ参っているようです。あれから一歩も城から出ず、何やら考え込んでいるご様子。大人しいのは助かりますが、中途半端に賢い方ですから、真相に気づくのではと王の側近はハラハラしています。……ああ、そうそう。王子の新しい婚約者を探すため、近々パーティーを行うそうですよ」

「あら……切り替えが早いのね」

私との婚姻が破談になってから、まだ一か月半ほどだというのに。

あれだけの醜態を晒しておいて、相手が見つかるのかしら。……まぁ、あれだけの美形、それも王太子が相手なら妻になりたい娘は山ほどいるわよね。他国からの縁談もちらほらあるんですって。

レイン王子は乗り気ではないみたいだけど、私との婚約破棄の件でだいぶ求心力をなくしたから、地盤を固め直す意味でも政略結婚は避けられないでしょう。

「やはり早すぎますよね。申し訳ございません。ソニア様は不快でしょうが……」

「私は別に何とも思わないわ。ミストリアの民は、王太子の結婚が取りやめになって不安でしょうし」

王子がいつ誰と結婚しようが、もう私には関係ない。

「そんな……エメルダはそれを知っているのか……?」

一方ヴィルの顔は真っ青だった。

「当分知らせる予定はありませんが、どこから漏れるか分かりませんね。我々も徹底して情報管理をする気力がなくなっています」

意地悪な侍女たちが今にもエメルダ嬢に知らせてしまうかもしれないわね。

うーん。私としては心底どうでもいいのだけど、ヴィルにとってはそうじゃないわよね。

エメルダ嬢はレイン王子と結婚できると信じている。王子の愛と輝かしい未来を心の支えにして、軟禁生活に耐えているのでしょう。でも王子は早急に他のご令嬢と政略結婚しなければならない。それを知ったらどうなるかしら？

心の支えを失い、後ろ盾も失う。裁判で断罪されてしまうと、恐慌状態に陥るかもしれないわね。

私は小さくため息を吐く。

このままではヴィルがエメルダ嬢を助けるため、さっそく約束を破って王都に向かおうとするかもしれない。それはいろんな意味で困る。

……本当に迷惑な女ね、エメルダ嬢。

まぁ、私が王都の近況を迂闊に聞いたのがまずかった。王子もエメルダ嬢も元気だって聞けばヴィルも安心できるかと思ったのに、失敗したわ。

「ネフラ、一応陛下に伝えておいてほしいのだけど、私は今更エメルダ嬢がどうなろうと構わない。つまりどうでもいいの。罰を受けなくてもいいとすら思っているわ」

王子とともに私を公の場で糾弾した罪は、一番の被害者である私が厳罰を望まないことで軽くなるのではなくて？

「あと私見を述べさせてもらうなら、あの婚礼の場での失態は、エメルダ嬢ではなくレイン様が今後の行いによって償っていくべきだと思うわ。次期国王となる男が、国家の不名誉の責を小娘一人に押し付けるなんてみっともないもの。彼女が悪意を持ってみんなを騙したなら話は別だけど」

「……庇うのですか、自分を陥れようとした者を」

私だってそんなことしたくない。〝あにめ〟のラストを完全に回避するためにも、エメルダ嬢にはさっさと死んでほしい。

でも、焦ったら負け。

彼女を追い詰めすぎるとヴィルが向こう側に戻ってしまう。こちら側に引き止め、私に懐かせるためにも、ここは恩を売っておくべきだわ。

「言ったでしょう？　彼女のことはどうでもいい。でも私の可愛い従者の純情は大切にしてあげたいの」

今は他の女に向いている感情でも、近いうちに私の物になる予定だもの。失くしたり穢れたりしたら面白くない。

ヴィルが驚いて私の名を呟く。

ネフラは何を考えているか分からない、怪しげな笑みを浮かべた。

「分かりました。あなたのご意向、必ず陛下にお伝えいたします」

こうして王の使者との会談は無事に終わった。

ネフラは別れ際、私に魔術の論文を大量に押し付けてきた。ぜひ読んで感想を聞かせてほしいんですって。おそらく彼が使者に立候補した理由はこれね。

私は万能じゃない。専門外の分野の魔術だったら何の感想も言えないんだけど、まぁ、ククルージュに帰ってからゆっくり拝見しましょう。

会談の後、ヴィルは神妙な面持ちで私に跪いた。自主的に頭を下げるなんて珍しい。でも嬉しくないわ。あの娘に関わることで感謝されたって。

「ありがとう、ソニア。本当に……」

「言っておくけれど、私が彼女を庇ったところで、裁判や刑罰を回避できるとは限らないわよ？」

「分かっている。だがエメルダにとって有利になる。今できる最大級の援護だ。俺には何もできないからな……」

そうね。ヴィルがエメルダ嬢のためにできそうなことと言えば、なりふり構わず力ずくで助けに行くことくらいだけど、むしろ逆効果。みんなまとめて国に殺されるだけ。それが分かっていても、実行しそうな気配があるから困るのよ。

「でもさすがに、私が何を言っても王子の婚約者探しは止められないわね」

「……それはどうしようもない。王子ならエメルダを傷つけないよう、自分で解決できるはずだ」

「本当に？　ヴィルが一役買って出る気はないの？」

せっかく二人が破局しそうなのに、傷心のエメルダ嬢を物にしようって考えには至らないのかしら。

ヴィルは驚いたように首を横に振った。

「俺ではダメだ。第一、会いに行けない」

それは王との約束があるから？

それとも顔を合わせる勇気がないから?

私が疑わしげな視線を向けると、ヴィルは毅然と言った。

「心配するな。俺はお前に迷惑をかけたりしない。絶対に」

「……そういうの、フラグ立てるって言うのよ」

「は? ふ、ふらぐ?」

どちらにせよヴィルのエメルダ嬢への想いは、今はそこまで激しくないようね。恋が燃え上がっている状態ならなりふり構わず会いに行くってなりそうだし、衝動を我慢している様子でもない。

すっかり諦めがついているのか、それとも他の感情の方が大きくなっているのか。

私としては、頭が冷えているならいいけど。


憂鬱なイベントは終わり、ネフラは王都に帰っていった。

私もすぐ里に帰ってもいいのだけど、サニーグ兄様に「ソニアと晩餐をともにできないなら、今年の祭りは全て中止だ!」と言われてしまったから、領民のためにも今日は屋敷に泊まることにした。

夜までまだ時間がある。兄様が張り切って仕事を片付けている間、私はヴィルを連れてアズローの都を遊び歩くことにした。

ミストリア西部一の都だけあって目新しいものでいっぱい。人と物で溢れている。

実はアズローには詳しくないの。兄様とお忍びで遊んだのはほんの二、三回だけ。あとは薬屋さんと取り引きのためにお会いしたくらい。

好き勝手に歩き回るのは初めてなのよね。どこに行きましょう。

「ヴィルは何か見たいものある？」

黙って首を横に振るヴィル。やっぱり王子やエメルダ嬢の近況を聞いて、気持ちが沈んでいるみたいね。いつもより少し表情が暗い……気がする。

励ましてあげたいところだけど、かける言葉は特にないわ。下手に慰めたらエメルダ嬢への想いを再燃させちゃいそう。うじうじしたヴィルも嫌いではないし、放っておいて私だけでも楽しむことにしましょう。

食材市場で試食をしたり、古本屋を覗いたり、取引先の薬屋に挨拶に行ったり、ここぞとばかりに歩き回った。さすが兄様の都。品ぞろえは素晴らしいし、活気に溢れているし、道行く人々も笑顔が多い。

「そろそろお屋敷に戻らないとね」

「ああ……」

ヴィルは私に付き従いながら、荷物持ちをしてくれていた。話しかければ答えるものの、口数は極端に少ない。それはいつものことなのだけど、今日はやたらと視線を感じたわ。何か言いたいことがあるなら言えばいいのに。わざわざ私から聞いてあげないわよ？

ふと小さな雑貨屋の前で足が止まった。

「今年は花と蝶のモチーフが流行(はや)っているのね」

髪飾りやイヤリング、コサージュにネックレスなど、キラキラしたアイテムがたくさん並んでいる。チープだけど可愛い。少し前に世にも生々しいアクセサリーを突きつけられたせいで余計に素敵に思えるわ。

同じ年頃の女の子たちが隣で楽しそうに選んでいるのを見ていたら、私も手を伸ばしたくなってしまった。

そういえばアクセサリーは、アスピネル家お抱えの宝石商からしか買ったことがない。まぁ、ほとんどは兄様にプレゼントしていただいたから、自分でお金を払ったことはほぼないのだけど。

買ってみようかしら。でも里でアクセサリーは身につけないし、きちんとした社交場にはつけていけないレベルの品だし、使いどころがないような……。

「気に入ったのなら、一つ買ったらどうだ。……きっと似合うから」

突然の同行者の一言に心臓が跳ねた。

最後の言葉は消えかかりそうなほど小声。しかも私と目が合うと、ヴィルの顔がみるみるうちに赤く染まった。

可愛い。ものすごく可愛いけど、ちょっと心配。

「え、どうしたの？　疲れた？」

ヴィルは目を閉じて首を横に振った。忘れろ、気の迷いだ、と喚いて。

「そう？　でも、じゃあ、買うわ。髪のアクセサリーなら普段使いできるわよね」

試しに何色が似合いそうか尋ねてみると、ヴィルは少し悩んで「白か黒か金か銀」と答えた。どれも私の赤髪に映える色だ。うん。適当に言ったわけじゃないわね。でも選択肢が多すぎて選びきれないわよ。

結局二人でどれがいいか迷っているうちに日が暮れてしまい、晩餐の席で待ちくたびれた兄様とユーディアに恨み言を言われた。

私としたことが愚かだったわ。目についたもの、全部買えば良かったじゃない。

でも選び抜いて手に入れた金の花の髪飾りはとても気に入ったわ。小さな蝶々のチャームがついているの。

家でつけようと思っていたけど、しばらくは宝石箱に入れておきましょう。

なんだか恥ずかしくて、これを身につけた姿をヴィルにも誰にも見せたくない。

十六　ヴィルの落ち込み

ついに王の使者がやってきた。

王はソニアの提案をのみ、基本的にお互いに不干渉でいることで合意した。何かえげつない要求をされたら、という俺の心配とは裏腹の結果になったわけだ。

……良かった。

油断は禁物だが、とりあえずは安心していいだろう。

ただ、使者のネフラは俺にも「アズライト領から出るな」と言ってきた。予想していなかったわけではないが、いざとなると即断できない。

俺はいずれククルージュを出ていく予定だった。

魔女にも国家の陰謀にも関わりたくない。ソニア自体は悪くなくとも、彼女のそばにいる限り胸糞悪い思いをすることは確実だった。実際セドニールの変わり果てた一部を目撃する羽目に陥っている。

一方でククルージュでの生活に慣れ、出ていく気力が殺がれていくのを感じていた。頭の片隅に憂鬱な事案が燻っているのに、それを忘れて心安らぐ瞬間が多々ある。これは危険だと思う。

ソニアにもククルージュにも悲惨な因縁がありすぎる。

そんな場所で安息に浸り、第二の人生を始めようなんておかしな話だ。そんなこと死んだ両親も、王子とエメルダも、俺自身も許さない。絶対にダメだ。

大体、憎き国王と約束を交わし、行動を制限されるなど腹立たしいことこの上ないではないか。

「………」

しかしここでネフラの言葉に頷かないわけにはいかない。

ソニアに迷惑をかけたくなかった。ただでさえ大変な厄介ごとを抱えているのに、俺のつまらない意地のせいでさらに危険な立場には追いこめない。

「……承知した」

俺が頷いたとき、ソニアがくすりと笑った気がした。

多分気のせいではないな。俺は彼女の思惑通りに動いているのだろう。不思議と今は反抗心が湧いてこない。

これで、これからもククルージュで暮らさなければならない。

大人しくしていれば俺に復讐の意志がないと判断され、いずれアズライト領を離れる許可が下りるかもしれないが、少なくとも数年は動けないに違いない……。

そんなに長くソニアのそばにいて大丈夫だろうか。

いや、絶対に大丈夫じゃない。このままでは飼い殺される。ただでさえ最近は気づくと目で追っているのだ。これは経験上、良くない兆候だ。

いやいや、待て。あり得ない。

俺は今までの非礼を詫びる機会を窺っているだけだ。断じてソニアに見惚れたり、気になったり、そういうわけでは……。

「支障がなければ教えていただきたいのだけど、その後、レイン王子やエメルダ嬢はお元気？」

ソニアの言葉で俺は我に返った。

聞くのか、それを。

俺も大変気になっていたが、絶対に質問できないと思って我慢していた。ありがたい。

とはいえ、どうせ大した情報は寄越さないと踏んでいたのだが、ネフラはぺらぺらと城の近況を語った。意外とサービス精神が旺盛(おうせい)らしい。いや、これまでの言動から考えて、ソニアに媚(こび)を売りたいだけか。

コンラット家は優秀な術士の家系だ。何よりも魔術の研究を優先し、功名を立てる気も財を築く気もなく、貴族としての地位は高くない。その無欲さが国王の目に留まったのだろうか。

ネフラからも野心は感じない。が、ソニアには興味津々の様子だ。術士は魔女の魔術を解析し、万人向けの術に改良することも多い。魔女を敬愛しているのかもしれないな。なんにせよ、こちらに好意的なのは都合がいい。

ネフラが語ったエメルダと王子の話に、俺は苦々しい気持ちになった。

エメルダ……変わっていないな。

どんな苦境に立たされても決して諦めない。正しい行いをすれば必ず報われると信じているのだ。怪事件を追う旅の最中は、彼女のひたむきさに何度も窮地を救われたものだ。そして実際、最後は本当にエメルダの正義が勝った。

しかし状況は変わった。

現実は甘くなかったし、今回ばかりは正しくないかもしれない。にも拘(かかわ)らずエメルダはソニアが悪しき魔女だと信じ切っていて、未だに負けを認めていない。

彼女の美点が悪い方向に働いている。今は不用意に敵を作るべきではない。むしろ味方を増やすべきなのに侍女たちにいびられているなんて……。

どうしよう。心配だ。

確かに俺やモカのように最初はエメルダに懐疑的だった人間が、次第に彼女に惹かれていった例もある。きっかけさえあれば、侍女たちとも打ち解けるかもしれない。

そのきっかけはエメルダの予知が当たること以外に考えられない。俺たちもそうだったから。

……いや、ダメだ。予知はエメルダの寿命を縮める。それに本物の予知能力者と判明すればミストリア王国に使い潰されるだけ。

悩ましい。

予知をすればするほど寿命が縮まり、便利な道具として自由を奪われる。

予知しなければ社会的立場がなくなり、罪人となって自由を奪われる。

何よりもどかしいのは、本人がそのことを自覚していなさそうなところだ。豪気に一発逆転狙い。

そして王子と結婚して幸せになることを夢見ている。

ところが最悪なことに、レイン王子は近々新しい婚約者を作るらしい。今の王子の立場を考えれば拒絶できない。

それを知ったらエメルダはどうなる？

俺は後悔していた。

こんなことになるなら手紙で「ソニアは悪い魔女ではなかった」と伝えるべきだっただろうか？

全ての真実を語ることはできなくとも、それだけでも伝えていたら状況は変わった可能性がある。エメルダだって己の予知に不信感を持ち、もっと言動に気をつけてくれたかもしれない。

しかし……あれほど魔女を憎んでいた俺がいきなりソニアの無実を訴え出したら、「あ、こいつ籠絡されたな」と思われるだけである。軽蔑されるか心配される。

結局俺にできることは何もない。

今となってはアズライト領から出られないし、連絡もできなくなった。

なりふり構わず助けに行くか？

その発想を俺は即座に拒絶した。

以前の俺なら「エメルダのためなら自分や周囲がどうなっても構わない」と突っ走るだろうが、今の俺にそんな情熱はなかった。

エメルダのために何かしなければと強迫観念めいたものを抱く一方で、ソニアに余計な負担をかけたくないと心から願う自分がいる。

「ネフラ、一応陛下に伝えておいてほしいのだけど、私は今更エメルダ嬢がどうなろうと構わない。つまりどうでもいいの。罰を受けなくてもいいとすら思っているわ」

結局、俺の葛藤はこの言葉で片付いた。

ソニア、なんて心の広い……！

これで少しはエメルダの立場が回復するし、裁判になっても減刑が望める。

俺はソニアに心から感謝したし、尊敬の念すら覚えた……が。

「彼女のことはどうでもいい。でも私の可愛い従者の純情は大切にしてあげたいの」

この理由はどうなんだ。純情って……。

はっきり言った覚えはないが、やはりバレているのか。俺のエメルダへの気持ち。

なんだろう。恥ずかしさの他に、もやもやした不満が胸に広がった。確かに俺はエメルダのことが好きだ。だがとうの昔に諦めているし、王子と結ばれてほしいと心から願っている。今更割って入る気などない。そこは勘違いしないでほしいのだが。

「本当に？　ヴィルが一役買って出る気はないの？」

ソニアは俺がエメルダのために王都に向かうことを懸念しているようだった。ソニアが庇ってくれた時点で、その愚かな選択肢は消えた。俺は改めてこの魔女に仕えようという気になったのだ。

「心配するな。俺はお前に迷惑をかけたりしない。絶対に」

信じてほしいと願いを込めて言ってみたものの、ソニアの瞳は冷ややかだった。

俺はあまり信頼されていないようだ。これまで信頼に足る行動をしていないので無理もないが、ものすごく落ち込んだ。


それからアズローの都を散策することになった。

楽しそうなソニアに付き従う間、俺の頭の中はぐちゃぐちゃだった。いろいろな感情が心の中でせめぎ合っている。

「あ、そういえば、帰ってきてからまだ挨拶をしていなかったわ」

ふとソニアが一軒の薬屋に足を向けた。以前取り引きをしていた店らしい。それほど大きくはないが、いかにも老舗といった趣がある。

「ソニア様！」

扉を開けた瞬間、店員の娘が笑顔で出迎えた。薬屋特有の匂いに鼻がひくひくする。

ソニアは薬そのものではなく、薬の素材や香料を卸しているらしい。美容液や栄養剤のレシピを売ることもあるという。

「王子と婚約破棄した魔女の商品でも、買い取っていただけるかしら」

「もちろん大歓迎ですよ！　これからもぜひ当店をご贔屓ください。あ……そうだ」

店員は思い出したように顔をしかめ、「ここだけの話ですが」と打ち明けた。

「最近マリアラ領で新種の魔障病が流行し始めたらしくて、じきにアズライト領にも広がるかもしれません。薬不足が心配です。近隣の素材は採り尽くされているみたいで」

魔障病は、体内の魔力の流れに異常をもたらす厄介な病気だ。症状としては風邪に似ている。高熱と体のだるさで起き上がれなくなるのだ。その上人にうつるし、死に至ることもある。

魔障病の薬は貴重だ。貧乏人には手が届かない額だし、金があっても流行中は手に入らないことが多い。

新種の魔障病の情報は一般に広まったら大騒ぎになるだろう。心配性の金持ちがこぞって薬を買い占め、本当に必要な患者に届かなくなったり、必要以上に高く売りつけようとする悪徳業者が出てきそうだ。

その点、ソニアはよほどこの薬屋から信頼されているらしい。

「分かりました。確約はできませんけれど、近いうちに素材を集めて納品します」

「助かります！」

ソニアは店員から不足している薬の材料を聞き、メモをした。ちゃっかり納入時の金額も確認している。

薬屋を出た後、ソニアはため息を吐いた。

「兄様のことだからもう対策していると思うけど、聞いてしまった以上私たちも協力しなきゃね。備えは多いに越したことないもの。素材集め、ヴィルも手伝ってね」

「あ、ああ。分かった」

俺は密かに感動していた。

ソニアは偉いな。それに、とてもしっかりしている。

まだ十六歳なのに里の魔女だけではなく、一般人からも頼りにされ、期待に応える力を持っている。ろくでなしの両親からよくこのような娘が育ったものだ。

常々エメルダと同い年だと信じられないと思っていたが、下手したら俺よりもずっと大人ではないだろうか。

無性に自分が情けなくなってくると同時に、従者として誇らしい気分になった。

現金だな、俺。少し前まで嫌々従っていたのに……。

いつの間にか俺はソニアの華奢（きゃしゃ）な背を熱心に見つめていた。

雑貨屋の前でアクセサリーを眺める様は普通の少女だな。可愛らしい面もあるし、年相応な姿を見ると安心する。

そんなことをぼんやりと考えていたら、自然と言葉が口から漏れていた。

「気に入ったのなら、一つ買ったらどうだ。……きっと似合うから」

何を言っているんだ俺。瞬間的に顔が熱くなった。

ソニアは驚いていたが、その一言で購入を決意したらしい。俺の意見を聞きながら一つの髪飾りを選んだ。

会計が終わってから悔やんだ。こういうときは一緒にいる男が払うべきじゃないか？

いや、でもな。俺は所詮従者だ。主にプレゼントをするのはおかしい。というかあんな安物に対して、よく似合うと言ったのは失礼だったかもしれない。

しかし俺の心配は無用だったらしい。

屋敷への帰り道、ソニアはご機嫌な様子で髪飾りの入った包装箱を抱えて歩いた。荷物持ちの俺に押しつけたりせず、大切そうに。

「…………」

すまない、エメルダ。

俺はソニアのそばを離れられそうにない。

十七　樹海の探検

兄様のお屋敷で一泊し、ククルージュに帰ってきた。

だらりと過ごしたいのを我慢して、私はみんなを集めて魔障病流行の噂を話した。

「準備せねばなぁ。あれは魔女がかかると辛いから」

「稼ぎ時ですね……」

「良い機会だから、ついでに薬草の在庫整理をしよーよ」

みんなやる気満々で良かった。

一人では途方に暮れてしまう。魔障病の治療薬は材料を揃えるのが大変なのよね。中でも二千日（にせんにち）大根、歯車（はぐるま）草、雷塩（らいえん）結晶、円月（えんげつ）ツバメの羽根は手に入りにくい。

しかも今回の魔障病は新種らしいので、症状によって調合を変えないといけないはず。多種多様な素材を揃えておきましょう。

とりあえず植物系の素材は里の畑に植え、魔術で成長促進させることになった。

「畑の管理はコーラルと見習いたちに任せるわね」

「任せてー。ボロ儲けして、フレーナちゃんに可愛いお洋服買ってあげなきゃ。すぐ大きくなるんだからー」

その言葉にファントムもやる気を出した。コーラルは地属性の魔術が得意だし、ファントムはマメに薬草と見習いの面倒を見てくれるから安心ね。

残るは雷塩結晶と円月ツバメの羽根。

これは採取に行かなければならない。幸い、捻れ樹海の奥地で手に入る。

……かなり遠いんだけどね。日帰りできない距離だし、魔獣がうじゃうじゃいる。

「私とヴィルで獲りに行きましょう。私、樹海の奥に個人的な用事があるのよ」

野宿を覚悟して樹海を探検することを告げると、ヴィルは複雑な表情を見せた。「私と昼夜二人きりは問題だが、危険がある以上誰かに任せる気にはなれないな」という顔をしている。相変わらず分かりやすい。

「分かった。俺は従者だ。主の命令に従う」

ヴィルは少し変わった。

私に向ける瞳が心なしかキラキラしている。

これはまさか、尊敬の眼差し？

私がエメルダ嬢を庇ったことで見直されたのかしら。だとしたら単純としか言いようがない。悪い気はしないけど。

「ありがとう、ヴィル」

「っ……ああ」

あと目が合うと慌てて逸らすようになった。意識しているのが丸分かりで可愛い。ついに私の方に心が傾いてきた？

〝あにめ〟のエメルダはヴィルの気持ちに全く気づいてなかったのだけど、現実ではどうなのかしらね。少しも気づいてないとしたら、他人事ながら腹が立つわ。どれだけヴィルのこと眼中になかったのよ。

なんにせよヴィルが着々と懐いていて嬉しい。

今のところ王都に強く思いを馳せている様子もない。このまま探検に出て、王子や彼女のことを考えさせないようにしたいわね。

数日後、入念に準備をして、私たちは樹海の奥に向けて出発した。


「重くない？」

「大丈夫だ。昼には軽くなる」

今回はヴィルが二人分の荷物を運んでいる。

前の旅と違ってユニカは連れてこられなかった。平坦な道がほぼないし、魔獣に狙われたときに守れないかもしれないもの。というか魔獣除けの香水をつけたいから、一緒に連れて歩けない。

リュックを背負い、魔女殺しを腰に差し、片手に籠を下げていて大変そうだけど、ヴィルは心なしかウキウキしているみたい。

籠の中には大きなお弁当が入っている。今日のお昼しかまともな料理を食べられないから、私が早起きして作ったの。ピクニック日和だから気が向いたのよ。

負担を減らすため軽めのお弁当にしようと思ったのに、ヴィルが一口でも多く食べたいと口を挟んできた。迷ったけれど、私はヴィルにひもじい思いをさせたくない。その結果、ずっしり重量感のあるお弁当になったわ。

……太らないようにたくさん働いてもらいましょう。

「素材を持ち帰ることを忘れないでね」

「わ、忘れてない。それに本当に余裕だ」

いつ魔獣に出くわしても大丈夫なように、ヴィルは剣を抜く右手を空けている。浮かれているように見えて、周囲への警戒を怠らない辺りはさすがね。

香水で遠ざけられるのは弱い魔獣だけ。そこそこ強い魔獣は私とヴィルの実力を感じ取って喧嘩を売りには来ないはず。まぁ、うっかり出くわす可能性はあるし、魔獣は凶暴だからなりふり構わず襲ってくるかもね。

用心の甲斐あって特に何事もなく、数時間後。

方角と地図を見ながら進み、樹海にぽっかり空いた花畑に辿り着いた。前に来たときもここで休憩したの。

「そろそろお昼にしましょうか」

色とりどりの花が咲き乱れ、甘い香りが漂ってくる。地上の楽園のよう。ますますピクニックだわ。木陰に敷物を広げ、簡単な結界を張って、ついでに小川で手を洗ってから、お弁当を食べ始める。

ヴィルは淡々とサンドイッチを頬張った。

「これは……オレンジマスタードか。チキンに合うな。美味い」

よく噛んで食べなさい、お肉ばかりではなく野菜も、という言葉が出かかったけど、母親みたいだからやめた。

いいえ、私のお母様はそんなこと言ってなかったけど、前世女はよくそうやって母親に注意されていたの。思春期の頃なんか「好きなもの好きなように食って死ぬなら本望（ほんもう）！」と逆ギレしていて、我が前世ながら悲しくなった。

食後のお茶を飲みながらまったりする。なんだか眠たくなってきちゃった。素材集めなんてやめてお昼寝して帰ろうかしら、なんて考えていると、荷物を整頓し終わったヴィルが躊躇いがちに問いかけてきた。

「ソニア……あの髪飾りは使わないのか？」

今日は髪を一つに束ねて白い紐でくくっていた。さりげなくヴィルと色違いのお揃いなのだけど、それには気づいてないみたい。

あの金色の花と蝶の髪留めは、まだつけたところをヴィルに見せていない。

「ええ、使わない」

「安物だからか？」

私は少し考えて頷く。するとヴィルはがっかりしたような顔をした。

違うわ、ヴィル。

「安物だから、すぐ壊れちゃうかもしれない。だからもったいなくてつけられないのよ」

ヴィルは驚いたように目を瞬かせた。

「……意外と貧乏性だな」

そして、ほんの少しだけ口元を緩めた。

笑った顔、珍しい。というか、私との会話中に笑うのは、出会ってから初めてかもしれない。

この達成感は何？

心がふわふわする。

「せっかく買ったんだから使った方がいい。もし壊れたら、今度は、その……」

なかなか続く言葉を言ってくれない。焦れったいヒト。

私は悪戯っぽく尋ねた。

「もしかして、今度はヴィルがプレゼントしてくれるの？」

「！　そ、そんなわけあるかっ、それはおかしいだろ」

「おかしいとは思わないけど。じゃあ……今度も一緒に選んでくれる？」

ヴィルは目を伏せ、迷いを滲ませた声で言った。

「……約束はできない」

ふぅん。

王都に行く気はないけれど、私の傍に長く留まる気もないということ？

なんだか少しだけ、お母様の気持ちが分かってしまったわ。


花畑で気まぐれに白い花を摘み、それを抱えて目的地へ向かった。

樹海が途切れて谷が現れる。怖い物見たさで下を覗けば、目眩（めまい）を覚えるほど深い。激流の川が岩肌を削る様は迫力があった。

この谷はジャンプで渡れる距離ではないし、橋は架かっていない。

「この先に雷塩結晶があるんだろう？」

「ええ。魔術で渡るわ。でもその前に――【イグニザード】」

私は谷の絶壁に向けて火属性の魔術を放った。火柱とともに、天を貫くような甲高い鳴き声が上がる。黒い影がすさまじい速さで風を切って舞う。

「ここ、今の時期は円月ツバメの巣になっているの」

「先に言っておけ！」

慌てて剣を抜こうとするヴィルを手で制す。

剣士に空中戦は向かない。それに、上空に夢中になっているうちに谷に落ちたら間抜けだもの。

「私がやるわ。ヴィルは背中を守って」

背中を預かることに責任を感じたのか、ヴィルは真剣な表情で頷いて大人しく下がった。

円月ツバメは艶のある黒い体をしていて、お腹が白い。額に金色の模様がある。

手の平サイズのツバメは空に逃げ、飛竜並みの大きさの個体が一羽残り、威嚇（いかく）するように私の頭上を旋回している。ボスツバメさんね。家を燃やされて怒っているらしく、私の魔力を感じても逃げ出さない。所詮、鳥頭（とりあたま）だわ。

円月ツバメは速さこそ厄介だけど、そんなに強くはない。殺すのは簡単。ただ、私の目的は羽根を奪うこと。木端微塵（こっぱみじん）にしてしまったり、谷に落としてしまったら意味がない。慎重に撃墜しないとね。

人間の命を救う薬のために、鳥の翼を命ごとむしり取る。

奪った命を利用する点は薔薇の宝珠と変わらない。

何が正しくて、どこからが悪なのか。そんなことに悩んでいた時期が私にもあったわ。

「ごめんなさいね」

人間は命の優先順位をつけている。自分と近しい者に甘くなるのよ。

ボスツバメが高く飛び上がり、風の刃を纏って急降下してくる。私は詠唱を合わせた。

【流転する輪よ、か弱き隣人を絡め、失墜の渦となれ――シルギリンス】

横殴りの風は激しく渦巻き、風を切って飛ぶツバメを翻弄した。やがてツバメは地面に衝突し、羽根を巻き散らして絶命した。

少し遠くで様子をうかがっていたツバメたちも一斉に四方に散っていった。追撃はしないでおく。ボス一羽で十分の量の素材が獲れる。

無残な死骸を冷淡に見つめ、どこから手をつけようか迷っていると、ヴィルが作業用の手袋をはめて前に出た。

「俺がやる」

羽をむしる汚れ役はヴィルがやってくれるみたい。私は地面に落ちた羽根を拾うことにした。

黙々と作業をこなし、最後に私の葬送の術で死骸を還元した。核がある骨は大した金額にはならないだろうから、谷に投げて黙祷を捧げる。

「……本当はもっと上流らしいけど、もうここでいいわね」

私は花畑で摘んできた白い花を同じように谷底へ投げた。ヴィルが首を傾げている。

「ツバメのために摘んできたのか？」

「いいえ。お父様……アンバートのため」

私はすっと谷底を指差した。

仄暗い色の川がうねりを上げ、白い花を呑みこんでいく。

「たまにはお参りをしないと気分が悪いから」

救世主のお母様の墓には絶えず赤い花が供えられているけれど、お父様はきちんと弔われることなく、墓すらない。さすがに同情する。娘の私くらいはたまに思い出して来てあげないと。

アンバートの死因は分からない。

病気だったのか、お母様に実験に使われたのか、痴話喧嘩で殺されたのか。ただ、ここから遺体を流したとだけ聞いた。

お母様はアンバートの話をしてくれなかった。名前を出すと途端に機嫌が悪くなるから、私から聞くこともできなかったの。ばば様たち里の魔女も何も知らなかった。

ただ、奴隷魔女たちが囁くように私に言ってきたことがある。「あなたの父親は若い娘と遊んでいて、アロニア様の怒りを買った」と。

……過去視で視たときは割と元気そうだったから、お母様に殺された可能性は高いわね。理由が浮気に対する制裁だったとは思えないけれど。

それとも、愛していない男でも他の女に奪われるのは嫌だったのかしら?

なんてくだらない。私は、お母様のようにはならない。

でも気持ちは分かってしまう。

どうすればいいのかしらね。大切なモノは失いたくないけれど、醜い所有欲に支配されるのも嫌。

「ヴィル、行きましょう。日が暮れる前に雷塩結晶を採らなくちゃ」

微笑んで手を差し出すと、ヴィルが我に返った。かける言葉を考えていたのね。でも、何も言わなくていい。

ヴィルは恐々と私の手を取った。

十八　ヴィルの迷い

谷を魔術で渡ると聞き、嫌な予感はしていた。

ソニアは風属性の詠唱をして、谷に橋を架けた。下から吹き上がる風の橋、ようするに目に見えない空気の道を今から歩くのだ。

恐る恐るソニアと手を繋ぐ。普段ならどぎまぎするような出来事にも、心を割く余裕がない。

「ふふ、怖いの？」

「絶対に手を離すなよ！」

「それはフリ？」

俺はソニアに手を引かれ、崖の端から足を踏み出した。足の裏に強力な風圧を感じたが、飛び上がるほどではない。例えて言うなら、反発した磁石が宙に浮いているような不安定さがある。その場に留まるのも一歩踏み出すのも恐ろしい。

高い場所が苦手という認識はなかったのだが、これは夢に見そうだ。

絶対に下を見ないよう、俺はソニアと繋ぎ合った手に視線を固定した。足元のおぼつかなさで震えているのか、恐怖で震えているのか分からない。酔いそうだった。

向こう側の陸地に足がついたとき、俺はその場に膝をついた。汗で濡れて全身が寒いし、なかなか立ち上がれない。「生まれたての小鹿みたいで可愛い」と笑っているソニアを恨みがましく見上げ、数分かけて俺は落ち着きを取り戻した。

父親の墓参り（？）だと聞いたときはいじらしいと思ったのに、やはりソニアは性格に難がある。

絶対に俺で遊んでいる。他にもっと簡単に谷を渡る方法があったはずだ。

それとも気まずくなりそうな空気を和らげるためか？

「はぁ……」

考えても無駄だと諦め、雷塩結晶が採掘できる岩場に向けて歩き出した。

もう気を遣うのも馬鹿らしくなり、俺は気になっていたことを尋ねた。

「父親のことは小さすぎて覚えていないんだろう？　あの長老のばあさんからどんな人だったか話を聞いているのか？」

「ええ、少しだけ。でも前に言ったことがあると思うけど、私は過去視の魔術を習得しているから、おぼろげな雰囲気なら知っているわ。赤ん坊の視力だからほとんど見えていなかったのだけど、一度だけ抱っこしてくれたことがあったわ」

ソニアは懐かしむように目を細めた。

「お父様は……外面は完璧だけど、家の中では冷たくて静かな人だった。ジェベラを虜にしただけあって、顔は良かったわ。男前というよりも中性的で妖艶な感じ。印象的だったのが、とても綺麗な――」

「…………」

ソニアははっとしたように足を止めた。

「どうした？」

俺をじっと見つめて固まるソニア。彼女の顔には今まで見たことのないような、驚愕と焦燥が滲んでいる。いつも泰然としている主の動揺に、俺まで不安になる。

「なんでもないわ。あり得ないことを考えてしまっただけ。……少し迂闊だったかもしれない」

「は？」

ソニアは風で乱れた髪を耳にかけ、優美に微笑んだ。

ああ、もう絶対に今考えていたことは話さないと決めてしまった顔だ。

俺は追及を諦めた。ここでソニアの内情に深く踏み入る資格が俺にはない。その覚悟ができていないのだ。


雷塩結晶のある岩場はほどなくして見つかった。ピックを振るい、黙々と採掘する。ソニアに勧められてぺろりと結晶を舐めてみたら、全身に雷が落ちたような塩辛さを覚えた。

「げほっ」

気つけ薬にも使われる素材らしい。水をがぶ飲みした後、「徹夜の任務のときは重宝しそうだ」と無意識に呟く。騎士時代の発想が残っていて驚いた。せっかくなので自分用に少しもらっておくことにした。

売却用に拳大の塊を十個ほど採って、素材集めは無事に終了した。

日が暮れる前に岩場の脇に小さな天幕を用意する。周囲にはソニアの結界が張ってあるし、魔獣は雷塩結晶を本能的に避けるらしいので、今夜は安全に過ごせるだろう。

ソニアは山菜とキノコ入りのスープを作ってくれた。スープに固いパンを浸し、合間に干し肉を齧る。昼に食べたサンドイッチと比べたら味も量も格段に劣るが、樹海の中では十分な食事だ。明日の昼過ぎには里に帰れる。そしたら夜はまた、美味しいものをたらふく食べられるはずだ。

……いつの間にか、随分と贅沢になったものだ。胃袋が完全にソニアに依存している。

今はもう、エメルダの消し炭料理を飲みこむことはできないだろう。残念に思いつつも安堵した。複雑な気分だ。

食事を片付けたり、沸かした湯で体を拭いたりしているうちに、夜も深くなってきた。肌寒さを感じ、焚き火に薪を多めにくべる。

「ヴィルも一緒に寝る?」

冗談交じりの声に俺は真面目に答えた。

「断る。一晩くらい眠らなくても平気だ。俺は見張りをしているから気にせず寝てくれ」

天幕は一つだけ。当然、ソニアのものだ。

ゆっくり休んでほしい。今日、ソニアは途中から様子がおかしかった。物思いに耽ることが多く、ピリリとした空気を纏っている。俺が見ていることに気づくと、何でもないと笑って誤魔化されたが。

「しばらく寝つけそうにないわ」

ソニアは天幕に入らず、俺の隣に腰を下ろした。焚き火の前で二人きりだとあの夜のことを思い出してしまう。

残酷な真実を知り、打ちのめされた夜。

今でも飛竜の鳴き声が耳にこびりついている。

間違いなく人生最悪の夜だった。

もう生きていけない、誰も信じられない。そう思って絶望した。

だが今もまだ、俺は生きている。明日の飯を心待ちにしている。

誰のおかげかと問われれば、迷わずソニアの名前を答えるだろう。俺はこの魔女に救われたのだ。

ソニアは膝を抱えた姿勢で、ポツリと呟いた。

「ヴィルは、いつかいなくなってしまうの？　今の暮らしは不満？」

核心を突かれ、俺は硬直する。

美味い飯と寝床、穏やかな時間。

憎しみを受け流す老人や無邪気に笑う子どもたち。友人と呼べるかは分からないが、飲みに行く程度にはファントムファミリーとも仲良くなった。

家事や雑用は苦ではない。ソニアが毎回労（ねぎら）いの言葉をくれるから。

畑仕事は良い運動になるし、収穫した野菜や果実は格別に美味い。

ユニカの世話も最初は可愛くなくて面倒だったが、毎日ブラッシングをしているうちに愛着が湧いてきた。手ずからニンジンを食べるようになったときは、嬉しくてたまらなかった。

人や魔獣を斬らなくてもいい。血豆を潰し尽くすような鍛錬をしなくていい。

誰も憎まなくていい。

身命を賭して主に尽くしたり、決して手に入らない愛しい人を眺めなくていい。

王国を守らなくていい。騎士として生きなくていい。

なんて気楽なのだろう。

ソニアが俺に与えた生活は、心身に染み渡るような安らぎに満ちていた。唐突に理解した。俺は今のような暮らしを切望していたのだと。

憎しみに心を囚われ、歯を食い縛って生きるのはもう嫌だ。

……人はこれを堕落と呼ぶのだろうか。

ソニアは困ったような笑みを浮かべ、俺の返事を待っていた。

「不満なんてない。だが、安寧に身を委ねることは許されない気がする」

あの夜、明かされた真実に俺の全てを否定された。今度は俺自身が生きてきた二十年を否定しようとしている。

今までの耐え忍ぶ日々は、全部無駄で間違っていたのではないかと。

よく笑っていられるものだと言われてから、俺はずっと「誰か」の視線が怖かった。誰よりも過酷な道を進まなければ、たちまち非難される。幸せになってはいけない。楽をしてはいけない。そんな想いがあった。

「誰の許しがいるの？　ヴィルは何も悪くないのに。今の暮らしに安らぎを感じて、亡くなったご両親やレイン様やあの娘に対して罪悪感を覚えるなら、それは全て私のせいよ」

ソニアは夜空を仰ぎ、歌うように罪を告白した。

「私がそうなるようにしたの。ヴィルの中心にあったもの、大切にしていたものを全て跡形もなく壊して、代わりに新しいものを与えた。ヴィルが望んでいたものを揃えて並べた。思わず手を伸ばしてしまうように誘導したのよ。誰もあなたを責めたりしない」

違うだろ、と俺は首を横に振った。

この言葉を真に受けるほど馬鹿ではない。

ソニアはどこまで俺を甘やかすつもりだろう。俺の罪悪感のはけ口になり、俺を楽にしようとしてくれる。

「外聞なんて気にしないで、ヴィルの心のままに選びなさい。ここにいたいか、出て行きたいか」

ソニアはどこまでも俺に優しい。

だから離れがたいのだ。

この子は俺を見てくれる。誰よりも気遣ってくれる。

『私はあなたの本質も、本当の望みも理解しているつもり。だからこそ最良の主になれる』

あの夜にソニアが言った言葉は紛れもなく真実だった。

恐ろしいが、心地良い。

鍵のかかっていない檻に入れられたような気分だ。無性に泣きたくなる。

「引き留めないのか？」

「その必要があれば考えるわ」

ソニアは俺がククルージュに留まると確信しているようだった。

そうだろうな。普通に考えたらこの生活を捨てたりしない。あとは俺の心の問題だ。

「あまり見苦しくしがみつく真似はしたくないの。でもそうね……私、しばらく貯金を頑張ろうと思っているわ。あえて汚い言葉で言うなら金儲けに走る」

「は？　急にどうした」

「家を建て替えようと思って。あの屋敷、広すぎて手入れが大変なんだもの。それに血腥い思い出がたくさんある。特に地下室は埋め立ててしまわないと……」

地下室には俺も入ったことがない。封鎖されている。

かつてアロニアが宝珠の研究をし、ファントムたち実験体を虐待していた場所だ。

……そうか。俺は今まで人がたくさん死んだ家で暮らしていたのか。腹の底が冷えた。

「ヴィルはどう思う?」

「それは、まぁ、良い考えだと思うが……ククルージュに建てるのか?」

「そうよ」

俺は少し考えてから真顔で尋ねた。

「お前、結婚しないのか? 相手が決まる前に家を建てて、もし嫁ぐことになったら無駄になるぞ」

ソニアも少し間を置き、艶麗(えんれい)の笑みで答えた。

「ヴィルがいる間は結婚しないわ」

「? ……………………………っ!」

言葉の意味を考えているうちにじわじわと顔が熱くなっていった。変な想像をしてしまったからだ。

いや、待て。どういう意味か本気で分からない。ソニアの将来設計において、俺はどの位置にいるのだろうか。

借金は嫌だから当分先だけどね、と前置きしてソニアは俺に告げた。

「これが私なりの引き留め方かしら。新しい家のこと、ヴィルも考えてみて」

「新しい家……」

その言葉からは幸せなイメージしか浮かんでこなかった。

過去の忌々しい思い出を全て消して、ソニアと二人でずっと……。

あと数年この生活を続ければ、今感じている罪悪感や背徳感は擦り切れてなくなる。未来の俺は何も憂うことなく笑っているだろう。

そんな予感がした。

翌日、樹海から戻るとアスピネル家から連絡が来ていた。

新種の魔障病がアズライト領の農村で確認された、と。

閑話　王子の嘲り

あの日から何度も考えてしまう。

僕はどこで間違えたのだろう。

魔女ソニアとの婚礼をぶち壊し、体に刻み込まれた契約を破棄してから、もうすぐ二か月になる。

その間ずっと城から出ていない。

少し前まで身分を隠して自由に旅をしていたせいか、今の生活は窮屈で仕方がなかった。城の人間の僕に対する態度が変わったせいもあるだろう。前は少し羽目を外しても「やれやれ」とため息を吐かれる程度だったのに、今は「見損なった」と言わんばかりに非難の目を向けられる。

彼らの態度は正しい。僕はやってはならないことをした。

国を挙げての盟約を破り、臣下の期待を裏切り、他国の賓客の前で失態を晒した。

僕を慕ってくれる人はだいぶ減ってしまったけれど、未だに王子として扱われるだけマシだろう。

ただ、皮肉なことに婚約破棄の一件で僕を見直したという人もいる。

「新しい婚約者探しをするそうですね。良いことです。国のため、民のため、何より王となるあなた自身のため、支えとなる女性を見つけなさい」

「……そのつもりです、母上」

ベッドに横たわったまま、この国の王妃は儚げな微笑みを浮かべた。ミストリア一の美女と讃えられていた頃の面影は薄れ、痩せこけて光沢を失った頬が痛々しい。

僕の母は体が弱く、もう何年も公の場に姿を見せていない。婚礼の儀ですら欠席していた。伏せっている原因は精神的なものだ。

母は大の魔女嫌いなのだ。

一人息子の僕が魔女と結婚する運命にあることを嘆き、夫との仲も険悪になり、心が参ってしまったらしい。

母は特に救国の魔女アロニアを憎んでいる。

二十年前の王都襲撃の際、アロニアは父にあっさりと玉座を返し、田舎に引き上げていった。そのせいか、当時民の間ではまことしやかに「父とアロニアが恋仲だったのではないか」と囁かれていたらしい。

二人が結ばれなかったのは、すでに父が母と結婚していたから。健気なアロニアは身を引き、側室の座さえも固辞した。しかしせめていずれ生まれ来る子ども同士を結婚させたいと、盟約を交わして別れたのだという。

……いかにも大衆が好みそうな悲恋のロマンスだ。

もちろん根も葉もないただの創作だろうが、恋の障害として揶揄された母は面白くなかったはずだ。

それだけではない。

やがて子ども同士が結婚するという盟約は、母の許可なく父が勝手に結んだらしい。母は隣国の王族の流れを汲む、由緒正しい家の出だ。自分が腹を痛めて生む子どもが、片田舎の魔女の娘と結婚すると決められ、腸が煮えくり返る思いだったのだろう。

単純に、母はアロニアに嫉妬しているのかもしれない。ミストリアで一番に讃えられる女性が、王妃の自分ではなく救国の魔女アロニアで、父が妻の意見よりもアロニアとの盟約を優先させたから。もしかしたら民衆の噂を半ば真に受けているのだろうか。

それでへそを曲げて心身ともに病むなんて、と呆れてしまうけれど……。

当時の雰囲気は当事者にしか分からない。下らない噂だと切り捨てられない何かが、本当に父とアロニアの間にあったのかもしれない。

それは僕が最も危惧することでもある。

もし本当に父とアロニアがただならぬ関係にあったとしたら。

二十年前のジェベラによる王都襲撃に、もしかしたら父も共謀していたのではないか。

ここ最近、恐ろしい想像を繰り返ししてしまう。あり得ないと思いつつも、不信感が消えない。

父が僕に何も言ってこないせいで、余計に疑惑は深まる。

幼い頃からずっとそうだ。僕を可愛がることはもちろん、厳しくしつけたり、邪険に扱うこともない。

父の僕に対する感情は無だ。世間話をした記憶は一度もない。放任主義にもほどがあると思う。

「本当に良かった。あなたがあの卑しい魔女の娘と結ばれることがなくて。あなたは陛下や愚かな民草(たみぐさ)とは違い、しっかり人を見る目を培(つちか)っているのですね。小さい頃はあまりそばにいてあげられなかったけれど、立派に成長してくれて……」

目頭を押さえる母に、僕はこっそりと顔をしかめた。

最近、母は体の調子が良いらしい。僕がソニア嬢と結婚しなかったことを心の底から喜んでいるようだ。

僕の心中は複雑だった。別に、母を喜ばせるためにソニア嬢との婚約を破棄したわけではない。もちろん全く影響がないとは言えないけれど。

幼い頃から母は顔を合わせる度に「魔女と結婚してはならない」と囁いてきた。アロニアを讃える人々の中で育っても、実の母の言葉は大きく、幼い意識に刷り込まれていった。

父に命令されないのを良いことに、僕は婚約者に会いに行くことはもちろん王都に招くこともしなかった。手紙のやりとりもおざなりで済ませていた。

自然と僕は魔女というものに懐疑的になり、亡き祖父の書庫を探るようになった。魔女狩りの正当性を証明すれば、ソニア嬢との婚約を破棄できると思ったから。

そうすれば母が元気になると無意識に考えていたのかもしれない。

馬鹿げている。

あの頃から既に僕は間違えていたらしい。母の望み通りになった今、喜ぶどころか苛立ちを覚えている。

「私はあなたを信じることにいたします。離れに囲っているという厭い子の娘も……利用しただけなのでしょう？」

その言葉に僕の心臓が嫌な音を立てた。

私室に閉じこもり、城内で希薄な存在となってもやはり一国の王妃だ。情報網は生きているらしい。

「聞けば、予知能力者というのは短命なのですってね。それに身寄りのない娘なのでしょう？　とても都合がいい」

「やめてください、母上。僕はエメルダのことを――」

「ああ、責めているのではありません。国を守るためには時に犠牲が必要なのです。賢いあなたならば分かっているでしょうが……彼女を日陰で一時可愛がる分には見逃しましょう。未来も自由もない哀れな娘には、私も多少の同情を覚えます。ただし、決して日の当たる場所に連れ出してはなりません。正統の王太子妃を苦しめるようなことは、あってはならないのです」

私はもちろん誰一人としてそんなことは許しません、と迫る母の言葉を、僕は曖昧な言葉でかわす。

公務があると見舞いを切り上げ、逃げるように母の部屋から辞去した。


執務室に戻ると、積み上げられた書類を蹴り崩したい衝動に駆られた。

奥歯を噛みしめてぐっと耐える。従者たち、と言っても父が配置した気心の知れていない者たちの手前、見苦しい真似はできない。

代わりに小さなため息を吐く。

セドニールがいれば、もう少し気の利いた人選をしてくれただろう。

幼い頃から僕を可愛がってくれた王の腹心は、病で職を辞したらしい。急なことだった。見舞いに行きたくとも今は謹慎中の身で、自由に城を出入りできない。

心を無にして、公務に取り掛かることにした。

公務と言っても、国内の経済に関する問題点や改善点についてのレポートを作成するだけだ。まるで学生のような仕事だが、有意義な提案なら議会で取り上げられる。僕の能力を試す場であり、名誉を挽回する機会となるので真剣に取り組まなければならない。そもそも手を抜ける立場にない。

資料を読み込みつつ、論点をまとめていく。

ここ数年、西部のアズライト領の発展は目覚ましい。人も物も集まり、金も潤っている。

大きな災害が発生していないこともあるが、一番の要因はやはりアスピネル家の世代交代だろう。新しく領主になったサニーグの辣腕ぶりには目を見張るものがある。

「…………」

アズライトと言えば、魔女の里ククルージュがある土地。すなわちソニア・カーネリアンの故郷である。

サニーグはソニア嬢の後見人だ。そういえば彼とは城での式典で何度か顔を合わせ、ソニア嬢の人となりを聞く機会があった。

『王太子殿下と並び立っても、全く見劣りせぬ美貌でございます。また、品格や知性も同様に優れております。どこに出しても恥ずかしくない、私の自慢の妹です』

貴族の賛辞は話半分に聞くに限る。

僕はそう断じ、相変わらずソニア嬢のことを軽んじていた。

……あのサニーグ・アスピネルが太鼓判を押す少女だということを、もっと気にかけておけばこのようなことにはならなかっただろう。

今でも鮮烈に脳裏に焼き付いている。

純白のベールから露わになった、燃えるような赤髪。

生まれて初めて見た婚約者の魔女は、僕が今まで出会ったどの女性よりも美しかった。いや、美しいだけなら取るに足らない存在だ。彼女の恐るべきところは頭の回転が早く、人心掌握の術を身につけていて、何があっても決して揺るがない絶対的な自信を持っているところだ。

あの婚礼の日からずっと考えている。

もしもソニア嬢と結婚していたら、今頃僕は王子として道を誤らず進めただろうか。王妃として考えるなら、きっと彼女以上の女性はいなかった。

「王子……レイン王子、そろそろ休憩なさってはいかがです？　根を詰め過ぎるのはかえって効率が悪くなりますわ」

気づけば、侍女のモカが傍らで心配そうな顔をしていた。いつものクールな彼女にしては珍しい表情だ。僕は一つの資料と長時間にらめっこし続けていたらしい。意識が全く別の方向に飛んでいたことに自嘲しつつ、休憩を取ることにした。

隣の部屋に移り、モカの淹れてくれた紅茶に口をつける。菓子やスコーンも並べられていたが、手を伸ばす気にはなれなかった。食欲が湧かない。

「すまない、下げてくれないか」

察したモカが目を伏せる。

「こういうとき、ヴィルさんなら……」

「そうだね。ヴィルがいれば代わりに食べてくれたのに」

ヴィルのいない部屋を見渡す。懐かしさと寂しさと罪悪感で胸が締めつけられた。

最初のうちは任務中だからと頑なにおやつの処理を固辞していたヴィルだけど、僕が強く勧めると断らなくなった。他の者に見つからないように急いでドーナツやマフィンを頬張る様は、僕から見ても和む光景だった。

侍女の中にはヴィルを怖がる者もいたけど、もしあの姿を目撃していればがらりと態度を変え、せっせと餌付けを始めるだろう。それくらい愛嬌があった。

……今頃ヴィルは、ソニア嬢にいじめられているのだろうか。それとも可愛がられているのかな。

ヴィルは王都を発つ前、「必ずソニアが悪しき魔女だという証拠を見つける」と息巻いていた。

多少単純で融通が利かない面はあるけれど、ヴィルは努力家だし、いざというとき頼りになる。

しかし今回に限っては、僕はヴィルを全く当てにしていない。

だって相手が悪すぎる。

ソニア嬢がヴィルに尻尾を掴ませるはずがない。

いや、そもそも彼女が本当に悪しき魔女かどうか分からない。

怜悧、優雅、泰然。

僕が彼女に対峙して抱いた印象は、稚拙な怪事件の手口とは正反対だ。

ソニア嬢が何か途方もないことを隠しているのは確実だ。しかし彼女自身は全くの無実なのではないか。

最近はそう思い始めているのだが、口に出すことはできない。

それはエメルダの予知を否定することになるから。

公務に区切りをつけ、日が傾いた頃、僕はエメルダのいる離れへ向かった。

中庭の真ん中にあるその建物は、三代前の花好きの王女のワガママで建てられたという。造りは洒落(しゃれ)ているし、内装はエメルダのために整えてある。城の一室に軟禁場所を設けるより閉塞感は少ないはずだ。

エメルダは予知能力者ゆえにこうして囚われているが、予知能力がなければもっと悲惨な扱いを受けていた。城勤めの術士たちが極力ストレスを与えないように、父に進言してくれたのだ。

「面会は手短に。会話は記録させていただきます」

「分かってる」

だが、部屋の入り口に見張りの兵が立っていては、快適とは言い難(がた)いだろう。扱いも日増しに悪くなっている。

軟禁されて以来、エメルダは一度も予知ができていないのだ。最近では全て狂言だったと決めつけられ、恫喝(どうかつ)まがいの尋問を受けているらしい。僕にできることは彼女を励ますことくらいだ。情けないことに止める力がない。

それに、僕自身も気になっている。

どうして急に予知が降りてこなくなってしまったのか。彼女は「できない」の一点張りで、説明してくれない。これでは庇おうにも上手くいかなかった。

簡素な部屋の中、エメルダはベッドに腰かけ、何をするわけでもなくぼうっとしていた。普段は明るい彼女もやはりいろいろと思い悩んでいるようだ。

「レイン様！」

僕を見てぱっと表情を明るくする少女に、心が軋んだ。

「遅くなってすまない。寂しくなかった？」

「大丈夫です。レイン様のお顔を見たら、すっごく元気になりました」

相変わらず純朴で可憐だ。

怪事件を追う旅の途中、彼女の笑顔にどれだけ癒やされただろう。一緒にいるだけで心が穏やかな気分になり、勇気づけられたものだ。僕をこんな豊かな気持ちにさせてくれる女性はエメルダの他にいない。

でも今は……正直彼女に会うのが辛い。

母の言う通りだ。僕はエメルダを利用していた。一緒にいるとその罪を思い知らされる。これは僕に科せられた罰だろうか。

僕が隣に座ると、エメルダは首を傾げた。ミントグリーンの髪がふわりと揺れる。

「レイン様は、少しお疲れですか？　私のせいで苦しい立場にいるから……」

しゅんと萎れた花のように項垂れる姿に、ますます罪悪感が増す。

「きみは何も悪くないよ。全て僕のいたらなさが原因だ」

僕はエメルダに報いなければならない。

彼女を山奥の村から連れ出し、危険な旅に同行させ、散々無理を強いた。予知能力を酷使すれば寿命がどんどんすり減っていくことを知っていながら、今もそれを隠している。

恐ろしい魔女の陰謀から国を守るためだ。知らない方がエメルダだって幸せなはずだ。

そう心の中で言い訳をして。

もちろんエメルダを愛しく想う気持ちは嘘ではない。

彼女の可憐な微笑みを見て、純粋な心に触れ、惹かれないはずがない。

エメルダを妻にする男は世界で一番幸福だろう。

だけど僕は、ただの男ではない。

いずれは数百万の民の上に立ち、彼らの生活を守る王となる。

最近身に染みて思うのだ。母の言う通り、多くの人を守るためには時に犠牲が必要だ。犠牲を強いる立場にいる以上、僕は率先して自らの心を犠牲にしなければならない。

すなわち、エメルダを愛しく思う気持ちを抑え込んででも、王子として賢い選択をするということだ。

「僕は平気だ。ただ、エメルダにこんな暮らしをさせていることが悔しくて、申し訳ない……」

「そんなそんなっ、いいんです。わたし、どんな形でもいい。レイン様のおそばにいられれば幸せですから」

その言葉に一瞬だけ心が舞い上がる。しかしすぐに全身が鉛（なまり）のように重くなった。

ずっと僕のそばにいたい。

それがエメルダの願いだとしたら、僕は――。

それからエメルダは今日の出来事を語った。

「午前中にはチャロットくんとシトリンが来てくれたんです。今流行中の本や、いい香りのするお花をくれました」

「そう……良かったね」

チャロットには随分と迷惑をかけている。

婚約破棄の儀式に使われた供物の用意や、方々への根回し、さらに国内の情報収集。おまけに行くあてのないシトリンを預かってくれている。

『気にすんなよ。王子が王様になったら利子付けて返してもらうぜ！』

懐の広い男だ。チャロットは商人として王族とのコネクションを大切にしているだけだと言いつつ、損得勘定抜きに危険な橋を渡ってくれている。

「でも、シトリンからヴィルくんからのお手紙が全然来ないって聞いて……すごくすごく心配になりました」

ヴィルからは二度ほど「今のところ異常なし。ククルージュに怪しい動きは見られない」という簡素な手紙が届いた。エアーム商会経由でやりとりされているし、間違いなくヴィルの筆跡なのですり替えの恐れはない。

無事なのは確かだ。

脅されたり、籠絡されていないかは気になるが、義理堅いヴィルのことだ。よほどのことがない限り、ソニア嬢に屈することも心変わりすることもないだろう。

「エメルダは最近いつもヴィルの心配をしているね」

「え、だって本当に心配で……ヴィルくんはご両親をアロニアに殺されたようなものなのに。可哀想」

仇の娘に服従を強いられるのは気の毒だ、と言いたいらしい。エメルダに心から心配されていると知れば、ヴィルは歓喜するだろう。

エメルダはなかなか罪深い。

旅の最中、ヴィルに無邪気に微笑みかけ、心を奪いながらも、それに気づかず振り回していた。そして二人が友人として親しくなっていく姿に、僕の方も気が気ではなかった。

天然なのだろう。狙ってやっていたとしたら、恐ろしすぎる。

僕は焦り、みっともなく抜け駆けしてエメルダとの仲を進展させた。ヴィルは最初からエメルダと恋仲になるつもりはなかっただろう。僕はヴィルにも負い目がある……。

「それにわたし、旅の間、何度もヴィルくんに助けてもらったから、離れると不安なのかもしれません。落ち着かないというか……」

「ああ、それは確かに」

ヴィルは魔獣や魔女から体を張って僕たちを守ってくれた。彼がいなければあっさり死んでいた場面がたくさんある。

「レイン様、ヴィルくんを返してもらうことは難しいですか？」

「……ごめん。今は難しいだろうね」

婚約破棄の賠償として差し出した騎士だ。返してくれなんて言えるわけがない。

それに、今ヴィルに帰ってこられると少々ややこしいことになる。

僕は今からエメルダに残酷なことを告げる。ヴィルがいたら絶対に僕を許さないと思う。どこまで卑怯なのだろう。ここまで自分を嫌いになれるなんて思わなかった。

「エメルダに、言わなければならないことがある」

「……なんですか？」

「近々新しい婚約者を探すことになった。僕は、エメルダ以外の女性と結婚することになる」

エメルダは虚を衝かれたように固まり、しばらくして両手で口元を覆った。みるみるうちに鶯色の瞳に涙が溜まっていく。

「そんな……っ」

「すまない」

少女の青ざめた頬にぽろぽろと涙がこぼれていく。

僕は彼女の冷え切った手を取り、両手で包み込んだ。

「だけど僕はきみと別れたくない。手離したくない。きみだけを愛していたい」

「レイン様……」

「現状、僕に政略結婚を避ける力はない。でも、もしも……」

僕が言葉を詰まらせると、エメルダがそっと手を握り返してきた。

「なんですか？　どうすれば、二人で幸せになれますか？」

「エメルダが……本物の予知能力者だと証明されれば、あるいは」

室内に重い沈黙が降りた。

エメルダは僕の手を離すと、次から次へと溢れてくる涙を拭った。

「ほ、本当は……一つだけ視えている未来があるんです」

僕はもちろん、部屋の外で会話を聞いている見張りたちも顔色を変えたはずだ。

「本当に？　どうして今まで黙って……いや、いい。教えてくれる？」

エメルダはたっぷり悩んだ末、震える声で告げた。

「レイン様が、呪われて、倒れる未来が視えて……信じたくなくて」

「僕が呪われる？」

ポツリポツリとエメルダは話してくれた。

ある日突然、僕の全身に黒い痣が現れ、苦しみ呻き出す。しかし未来の映像は不鮮明で、周囲の状況が定かではない。いつ倒れるのか、その後僕がどうなるのかも分からないらしい。

「外れたらどうしよう、でもこんな予知なら外れた方がいい……そう考えていたら言い出せなくて……ごめんなさい」

再び激しく泣き出すエメルダの肩を抱きながら、僕は思案した。

呪い。

それは魔女の「七大禁考」の一つ。

術者の精神が強く作用し、対象者を殺す。

感情の力ゆえに制御できず、術式に整えることもできない。時に周囲にも大きな被害をもたらす禁断の力だ。

「呪われるということは、僕は誰かの恨みを買っているってことか」

誰だろう。最近臣下から疎まれている自覚はあるけれど、殺したいほど憎まれているとは考えにくい。未来の権力争いという点でなら、腹違いの弟――第二王子のクラウディが怪しいけれど、彼は玉座に全く執着がない。その母親も側室という立場を十分に弁えている女性だ。権力目当てに感情のタガを外してまで人を呪い殺しはしないだろう。

「きっとあのヒトです……あの紅い魔女が」

エメルダはソニア嬢が犯人だと推測しているようだ。婚約破棄の一件が許せず、僕を呪うに違いない、と。

僕は……そうは思えないな。

ソニア嬢の信奉者が僕を恨んで呪うことはあり得るけれど、彼女自身が僕に強い感情を向けてくるだろうか。もはやどうでもいいと思われていそうだ。

「エメルダ、ありがとう。勇気を出して教えてくれて。呪いに対抗する手段がないか、術士に相談してみるよ」

「はい。絶対、絶対に死なないで下さい……っ」

エメルダの小さな背中を撫でる。心が潰れるような思いをした少女に、ますます報いなければと僕は覚悟を決めた。

この予知が当たるのか外れるのか。

どちらの方が都合が良いかをまず考えてしまい、僕は自分を嘲った。

十九　血の連鎖

私とヴィルはアスピネル家に招かれた。新種の魔障病が確認された件で話があるみたい。

サニーグ兄様は珍しく険しい顔をしていた。

「マリアラ領からの情報によると、今回の魔障病は従来の治療薬が効きづらく、患者によって症状の差が大きい。人によってはのた打ち回るほど全身が痛み、眠ることもできない。発症して一週間が生死の分かれ目となる」

魔障病は体内の魔力の流れがおかしくなる病気。普通は風邪のように体が怠くなって寝込んでしまうのだけど、新種の魔障病は痛みを伴うみたい。かかりたくないわね。

「とにかく奇妙な点が多いな。感染率が地域によって全く異なるのが気になる」

地図で感染の分布を見せてもらったけれど、確かに奇妙な広がり方だった。例えば街道沿いに村が密集している地域で感染者が全く出ない土地があったり、大きな町の中で西と東に患者が偏っていたり。また、ある村では村人の九割が病に倒れたけれど、違う村では三つの家で確認されただけだった。

「薬や医者の数の偏りが原因ではないの？」

「いや。比較した村の条件はほぼ同じだ。しかもある日突然、村全体でぴたりと感染が止まり、患者が劇的に回復する。医師や術士が原因を調べているが、未だに理由が分からんらしい」

「確かに気になるわね」

私もいろいろと大陸の医術書を読んだけれど、感染病が一斉に治るという事例は聞いたことがない。これでは病と言うよりもむしろ……。

「それで、兄様。魔障病の対策で忙しい中、私を呼び出してまでその話をした理由は？」

予想はできているけどね。

兄様も私が察していることに気づき、薄く笑った。

「ソニア。今現在アズライト領で魔障病が確認された農村……バンハイドに出向き、治療に手を貸してほしい」

「は？」

間抜けな声を出したのはヴィルだった。私と兄様の視線を受け、慌てて首を横に振る。

兄様は話を遮られたことに気分を害した様子はなく、ただ小さく息を吐いた。

「……魔女や核持ちの人間が魔障病にかかると、症状が重篤になるのは知っている。無理は承知の上だし、私だって本当は可愛いソニアを危険に晒したくない。だが、魔力に関する事象ならば魔女の知恵を借りるのが一番だ。私はソニアを信頼しているがゆえに、切り札として使う」

本当に、兄様って傲慢で人たらしね。呆れてしまうわ。

でも上に立つ人間はこうでなければ。身内可愛さにカードを切り損ねるような間抜けは信じられない。

「こうしている今も民が苦しんでいる。一人でも多く救うため、できることを全てし尽くさねば私の気が済まない。……五年前の過ちを繰り返したくないからな」

そうね、私も同じ気持ちよ、兄様。

「いいわ。行っても。ククルージュにまで広まったら困るもの。早く新しい治療薬を調合しないと」

「そう言ってくれると思っていた。ただ、手がつけられんと判断したら、引き上げてくれていい」

「ええ、無理はしないわ。だけど、いいのね？　場合によっては兄様の民に新薬の臨床試験を受けてもらうかもしれない。魔女の薬は強力だけど、代わりに副作用も強いのよ。私の薬がとどめを刺すかもしれない」

医術の心得があるとはいえ、私は医者ではない。たかだか十六歳の魔女が領主の名の下に派遣され、何かあったら問題になると思うのだけど。

「生死の境を彷徨う患者本人か、その家族の了承がとれるのなら問題ない。リミットは一週間と短い。現場のことは現場の判断に任せ、責は私が負う」

兄様はもう一度言った。私はソニアを信じる、と。

「私とお前の仲とはいえ、これはビジネスだ。報酬は弾む。……これくらいでどうだ？」

半年遊んで暮らせそうな金額を提示された上、新薬が完成した暁にはレシピを高額で買い取ってくれるみたい。兄様、太っ腹ね。でも私は首を横に振る。

「レシピは無償で提供するわ。利権は面倒だから要らない。報酬もその金額の七割でいいわ。でもそうね……今年の黄金きりん一座の公演チケット、買いそびれてしまったのよね。兄様なら手に入る？　二枚ほしいの」

人気の旅の一座の演劇チケットだ。今から手に入れようと思ったら、違法な転売を生業とする者からしか買えない。前世で言うところの〝てんばいやー〟に近いかしら。滅べばいいのに。まぁ、コネを使って入手しようとする私に言えた義理はないわね。

「私を誰だと思っている。特等席を用意してやろう」

「ありがとう、兄様」

取り引きは成立した。

そうと決まれば、ゆっくりしている暇はない。今日中に支度して、明日にはバンハイドに向かわなくっちゃね。

帰り道の竜車の中でヴィルは腑に落ちない様子だった。人助けなんて私の柄じゃないとでも思っているのかしらね。その通りだけど。

「いいのか？　その……新種の魔障病なんだろう？　感染したら危険だ」

「まぁ、ヴィル。心配してくれるの？」

ヴィルは小さな声で「当たり前だろ」と呟いて、そっぽを向いてしまった。怒っているのか照れているのかどちらかしら？

「ククルージュに籠っていても感染するリスクはあるわ。早めに手を打っておいた方がいい。それに報酬も魅力的」

お金儲けに走ると宣言してすぐに、こんなチャンスが巡って来るなんてね。何か作為的なものを感じるけれど……それならそれで後手に回るのは面白くない。兄様に恩を売っておいて損はしないでしょうし。

「ヴィルはお留守番でいいわ。あなた、体内魔力量が魔女並みだもの。感染したら苦しいわよ」

「そんなわけにはいかない。主が危地に向かうのに、付いていかない従者がいるか。それに人手は多い方がいいだろう」

「そう？　どうなっても知らないわよ」

分かっている、とヴィルは深く頷いた。

連れて行くのは迷うところだけど、離れているのも不安ね。目の届くところにいてもらった方がいいかしら。男手が必要な場面もあるでしょうし。というか忠犬っぽいセリフが気に入ったわ。

同行を許した後、ヴィルが躊躇いがちに問うてきた。

「聞いていいのか分からないが……五年前にサニーグ殿に何かあったのか？」

調べればすぐに分かることよね。隠すことでもないし、私は話すことにした。

「五年前、兄様は婚約者を流行病で亡くしているの。ちなみにユーディアのお姉様よ」

思い出補正もあるかもしれないけど、ユーナというその女性はとても綺麗な人だった。おっとりとした優しい人で、異性にはもちろん同性にも嫌われない稀有な人だったと思う。ユーナさんの死には多くの人が涙を流した。兄様の涙を見たのは彼女の葬儀のときが最初で最後だ。

あまり喋ったことはなかったけれど、私もそれなりにショックを受けた。アスピネル家で王妃教育を受け始めた頃、不安でいっぱいだった私に声をかけ、励ましてくれたことがあったから。

「決して治らない病じゃなかったみたい。ただ、初期対応が遅れただけ。ユーナさんも病状の進行を甘く見ていて、手遅れになるまで誰も気づけなかった」

当時、「なんて馬鹿な人だろう」と呆れ果てたわ。

自己管理くらいしっかりやってほしい。ユーナさんの死が周囲にどれだけの影響を与えたか。気づかなかったことで兄様もユーディアも傷ついて、自分を責めていたもの。

私も、少なからず彼女の死の影響を受けた。

薔薇の宝珠や「七大禁考」を求める者たちの気持ちが分かってしまったもの。

たとえ多大な犠牲を生むと分かっていても、愛しい人を救えるのなら……。

兄様は何も言ってこなかったけれど、もし宝珠が完成していたら求めたかもしれない。そう思うと怖かったわ。

「壮絶だな……サニーグ殿は、亡くした婚約者の妹君と結婚したのか」

元々ユーナさんとは政略結婚だったみたいだから、家同士の繋がりを保つために、新たなパートナーとして妹のユーディアが選ばれた。

ユーディアはものすごく複雑な気持ちだったと思うけど、ずっと片想いしていた兄様を支えるためにも、婚姻を受け入れたみたい。

兄様たちの心の平穏のためにも、今回の魔障病の被害を減らさなくてはね。


ククルージュの屋敷に戻って薬の素材や器具、旅の支度を整えるとあっという間に夜になった。

私はヴィルに先に休んでいるように命じて、一人で家を出た。

向かう先は長老――ばば様のツリーハウス。

ばば様は大きな眼鏡をかけて本を読んでいた。私の来訪を予見していたみたいに落ち着いて出迎えてくれた。

「魔障病が蔓延しているバンハイドに行くことになったの。多分、長くても一か月くらいで帰れると思うけれど、留守の間よろしくお願いします。何かあれば黒ふくろうを飛ばして知らせて」

「あい、分かった」

前置きは済んだ。私は本題に入ることにした。

大仕事の前に聞くことではないけれど、気になって仕事が手につかないかもしれないから。

「ねぇ、ばば様。前に私とヴィルが連れ立っているのが奇縁だって言っていたわよね。それってどういう意味？　もしかしてお父様――アンバートとクロス・オブシディアは……」

ばば様は目を閉じたまま動かなくなった。少し心配になって「ばば様？」と呼びかける。

「もう三十年近く昔の話じゃ。黒艶の魔女スレイツィアを訪ねたことがある。そこに二人はおった。美しい少年を好むスレイツィアの奴隷のようじゃった」

黒艶の魔女スレイツィアは大陸中を転々とし、数々の伝説を残した恐ろしくも偉大な魔女だ。百歳まで生きて一時代を築いたらしいわね。確か緑麗の魔女ジェベラの師匠だったはず。

スレイツィア、ジェベラ、そしてアロニア。三代の魔女の師弟の間をアンバートは渡っていたのね。

嫌になってしまうわ。まだ私の知らない事実があったなんて。

「アンバートとクロスに血の繋がりはないわよね？」

「ああ。兄弟のように仲の良い様子じゃったが、各地で攫われてきた子たちじゃろうて。もしくは、造られたか」

「造られた？」

「晩年スレイツィアは人造生命の研究をしておったという。成功したという話は聞かなかったがのう。あの二人にも何らかの手が加えられていたかもしれん。妖艶な雰囲気だけはそっくりじゃったな」

私は無意識に腕をさすっていた。鳥肌が立っている。

いろいろと酷い話だ。私とヴィルのどちらか、あるいは両方ともしかしたら人造生命の血を引いているかもしれない。

そうなるとクロスが魔女狩り部隊を指揮していたというのも、幼少の頃の復讐だったのかもしれないわね。

「わたしが訪ねてから数か月後、スレイツィアは寿命が尽きて死んだ。葬儀のとき、もう二人の姿はなかった」

その後クロスは騎士となりミストリア王家に仕え、アンバートは男娼に身を落として魔女に与した。

二十年前の王都襲撃のとき、大人になった二人は対峙したのだろうか。クロスが悲惨な死を遂げたとき、お父様は何を思ったの？

「ククルージュができた頃、アロニアがアンバートを連れていて驚いたもんじゃ。何があったのか尋ねたが、あの男ははぐらかして真実を語ろうとはしなかった」

どうしてそんな大切なことを教えてくれなかったのと、ばば様を責めることはしないわ。魔女は秘密を大切にする。聞かれもしないことを答えたりはしない。

私が迂闊だったのよ。

まさか父親同士に因縁があったなんて。私とヴィルを結ぶ糸は拗れすぎている。

「クロスもアンバートもジェベラもアロニアも死んだ。真実を語る者はいない」

全ては闇の中じゃ、とばば様は俯き、それきり言葉はなかった。

二十　バンハイドの病み

アンバートとクロスの生い立ちについて、思うところはいろいろあった。

父親同士が兄弟のように仲の良い奴隷仲間だったなんて、確かに奇縁だわ。

それに、黒艶の魔女スレイツィアが人造生命の研究をしていて、二人がサンプルかもしれないというのは衝撃的だった。

でも、妙に納得できてしまった。

私は自分の体の『特異性』を知っている。尋常ならざる魔力量や魔術に対する才能も、お母様譲りではない可能性がある。その他もろもろ、私の普通ではない部分はお父様からの遺伝かもしれない。

ヴィルだってそう。

二代続けてミストリアで一、二を争う騎士というのも、もしかしたら体に秘密があるのかもしれない。本人の血の滲むような努力を否定するのは可哀想だけど。

スレイツィアはどんな人造生命を生み出そうとしたの？

アンバートとクロスの間に何があったの？

知りたい。調べたい。自分とヴィルの体を検査し尽くしたい。

その衝動を堪え、私はヴィルとともにバンハイドに向かった。

引き受けた以上は仕事を完遂しなくてはならない。人命に関わることだし、兄様には見損なわれたくないのよね。

竜車が全速力で荒野を駆ける。ユニカは今回もお留守番。お世話はマリンたち見習い魔女に任せてきた。

「なんだ、ジッと見つめて……何か心配事か？」

「何でもないわ」

ヴィルは「何でもないならあまり見るな」と居心地が悪そうだった。

ごめんね。

ヴィルにはまだお父様たちのことは話せない。動揺させるだけだろうから。

それに、お母様だけでなくお父様までヴィルのご両親の死に深く関与していたら、さすがに申し訳ないというか……言い出しづらい。せっかく懐いてきたのに、また警戒されたら面倒なんだもの。

◆

バンハイドは人口五百人足らずの何の変哲もない農村だった。ただ、畑と小川ののどかな風景とは裏腹に村の雰囲気は緊迫している。

悲壮感たっぷりの村人、四方へ忙しく駆け回る医療関係者、そして苦しげな息遣いの患者たち。

村の集会場が臨時の隔離施設になっていた。私とヴィルは到着して早々、兄様が先に派遣していた医師や術士から説明を受ける。

新種の魔障病の感染者はすでに五十人ほどいて、その中でも十人は症状が重い。従来の薬を投与しても効き目は薄く、現状手の施しようがないとのこと。

「今のところ感染者の増加は止まっています。しかし症状が改善している者はいません。このままでは体力の尽きた者から……」

最初の村人が倒れてからすでに六日。そろそろ限界でしょうね。

「ヴィルは炊き出し班や荷運びを手伝ってきて。なるべく患者に接触しないようにね」

「ああ、ソニアは……」

「一通り診察してくるわ。大丈夫よ。魔力の制御は得意なの」

魔障病の原因は、自然界の魔力の川の変化だと言われている。

川の流れが変わるとき、ごくまれに特殊な波動を発する。その波が生物の体内の魔力を大きく揺らし、体調を崩してしまうの。波動は次々と周囲の人間に伝わり、感染が広がっていくというわけね。

だから、体内の魔力を安定させれば理論上は魔障病にはかからない。魔力制御が得意な私は普通の人間より、いいえ、普通の魔女よりもずっと感染しにくいはず。

……もっとも、変化の程度によるけどね。

天気に例えると分かりやすいかしら。

小雨程度なら誰でも外を歩くことはできる。でも大粒の雨や強風に打たれて平気でいられる人間は少ない。私は大抵の天候なら優雅に歩けるけれど、激しい雷雨に見舞われればさすがに足を止めるか走り出す。つまり、魔力の制御を乱すことになる。魔力量の多さも相まって、ひどい症状になるでしょう。

　でも、バンハイドの印象は雨ではないわね。

　まるで霧の中を歩いているみたい。不自然な魔力の動きがあるのに掴みきれない。見えない視界の先に恐ろしいものが隠れている。魔障病が蔓延した地域に足を踏み入れたことがないから比べられないけれど、この村からはとてつもなく嫌な感じがする。油断は禁物ね。

　私は許可を得て一人一人の病床を回った。

「どうですか、ソニア様」

　付き添いの術士に問われ、私はとある男性患者の首筋に触れる。脈拍は微弱。魔力の流れは今にも途切れてしまいそう。今夜が峠というのが術士の診断だった。

「荒療治だけど、試してみましょうか」

　今から薬を調合していたら間に合わない。外側から魔力の流れをコントロールしてみましょう。

　私はほんの一滴分、自らの魔力を男性に注ぎ込んだ。そして体内を循環するように念じる。

　患者は一瞬苦しげに呻いたけれど、すぐに大人しくなった。

「おお、体内魔力が安定しました！」

　魔力を通じて全身をくまなく診る。すると、違和感を覚えた。

　おびただしい量の悪意が蠢く気配。

　これはもしかして——。

「ダメね……乱れる力の方が大きい。しばらくしたらまた危篤状態に戻るわ」

　これ以上魔力を注入すれば、拒否反応を起こしてとどめを刺すことになりかねない。これでは苦しみを長引かせるだけ。

根本的な解決が必要だわ。

次に、今のところ健康な村人たちの検査に立ち会った。みんな不安そうにざわめき、長い列を作っている。中には旅人と思(おぼ)しき女性もいた。

「あら？　ラズという子どもが一度も検査に来ていないようですが」

一通り検査し終わり、医者が村人の名簿を見て首を傾げた。

「あんな奴はどうでもいい」

「この村の疫病神よ。汚らわしい」

「そんなことよりもウチの娘を早く助けてくれよ」

村人たちは吐き捨てるように言った。病気への不安でイライラしているのかしら。

歳の近い青年にラズのことを尋ねたら、事情をぺらぺらと喋り出した。なんだか高揚しているみたい。

私は身分を隠さず、救国の魔女アロニアの娘であることを告げてある。私が訪れることで村人たちの気持ちが上向くだろう、と兄様にも言われてしまったもの。実際、有名人が来たとはしゃぐ村人もいた。この青年もその一人。

「あいつの母親、最悪だったんですよ。俺の親父も騙されて、おふくろが鬼のように怒って大変でした」

ラズは娼婦が産んだ子ども。母親は町の娼館で盗みを働いて職を失い、客との間にできたラズとともにこの村に身を寄せた。しかし数年の間に複数の村人を誘惑し、財産を掠め取って行方をくらませたという。詐欺罪で指名手配中なんですって。

ラズはこの村に置いてきぼりにされ、以来ずっと忌み嫌われて育ったみたい。

いっそ村から追い出せばいいのに、奴隷同然の扱いで重労働を強いている。何の罪もないラズを不満のはけ口にしているというわけね。でも村人たちはそのことに全く罪悪感を抱いていない。

どこにでも似たような話は転がっている。

心が痛んだりはしないけど、あまり良い気分はしないわね。特に母親の不始末を押し付けられた部分には、思わず同情してしまいそうになった。

「もしもその子が感染していたら隔離しないと……手の空いている者で探しましょう」

村人の話では、ラズは裏の山の洞窟か畑の納屋、あるいは家畜小屋にいることが多いんですって。

私も村の様子を見て回りたかったので、捜索に加わることにした。途中、ヴィルも合流してきた。

二人で騎獣や家畜の小屋に向かう。

「どうなんだ？　新種の魔障病は」

村の女衆に混じって炊き出しを手伝ってきたヴィルは、子どもや夫を心配する声を聞き、すっかり村人に感情移入してしまったらしい。ものすごく心配そう。

周りに人の気配がないことを確認して、私はヴィルに耳打ちする。

「私の見立てだと、これは魔障病ではないわね」

術士たちが気付かないのも無理はない。体内の魔力異常を引き起こす症状自体は魔障病に酷似している。広範囲に被害が及んでいれば、感染病を疑うのが普通だもの。

でも今回の感染の仕方はおかしい。

地域によって被害が出ていないところがあるし、症状の重さにも差がある。自然じゃない。

「は……？　どういうことだ」

「まだ確信が持てない、というか信じられないけれど、これは――」

そのとき、家畜小屋の扉が動いた。中から小さな人影が現れ、私とヴィルは足を止める。

顔や服の間から見える肌に包帯を巻いた少年。なんて虚ろな瞳……とても八歳前後の男の子がする目じゃないわ。

体つきもそう。この年齢の平均的な体型よりもずっと細く小さい。満足に栄養が摂れていないのだと一目で分かる。

「あなたがラズね。私たち、病気の治療をお手伝いに来たの。あなたのことも診させてもらっていいかしら？」

私がにこりと微笑みかけても、ラズの顔色は変わらない。全てを諦め、疎むような無表情だった。

返事がないのをいいことに私は小屋に踏み込んだ。ラズには抵抗するだけの体力がないようだった。

小屋の中には干し草が積まれている他には何もなく、少し臭った。

茶色い子犬が飛び起きて吼え、一気に騒がしくなる。

「お邪魔するわね。大丈夫。痛いことは何もしないから」

威圧、ではなく軽やかに挨拶をして黙らせる。子犬はきゅうんと鳴いて、ラズの足元に隠れてしまった。

「ここで寝泊まりしているの？」

こくり、とラズは頷き、自らの腕を庇うように抱いた。人間らしい暮らしをしていないことが恥ずかしいのかもしれない。私もヴィルも、その辺りの事情を馬鹿にしたりしない。

「怪我をしているのか？」

ヴィルが問うと、ラズは一気に小屋の隅まで後退した。多分、体格の良い男が怖いのでしょう。腰に剣を差しているからなおさらね。日常的に村人に暴力を振るわれているのかしら。

「怖がらないで。彼は私の犬みたいなもの。そこのワンちゃんと一緒よ」

「誰が犬だ。……本当に何もしない」

ヴィルがしゃがみ目線を合わせると、ラズは小さく頷いた。

私はヴィルにこっそり食事を持ってくるように命じた。医者たちにも私がラズを診察していることを伝えてもらう。

私はラズの手を取り、体内の魔力の状態を確かめた。包帯ごしに伝わる体温は冷たく、指先がかすかに震えていた。

「感染はしていないわね。でもだいぶ消耗している。あなた、核も創脳もないでしょう？」

頷くラズは不安そうだった。

包帯を解こうとするとやんわり拒絶された。無理強いするのは良くなさそう。

ヴィルは卵と野菜のスープと柔らかいパンを運んできた。胃腸に優しいもので良かった。脂っこい肉の塊を持って来たらどうしようかと思ったけど、常識はあるみたい。

でも子ども一人分としては非常識な量を持ってきた。せっかくなので私とヴィルもここで一緒に食事を取ることにした。そういえばお昼を食べていなかったから。

「二人とも、もっとゆっくり食べたら？」

同時に頷くヴィルとラズ。でもスプーンを動かす手のスピードに変化はない。羨ましそうに食事風景を見つめていた子犬にはミルクをあげた。

「このワンちゃん、なんていう名前なの？」

「……チルル」

それからラズは問いかければちゃんと言葉で答えてくれるようになった。チルルは野良犬でおそらく母犬に捨てられたらしいこと。他人とは思えなくてずっと食事を分け合ってきたこと。温かい食事を取るのは久しぶりだと聞き、ヴィルは幼少期を思い出したのか顔をしかめた。

食事が終わるとラズは干し草のベッドにだらりと倒れ込んだ。緊張して疲れたみたい。元々具合が悪かったみたいだけどね。

「ラズ。このままここにいたら体を壊すわ。私たちの宿に来る？」

この村にはたまに冒険者が立ち寄るため、副業として宿屋を経営している農家が多く、宿泊施設には困らない。私たちはバンハイドで一番良い宿を取っている。

ラズは嫌だと首を振った。どうせ宿屋の主人に怒鳴られ、追い出されるだけだって。

「じゃあ村長に話をつけてあげるから、よその町で暮らす？　この村にこだわりはないでしょう？アズライトの領主様はお優しいから、もしかしたら貴族の養子にして下さるかもしれないわよ」

私の言葉にヴィルは少し驚いたようだった。過剰な施しだ。もちろん、同情心でこんな提案をしているわけではない。私には確かめたいことがあった。

「いい。この村に、いる」

ラズは幼さの欠片もない仄暗い瞳で私を見上げた。

「どうして？」

「……見たいから」

「え？」

小さな唇に笑みが浮かぶ。

「この村が、滅びるところが見たいから」

冷え冷えとした声の中に強烈な憎悪を感じ、私もヴィルも言葉をなくした。

番外編　主従逆転ごっこ

俺がククルージュで暮らし始めて一か月と少しが経った。里ののどかな空気にも慣れてきて、ほっと息をつけるようになってきた。

とは言え、刺激がないわけじゃない。ファントムに殺されかけたり、ソニアの壮絶な過去を知ったり、怪事件の動機が宝珠の材料集めだと判明したり、なかなか濃い毎日を送っている。

ここに来てからずっと今後の身の振り方を悩んでいるのだが、結局のところ国王からの返事次第という結論に落ち着き、思考は停滞してしまった。とりあえず、目先の労働に精を出す日々だ。

よく晴れたある日の昼下がり、薪割りを終えた俺の元にソニアがやって来た。

「お疲れ様。これだけあれば、しばらくは大丈夫そうね」

「薪はどこへ運べばいいんだ？」

「外の納屋に入れておいてくれる？　終わったらキッチンに来てね。ご褒美をあげるわ」

俺は瞬時に答えた。

「大盛りがいい」

「ふふ、今日だけよ？」

ソニアは機嫌良さそうに頷いて、屋敷に戻っていった。

ご褒美は間違いなく菓子だ。そろそろお茶の時間だからな。ソニアはたまにどうやって作ったんだと言いたくなるような菓子を出してくる。今日はなんだろう。顔には出さないが、毎日かなり楽しみにしている。

早く食いたいな。午後から延々と薪割りをしていたため、だいぶ腹が減っている。気持ち急いで片付けをしていると、木の陰から刺すような視線を感じた。

「っ！」

反射的に振り返って斧を向けると、俺と相手の口から同時に悲鳴が漏れた。

「っ……なんだ、ファントムか」

亡霊と見間違えた。少しでいいから存在感や生命力を出してほしいものだ。

「うぅ、凶器をしまえぇっ……！」

斧を切り株に置くと、半泣きのファントムが恐る恐る近づいてきた。

「しばらく黙って見守ろうと思ってたけどぉ、限界！　ヴィルぅ、お前、図々しいぞぉ……っ」

「……は？」

「ソニア様への態度、全然従者らしくない……っ！」

ファントムに注意される筋合いはないが、言葉自体はもっともだ。例えば王都の貴族街なら、俺のような不遜な従者はすぐクビになる。

出会ったばかりの最悪な態度よりはマシになったと思う。だが、一般的な主従に比べると異質なのは確かだ。従者になった経緯が特殊なせいもあるが、俺とソニアの性格に問題があるのだと思う。

俺が無愛想なのは元からだが、ソニアに対しては輪をかけて突き放したような言い方になってしまう。みっともないところばかりを見られてきた気恥ずかしさで、今更普通に接することができない。つい考えすぎて何もできない。ようするにヘタレなのだ。

一方ソニアは、いつも俺を過剰に甘やかしている……ような気がする。おやつや夕食を作ってくれるだけでなく、大抵のことは笑顔で許してくれる。何を考えているのかイマイチよく分からないが、ソニアの寛容を当たり前に思ってはいけない。

俺たちはあくまで主従なのだ。飼い主とペットではない。

今の俺とソニアの距離はどこかおかしい。近すぎるような、遠すぎるような、不思議な関係になりつつある。

思い返せば、敬語を使っていないことがまずおかしい。……まぁ、俺は一国の王子にもたまにタメ口だったのだが。モカにもよく注意されたな。いくら親友でレイン王子本人の希望だったからといっても、今思うとかなり不敬だった。

懐かしさやら自分の至らなさやらで自然とため息が出た。ファントムがびくりと震える。

「と、とにかく！　ソニア様が優しいからって、ちょ、調子に乗るなよっ……一緒に料理をしたり、寝癖を直してもらったり、お揃いのタオルを使っていたり、いろいろズルイぃっ！　以上！」

ファントムは言い切るなり走り去った。

「…………」

見られていた恥ずかしさから俺はその場にうずくまった。

……くそ、俺がまだ騎士の職に就いていたら、ストーカーとしてしょっ引いてやるのに。口惜しい。

俺としたことが覗きに気づかないとは不覚だ。さてはファントムの気配消しは生まれつきではなく、ストーキングで身につけた技だな。


「――と、いうことがあったんだが」

「今度から細心の注意を払いましょう。度を超すようならコーラルに言いつけるわ」

紅茶を飲みながら、ソニアは肩をすくめた。

今日のおやつは豆乳の焼きドーナツだった。素朴な甘さが口に広がるヘルシーな一品。何個でも食べられそうだ。

一旦おかわりに手を伸ばすのを止め、俺は拳を握りしめて切り出した。

「……俺が従者らしくない点についてはどう思う？」

「え？　別に今のままで構わないわよ。最初に言ってあったでしょう？　かしこまった態度も敬語も必要ないって」

「だが、必要ないというだけで、俺が本来の従者らしい振る舞いをしても別に構わないよな？」

ソニアは首を傾げた。

「従者らしい振る舞い、ね。急にどういう風の吹き回しかしら？」

「もう反抗する理由もないのに、主への態度を改めないのは怠慢(たいまん)な気がしてきた。他人に指摘されてしまうと余計に」

衣食住付きで給金までもらっているのに、主に対して無礼な態度をとる。考えてみれば最低ではないだろうか。

ただでさえ最近はソニアとの距離感が掴めなくなっている。そろそろ主と従者として明確な線引きをすべきだ。

「本当にヴィルは真面目ね。他ならぬ主が気安く接してほしいと願っているのよ。主の希望通りに振る舞うのも従者の務めではなくて？」

「もちろん命令ならば従う。だが、俺の自由にしていいのなら、これからは従者らしく弁えて、適切な距離感を保ちたい」

口だけじゃない。おやつだって……我慢するさ。こうして主と一緒に休憩することもなくなる。それが普通で当たり前だ。

ソニアはすっと目を細めた。従者らしく振る舞いたいと言っておきながら、少し出過ぎた発言だっただろうか。

「最初からならともかく、今更そんなビジネスライクな態度は……いいわ、分かった」

ソニアは妖しい笑みを浮かべた。あ、何か良からぬことを思いついたな。ヤバい。

「じゃあ、こういうのはどう？　明日一日、主従逆転ごっこをしてみましょう」

◆

俺の朝は早い。

長年の習慣で朝日が顔を出す前に目が覚めてしまう。二度寝はしない。鍛練、ユーカの世話、朝食の準備とやることは山ほどある。がばっと起き上がった俺は、

「おはようございます、ご主人様」

部屋にいてはならない人物の姿に、そっと目をこすった。おかしいな。確かに目覚めたはずなのに、まだ夢を見ているようだ。

清楚なグレーのワンピースに白いエプロンをつけたソニアが、上品な笑みを浮かべて立っていた。城の侍女を思わせる装いだ。なぜだろう、似合っていないわけではないのに違和感しかない。

「特製のカモミールティーを用意しております。いかがでしょう」

花の香りに呆然としつつも、ようやく頭が働いてきた。

「……気合いが入っているな」

「お誉めにあずかり光栄です」

そうだった。主従逆転ごっこ――お互いがお互いの気持ちを知るため、立場を入れ替えて過ごす遊びをすることになったのだ。今日限定で、俺はソニアの主らしい。

ソニアは昨日、「一分の隙もない仕えっぷりを見せてあげる」と意気込んでいた。俺に同じ振る舞いができるかどうか試すつもりなのかもしれない。どうせ試すなら、まず俺が本来の従者らしく振る舞ってみるべきだと思うのだが、突っ込むのは野暮か。

「よく眠れたようですね、ご主人様。たいへん健やかな寝顔でございました」

どうしてこうなった。俺は断じてこのような辱めは望んでいない。

ソニアは絶対俺の反応を見て遊んでいる。俺は赤くなった顔を背け、心を落ち着かせるべく用意してもらった茶を一口飲む。香りが素晴らしいことは確かだが、肝心の味が分からない。ただ、突き抜けるミントの爽やかさが俺に冷静さを取り戻させてくれた。

「とりあえず、ご主人様というのはやめてくれ」

「かしこまりました。では……旦那様？」

「っ！　もっとおかしい！」

ダメだ。冷静さは再び遠くに飛んでいった。

さらに追い打ちがかかる。ソニアが朝日より眩しく微笑み、「ヴィル様」と甘い声で呼んできた。

一瞬気が遠くなるほどの破壊力だった。禁断の領域に踏み込んだかのような背徳感で全身が痺れ、カップの中身が激しく波打つ。

「やめよう。これを一日やり通すのは無理だ……精神的にきつい」

「朝食の準備の間、鍛練に行かれますか？　ああ、ユニカのお世話は終わっておりますのでご安心を」

そうか、無視か。ソニアは断固としてこの居心地の悪い遊びを続ける気らしい。

「……じゃあ、鍛錬に行ってくる」

「いってらっしゃいませ、ヴィル様」

俺はひとまず逃げた。体を動かして邪念や煩悶を振り切るんだ。


嫌々戻ってくると、今度は着替えを手伝うという申し出を必死に断る羽目になった。鍛錬よりもよほど疲れる。泣けるものなら泣きたい。

よし、もう絶対にやめてもらう。そう決意し、匂いに誘われるままダイニングへ向かうと、目を見張るほど豪華な朝食が用意されていた。飾り切りされたサラダやフルーツを見て、感動を通り越して戦慄を覚える。凝りすぎている。何時起きしたのか聞きたい。

まさかソニアは俺にこのレベルの朝食を求めていたのだろうか。

「どうぞ、冷めないうちにお召し上がり下さい」

ソニアが椅子を引いて俺を座らせる。用意されているのは一人分のカトラリーだけだった。

「……ソニアは食べないのか？」

「お心遣いありがとうございます。後でいただきます」

給仕がありますので、と断られ俺は頭を殴られた気分になる。そうだよな。普通で当たり前だ。

俺は席を立ち、ソニアを代わりに座らせた。

「あら、どうなさいました？」

「頼む。本当に、本気で、もう主従逆転ごっこはやめよう。ギブアップだ。残りは俺がやるから」

俺の懇願に対し、ソニアはくすぐったい声で笑った。一歩控えた慎ましい従者から、この屋敷の主に戻ったのが空気で分かる。

「ねぇ、ヴィル。じゃあ私からのお願いも聞いて。今まで通り、主従らしくない主従でいましょう。こんな片田舎で変に肩肘を張っても窮屈なだけよ」

俺は小さく唸った。確かに主として丁重に扱われるのは、ただしんどいだけだった。……ソニアが演じた従者らしい振る舞いが極端なだけの気もするが。

「それに本来の従者というのなら、主に生涯を捧げられるくらいの覚悟がないとダメでしょう？今のまま形だけ取り繕っても滑稽よ」

その通りだと思う。いつかこの里を出て行こうとしている仮初めの従者に反論の言葉はない。俺は深く項垂れた。

「……分かった。これまで通りにしよう」

「納得してもらえてよかったわ。でもヴィルに尽くすのはなかなか楽しかったから、またやってみたいわね、逆転ごっこ。今度は昼と夜に」

「俺はごめんだ……」

げんなりする俺を見て、ソニアは至福という顔をした。本当に良い性格をしている。

敬語やかしこまった態度は却下されたものの、改めるべき点はある。せめて、今まで言えなかった当たり前のことをこれからは伝えていこうと思う。

「ソニア、その……今日は朝の仕事をやってくれて、感謝する。身の程を思い知った。これからはもっと精進する」

本当は目を見て言えれば良かったのだが、羞恥が限界を突破して無理だった。

またくすくす笑われるのかと思ったが、ソニアからは予想よりもずっと柔らかな声が返ってきた。

「ヴィルも、いつもありがとう。これからもよろしくお願いするわね」

ソニアが作った朝食を改めて二人分食卓に並べる。いつもより豪華で、いつも通りの一日が始まった。

「――というわけで、ソニアに対してあまりかしこまった態度はとらないことになった。それがソニアの望みらしい。悪く思うな。あと、覗き行為は控えろ」

後日、事の次第を一応ファントムに報告した。また難癖をつけられたらたまらないからな。

ファントムは崩れ落ち、地面を何度も何度も拳で叩いた。

「くぅ！　ソニア様と主従逆転ごっこだとっ？　羨ましいぃ！　オレもしたかった！　せめて見たかったぁ……！　次こそは絶対――」

聞いてないな。

俺は今日中に旦那の迷惑行為をコーラルに通報すると決めた。

らすぼす魔女は
堅物従者と戯れる　1

＊本作は「小説家になろう」（http://syosetu.com/）に掲載されていた作品を、大幅に加筆修正したものとなります。
＊この作品はフィクションです。実在の人物・団体・事件・地名・名称等とは一切関係ありません。

2018年1月20日　第一刷発行

著者 ………………………………………… 緑名 紺

イラスト ………………………………………… 鈴ノ助
発行者 ………………………………………… 辻 政英
発行所 ………………………… 株式会社フロンティアワークス
〒170-0013　東京都豊島区東池袋 3-22-17
東池袋セントラルプレイス 5F
営業　TEL 03-5957-1030　FAX 03-5957-1533
アリアンローズ編集部公式サイト　http://arianrose.jp
編集 ………………………………………… 原 宏美
フォーマットデザイン ………………………… ウエダデザイン室
装丁デザイン ………………………… 株式会社 TRAP（岡 洋介）
印刷所 ………………………………… シナノ書籍印刷株式会社